Kornel Makuszyński

Szatan

z siódmej klasy

NASZA KSIĘGARNIA

Ilustracje na okładce i stronach tytułowych Zbigniew Piotrowski
Opracowanie graficzne okładki Karia Korobkiewicz

1

Diabeł wyskakuje z pudełka

Pan profesor Gąsowski nauczał historii wedle własnej, nieco rozwichrzonej metody. Niektóre wielkie postacie, błąkające się po Elizejskich Polach* albo krążące pośród gwiazd, bardzo miłował, o niektórych rozprawiał z drwiącym lekceważeniem, a w licznym, nieśmiertelnym tłumie były i takie, o których nie chciał mówić wcale. Omijał je przy spotkaniu, udawał, że ich nie dostrzega, nie kłaniał im się. O ukochanych osobistościach mówił z gorącym zapałem, piejąc na ich cześć górne hymny, po każdym zdaniu zasadzając wykrzyknik jak cyprys na grobie. O Napoleonie, z ukochanych najukochańszym, rozprawiał jak natchniony poeta. Zdawało się, że w każdej chwili zakrzyknie gromko: „Niech żyje Cesarz!" – i rzuci się w bój, krwawy szatan. Napoleon, siedząc okrakiem na komecie jak na ognistym koniu, z wielką przyjemnością przysłuchiwał się panu profesorowi Gąsowskiemu. Gdyby mógł sięgnąć z nieba, przypiąłby na jego piersi Krzyż Legii Honorowej. Mniej zadowolony z tych wykładów był piękny Alcybiades*, o którym

* Elizejskie Pola – w mitologii greckiej świat pozagrobowy, miejsce, gdzie po śmierci przebywały dusze ludzi prawych.

* Alcybiades (450-404 p.n.e.) – mąż stanu i wódz ateński.

pan profesor mówił z lekceważeniem, że „był to fircyk, elegancik i w ogóle wydmuchana osobistość". Nie można było dojść, czym sobie szlachetny Ateńczyk zasłużył na tę opinię. To go jedynie mogło pocieszyć, że o innych nieśmiertelnych pan profesor szerzył zgoła oszczerstwa. Cezar* miał zamazaną hipotekę i, gdyby to zależało od pana profesora Gąsowskiego, nieśmiertelność pozbawiałaby go prawa korzystania z niezmiernej chwały. Tym, o którym pan profesor wcale nie chciał mówić, któremu by się nie ukłonił i któremu nie podałby ręki, był Hannibal*. Dlaczego? O tym wiedzą jedynie kartagińscy bogowie, jeżeli w ogóle o czymś wiedzą, bałwany opasłe. Hannibal miał wielu wrogów, straszliwych wrogów, śmiertelnych wrogów, ale nigdy i przenigdy nie miał takiego, jakim był twardy, zawzięty i nieustępliwy pan profesor Gąsowski. Od wielu lat mieli ze sobą na pieńku. Nieszczęsny Hannibal łypiąc jednym okiem, chwytał się za głowę i jęczał: „Co ja takiego mogłem uczynić, że mnie pan profesor Gąsowski tak nie znosi?". Nikt tego nie wiedział. Wiedział tylko pan profesor.

Miał on duże, jasne oczy i taki w nich wyraz, jak gdyby zawsze był zdziwiony. Czasem z nagła przerywał wykład, patrzył daleko przed siebie i długo się czemuś przyglądał. Cała siódma klasa wpatrywała się w to samo miejsce, lecz nikt niczego nie mógł dojrzeć, bo nie było w tym miejscu nawet mizernej muchy, podrygującej w wiosennym słońcu. Coś jednak musiało być... Może to właśnie Perykles*, cieszący się dość dużą sympatią pana profesora, stąpał przez ateński rynek? Może się tam toczyła bitwa? Może krzyżowcy zdobywają Antiochię? Kiedy widma przesiały się

* Cezar (Caius Julius Caesar) (104-44 p.n.e.) – jeden z największych mężów stanu starożytnego Rzymu, wódz i pisarz.

* Hannibal (247-183 p.n.e.) – wielki wódz i polityk kartagiński.

* Perykles (500-429 p.n.e.) – ateński mąż stanu, przywódca ateńskiej demokracji, na okres jego rządów przypada najwyższy rozkwit kulturalny w Atenach.

przez blask, pan profesor wzdychał i patrzył na trzydzieści rumianych gęb z takim zdumieniem, jak gdyby je ujrzał po raz pierwszy w życiu. Trzydzieści gęb patrzyło w niego ciepłym spojrzeniem, bo pan profesor był wielce miłowany. Klasa siódma, w której właśnie nauczał wzniosłych dziejów, znając dobrze jego serce, zachłyśnięte pobożnym podziwem dla Napoleona, oddawała Cesarzowi przy każdej sposobności takie honory, że pan profesor Gąsowski promieniał. Gdyby Napoleon mógł wrócić na ziemię, choćby na nowe „sto dni", on byłby pochwycił sztandar, a klasa siódma pobiegłaby za nim. Nie samym jednak Napoleonem żyje człowiek, czasem musi też zajmować się tym opryszkiem Hannibalem. Trudno... Historia jest bigosem, ciężko strawną zbieraniną nie tylko z całego tygodnia, lecz z lat wielu tysięcy.

Pan profesor Gąsowski, wałęsając się przez długie swoje życie po nieogarnionych dziedzinach, przeskakując przez tysiąclecia jak przez przepaście, biorąc żywy i namiętny udział w wojnach, zawierając sojusze i podjudzając rewolucje, stał się niezwykle roztargniony. Nie jest to dziwne, skoro się zważy, że po nieszczęsnej jego głowie cwałowały wieki jak konie, a daty skakały jako te pchły. Pan profesor miał w głowie huczący młyn. Twierdzili niektórzy, że łatwo byłby sobie dał radę z kilkoma tysiącami lat, zamęt jednak w jego szlachetnej duszy spowodowało zmaganie się z kilku tysiącami urwipołciów i małpoludów, których nauczał przez tyle czasów. Twierdzenie to jest wielce do prawdy podobne. Roztargnienie pana profesora Gąsowskiego było zdumiewające. Opowiadają o pewnym uczonym, że smarował masłem dłoń, głęboko przekonany, że smaruje trzymaną na dłoni bułkę. Takie doskonałe pomysły byłyby drobnostką dla pana profesora Gąsowskiego. Nie jest natomiast prawdą, że to jemu właśnie zdarzyła się koszmarna historia, chociaż byli tacy, co chcieli przysięgać, że nikt inny nie mógł jej urządzić. Stwierdziliśmy niezbicie, że bohaterem jej był pewien głośny aktor, który razu jednego zapytał na scenie: „Jak ci na imię, Judyto?". Otóż aktor ten (a nie profesor) kazał się obudzić w hotelu wcześnie rano. Przez pomyłkę służący powiesił na jego drzwiach księżą sutannę. Roztargniony aktor, na pół jeszcze senny, wdział sutannę, a stanąwszy przed lustrem, wykrzyknął: „A cóż za bałwan, ten służący! Zamiast mnie, obudził jakiegoś księdza!". Pan profesor Gąsowski nigdy by tak nie krzyknął, lecz byłby wyszedł w sutannie na ulicę, o niczym nie wiedząc, zamiast w lustrze bowiem byłby się przejrzał albo w szafie, albo we drzwiach, albo w ścianie.

Zawsze roztargniony, nie znał dobrze dźwięcznych nazwisk swoich uczniów i mieszał je, nigdy nie wiedząc, które z nich do której należy gęby. Przy egzaminowaniu odczytywał je z notesu. Operacja ta odbywała się dwa razy tygodniowo, a na każde danie wybierał trzech, nigdy więcej, nigdy mniej. Wywołany wychodził z ławki, stawał tuż przy profesorskiej katedrze i tam brany był na męki. Dlatego, choć z niechęcią, używamy tego bolesnego słowa, że młody pawian bredził smętnie jak Piekarski na mękach. Zdarzało się to jednak nad podziw rzadko. W innych klasach bywało rozmaicie, w klasie siódmej jednakże historia stała na wysokim poziomie. Zdawać się mogło, że trzydziestu wyjących derwiszów zapałało niesłychaną do tej nauki namiętnością. Dziwy, dziwy. Jeden z drugim recytował ze zdumiewającą lotnością. Gadał dobrze jeden, gadał wybornie drugi i trzeci świetnie gadał. Pan profesor Gąsowski kiwał z uznaniem szlachetną swoją, bardzo już srebrzystą głową, rad w duszy, że młodzi Lechici, o których inni profesorowie wyrażali się z czarnym powątpiewaniem, z takim entuzjazmem służą muzie historii; aby okazać swoje zadowolenie, chwytał czasem młodziana za ucho, gest ten przejąwszy od Napoleona. Dumny był ze swojej rozkrzyczanej hałastry, nazywanej klasą siódmą, jak Cesarz ze swojej gwardii. Zdaje się jednak, że gwardia cesarska mniej czyniła wrzawy w bitewnym tłoku niźli klasa siódma w czasie pokoju. Bardzo pyskata była ta społeczność, bujna, rozbrykana i ponad ludzką miarę wesoła. Stado mustangów na prerii nie rży tak radośnie na widok wody, jak umiała rżeć rozgłośnym śmiechem klasa siódma. Około trzydziestu dryblasów umiało wyprząść pogodę z najczarniejszych dni. W klasie siódmej, jak w państwie hiszpańskiego króla, nigdy nie zachodziło słońce. Śmiały się radośnie młode oczy, śmiały się pyzate gęby i śmiały się usta, napełnione niepoliczoną ilością zdrowych zębów. Gdy się któremuś z klasy siódmej wykrzywił smutkiem młodzieńczy miły pysk, wierni towarzysze tak długo zamawiali tę nagłą i nieprzyjemną chorobę i tak długo pocieszali zasmucone koleżeńskie osierdzie, że smutek odlatywał z wrzaskliwym krakaniem wrony. Nie bardzo będziemy skłóceni z prawdą, ogłosiwszy, że klasa siódma przypominała tajny jakiś związek, w którym wszyscy pomieniali się na serca. Jest to handel zamienny połączony z najmniejszym prawdopodobieństwem cygaństwa. Pomienianie się na głowy byłoby interesem ryzykownym, można by bowiem otrzymać baranią za jako tako ludzką. Klasa siódma złożona była z dobrych chłopców, z serdecznych chłopców, głowy jednak były w niej rozmaite, różnorakiego kalibru, różnorakiej trwałości i pojemności. Tym bardziej musiało to zastanowić każdego bystrego człowieka, że wszystkie szlachetne łby tej klasy promieniały wyborną znajomością historii. Panu profesorowi Gąsowskiemu wystarczało to w zupełności do zadowolonego szczęścia. Wcale go to nie obchodziło, co się dzieje z matematyką, łaciną i innymi gałęziami drzewa wiadomości złego i dobrego. Wiedział o tym, że siódmoklasista, wywołany przed katedrę, aby zdał sprawę z historycznych mądrości, będzie śpiewał jako ten słowik. Na początku roku szkolnego szło z tym jakoś kulawo, od pewnego jednak czasu każdy egzamin był koncertem. Największy tępak w klasie, który lotnością inteligencji niewiele przewyższał dębową szafę, historykiem był pierwszorzędnym. Pan profesor był dumny, puszył się jak paw i nadymał w dobrej duszy.

Nie miało granic jego zdumienie, kiedy z początkiem czerwca, więc już ku końcowi szkolnego roku, wywołany jako pierwszy baszybuzuk*, zwący się Kaczanowski, nie zerwał się jak zwykle z miejsca, nie zbliżył się jak zwykle tanecznym krokiem do katedry, lecz zgoła osłupiał.

– Kaczanowski! – wezwał go profesor po raz drugi.

Tamten spojrzał na pana profesora zdumionym wzrokiem.

– Ja, proszę pana profesora? – zapytał jakby z wyrzutem.

– Czy nazywasz się Kaczanowski?

– Tak, proszę pana profesora... Ale to jakaś pomyłka...

– Jaka pomyłka?

– Ja przecie nie miałem być dzisiaj pytany... to znaczy...

Chciał cofnąć te słowa, ale nie mógł już schwytać ich w locie.

– To musi być pomyłka! – dodał już z rozpaczą.

Pan profesor Gąsowski spojrzał na niego z niewymownym zdumieniem.

– Proszę wyjść w tej chwili z ławki!

– Dobrze, panie profesorze – rzekł Kaczanowski z goryczą. – Ale z tego i tak nic nie będzie.

Po klasie przebiegł zatrwożony szmer, jakby wicher poruszył śpiące sitowie. Skazaniec zbliżył się do katedry i stał, zamieniony w słup soli, znękany, pobity, nieszczęsny, zdziwiony, rozżalony, pobladły i gotowy na śmierć. Klasa zaczęła dawać mu dziwaczne znaki, zachęcać go szeptami, ruchami rąk i mruganiem oczów.

* Baszybuzuk – tu żartobliwie: hultaj, zawadiaka.

Siedzący w pierwszej ławce dobry kolega Cisowski „krzyknął" zduszonym szeptem brzuchomówcy:

– Zawróć do Napoleona!

Była to rada dobra. Można było czasem, omijając zbyt trudne zawiłości, śmiałym przeskokiem w stronę Cesarza ocalić straconą pozycję. Należało, rozprawiając o edykcie nantejskim, rzec ni z tego, ni z owego: „Napoleon byłby z tego wybrnął". – „Tak myślisz? – wtrącał wtedy pan profesor. – A jak?". Dalej szło już gładko, a czas mijał. W tej chwili jednak zbawienna rada niewarta była funta kłaków. W zacnym profesorze obudziła się niezwykła czujność. Zawsze zdumione jego oczy były jeszcze więcej zdumione. Patrzył długo na zbuntowanego młodzieńca i dziwnie kręcił głową.

– Co znaczą twoje słowa, że „z tego dzisiaj nic nie będzie"? – zapytał ponuro.

– Bo ja nie jestem przygotowany – rzekł Kaczanowski z determinacją.

– Nie może być! – zakrzyknął pan profesor. – To niesłychane... Nic nie umiesz?

– Nic, panie profesorze...

– Uczciwie się przyznajesz?

– Najuczciwiej.

– Dlaczego? Bardzo proszę... Dlaczego?

– Bo ja...

– Przestań! – krzyknął brzuchomówca z pierwszej ławki.

– Bo co ty? Aha! Powiedziałeś, że nie miałeś być pytany. Na jakiej podstawie możesz tak twierdzić?

Kaczanowski milczał. Zaciął usta i pochylił głowę.

– Nadzwyczajne... – mruczał profesor. – Nadzwyczajne... Żegnam pana.

„Pan" Kaczanowski szedł do swojej ławki takim posuwistym i leniwym krokiem, jak gdyby tam miał kupić własną trumnę, a do tego na kredyt. Na klasę spadła cisza. Wszyscy patrzyli na pohańbionego kolegę ze strwożonym współczuciem.

Pan profesor nie mógł pojąć, co się stało. W roztargnieniu rozgrabił siwą, bogatą czuprynę chudymi palcami i wpatrzył się w ścianę, jak gdyby na niej miało się za chwilę ukazać ognistymi zgłoskami wypisane tłumaczenie, dlaczego miły młodzian Kaczanowski, chłopiec rozsądny i rozgarnięty „historyk", nagle i niespodziewanie w bałwana przemienion. Ponieważ na ścianie nic się nie ukazało, staruszek spojrzał błagającym spojrzeniem na piec. (Piec też pochodzi z rodziny dziedzicznych idiotów). Przymknął przeto oczy i spojrzał w głąb roztropnego ducha, z którym musiał pogadać na rozum: roztropny duch wyjaśnił mu pokrótce, że jak jedna jaskółka wiosny nie czyni, tak jeden Kaczanowski nie zburzy jego radości i dumy. Kaczanowskiemu musiało uderzyć coś na rozum. Może upadł?... A może boli go ząb? Może się najadł niedojrzałych jabłek, co wobec tajemnych związków żołądka z głową mogło osłabić zwyczajną jej sprawność? Niech przeto inny naprawi to, co zburzył Kaczanowski: „historyczną" sławę siódmej klasy... Pan profesor obudził się z mętnej zadumy, zajrzał do swego notesu i nerwowym ruchem przerzucił dziewięć, wyraźnie dziewięć kartek.

– Ostrowicki! – zakrzyknął zduszonym głosem.

Cała klasa odwróciła się jak na komendę, młodzian bowiem tak zadzierzyście nazwany siedział w przedostatniej ławce. A Ostrowicki omal nie zemdlał. Podniósł się wprawdzie, lecz nie mógł uczynić kroku, jak gdyby pod jego nogami rozwarła się przepaść. Mówiono później, że wyszeptał straszne słowa: „Raz kozie śmierć!" – ale to nie jest pewne. Pewne jest natomiast, że wobec jego złamanej i zgruchotanej postawy Kaczanowski wyglądał jak bohater.

– Czy mam na ciebie trąbić? – zawołał znowu zdumiony profesor.

Wesołe przypuszczenie, że zacny profesor wzywać będzie na egzamin głosem archanielskiej trąby, nikogo jednak nie rozweseliło. Nikt nigdy nie oglądał wesołej siódmej klasy w takiej topieli mroku i smętku.

Ostrowicki zbliżał się ku katedrze krokiem idącego na ścięcie. Przechodząc, kiwał głową na dwie strony, jak gdyby się żegnał na wieki z kolegami, z dobrymi mołojcami. „Idąc, kłaniał się damom, starcom i młodzieży..." – jak Podkomorzy w „Panu Tadeuszu". Gdyby w klasie siódmej zasiadały damy, porównanie byłoby zgoła znakomite: był tam natomiast jeden „starzec", bardzo zdumiony, i „młodzież" z takim na obliczach wyrazem, który nauka ścisła nazywa „zbaraniałym".

– Ratuj, kto w Boga wierzy! – szepnął nieszczęśnik pierwszym ławkom.

Pierwsze ławki jednakże nagła rozpacz pozbawiła czucia. Serca w nich struchlały.

– Ostrowicki, miły chłopcze – mówił łagodnie profesor Gąsowski. – Spotkała mnie dzisiaj wielka przykrość... Bardzo wielka przykrość... Co tobie jest, czemu się chwiejesz?

– Słabo mi, pani profesorze... – jęknął młodzian.

– Ha! – zdumiał się profesor. – Słabo ci? Ale odpowiadać będziesz?

– Nie mogę, proszę pana profesora...

– Dlaczego? Połóż rękę na sercu i powiedz dlaczego?

– Bo nie jestem przygotowany... Nie umiem... Nie spodziewałem się.

– I ty? I ty, Brutusie*? – krzyknął staruszek. – Czy wyście dzisiaj poszaleli?

* Brutus (Marcus Junius Brutus) (85-42 p.n.e.) – jeden z przywódców republikańskiego spisku przeciw Cezarowi, jego zabójca.

– Nie, panie profesorze... – miesił Ostrowicki słowa jak ciasto. – Pojutrze, w sobotę, umiałbym świetnie...

– A dzisiaj nie łaska?

– Dzisiaj jest przecież czwartek! – rzekł Ostrowicki z rozpaczą. – To nie mój dzień...

Pan profesor patrzył na niego jak na łagodnego wariata. Zamykał oczy, jakby go raziło słońce, znowu je otwierał, aby nie utracić niezwykłego widoku, zbliżał się i oddalał.

– Aha... – mówił dziwnym głosem. – We czwartek jesteś bałwan... A w sobotę będziesz geniusz... Czy kpisz, młodzieńcze?

– Niech Bóg broni! – zakrzyknął chłopiec gorąco. – Ale tak jest naprawdę. Pan profesor nie może o tym wiedzieć, ale tak jest...

– Odejdź! Odejdź prędko! – zawołał staruszek.

Ostrowicki, wśród śmiertelnej ciszy całej klasy, powlókł się do ławki, jak gdyby był naprawdę ciężko chory. Blady był, a na czole miał grube krople potu. Opadł na ławkę i dyszał.

Klasa spojrzała z niepokojem na pana profesora Gąsowskiego.

Siwy człowiek, dobry człowiek, usiadł za katedrą i splecionymi rękami zasłonił twarz. Wyglądał jak ten, co płacze i pragnie przed gawiedzią ukryć łzy. Musiało mu się coś popsuć w poczciwym sercu, bo wszystkim się wydało, że staruszek drży.

– Panie profesorze... – ozwał się ściszony głos z pierwszej ławki.

Profesor rozplótł ręce i niecierpliwym ruchem jednej z nich dał znak, aby mu nie mącono ciszy. Drugą zasłaniał sobie oczy.

Chociaż dzień był promieniście słoneczny i błękit lał się z nieba ogromną rzeką, w szkolnej sali uczyniło się mroczno. A tak było przeraźliwie cicho, że aż w ostatnich ławkach słychać było zmęczony i nierówny oddech profesora. Zapadł w udręczone milczenie jak w trzęsawisko. Nie odsłaniał oczów, jakby nie chciał widzieć złośliwego świata. Trzydziestu chłopców wpatrywało się w niego spojrzeniem, w którym łzawił się ogromny smutek. Wszystko można znieść, tego jednak znieść nie można, aby dobry, och, jak dobry człowiek – dręczył się. Ten i ów zaczął naradzać się najcichszym szeptem. Nagle znieruchomieli wszyscy, bo pan profesor Gąsowski coś mówi...

Mówi urywanym głosem, a słowa zataczają się, jakby były bezsilne:

– ...Nauczam od trzydziestu kilku lat... Jestem bardzo zmęczony i tego roku już na pewno odejdę ze szkoły... Ale nie skarżyłem się nigdy... Zdawało mi się, że kochali mnie zawsze ci, których nauczałem. Nie byłem nigdy srogi, może nawet byłem zbyt miękki... Więc mnie nigdy nie spotkało to, co mnie dzisiaj spotkało... Byłem dumny z siódmej klasy i oto mam nagrodę: w siódmej klasie zakpiono sobie ze starego człowieka...

– Panie profesorze! – ozwał się jakiś głos z tylnych ławek.

– ...Nie przerywaj mi! Tak, dobrze mówię: zakpiono sobie ze mnie. Moi chłopcy naigrawają się ze starego człowieka... Jeden mówi, że nie na niego przypadła kolej, drugi nie chce odpowiadać, bo jest czwartek... Trudno. Mógłbym i jednego, i drugiego... Ale ja nie będę się mścił... Nie, moje dzieci... Jest mi tylko bardzo, bardzo smutno... Możecie się ze mnie śmiać... Bardzo proszę... Mścić się nie będę... Zbyt was kochałem... To moja wina... A teraz dość! Dzisiaj nie będę już pytał nikogo. Za chwilę rozpocznę wykład... Przepraszam was, że się rozżaliłem...

– Panie profesorze!

– Słucham!

W pierwszej ławce podniósł się Cisowski. Był to nieforemny chłopak, nieco pękaty, z rozmierzwioną czupryną; sądząc po jego budowie, musiał być sprężysty i silny. Spojrzenie miał śmiałe i dziwnie przenikliwe. W tej chwili był blady i wzruszony. Przemawiał głosem miękkim i melodyjnym.

– Panie profesorze – rzekł z czułością. – Ja wszystko wytłumaczę.

– Przede wszystkim: kto ty jesteś? Twarz oczywiście znam, lecz twoje nazwisko wymknęło mi się z pamięci.

– Nazywam się Adam Cisowski.

– Być może... Wszystko być może. Takie się dzisiaj między wami dzieją historie, że już zwątpiłem o wszystkim. Więc dobrze... Jesteś Cisowski i chcesz mi coś wyjaśnić. Bardzo proszę... Już jestem spokojny i mogę słuchać. Co mi masz do powiedzenia?

– To tylko, panie profesorze, że ja jestem winien wszystkiemu. Nikt inny, tylko ja. Ani Kaczanowski, ani Ostrowicki.

Pan profesor Gąsowski podniósł się i powoli zbliżył się do pierwszej ławki. Spojrzał głęboko w rozumne oczy chłopca i długo się w nie wpatrywał.

– Czy to mają być nowe kpiny? – zapytał cicho.

– Nie, panie profesorze. Ani dotąd nikt nie kpił, ani ja bym się nie ważył. Pan profesor może nawet o tym nie wie, że kochamy pana profesora uczciwie i serdecznie.

– I ty?

– I ja... Tylko że ja jestem zbrodniarz! Ja jestem winien wielkiego szachrajstwa, a nie mogę patrzeć na to, jak pan profesor...

Głos mu się załamał i uwiązł w gardle. Cała klasa patrzyła na niego z oszołomionym zdumieniem. Staruszek położył mu rękę na ramieniu i rzekł szybko:

– Jesteś wzruszony... Przestań! Możesz powiedzieć coś, czego będziesz żałował. Ja o niczym nie chcę wiedzieć.

– Ale ja muszę powiedzieć! Pan profesor ma żal w sercu. Niech mnie pan profesor zechce posłuchać...

Jak gdyby się tego obawiał, że staruszek przerwie mu niesłychane wyznanie, zaczął mówić szybko, zdyszanym oddechem poganiając słowa pędzące na złamanie karku:

– Dzisiaj jest nasze Waterloo. Napoleon nie dojrzał głębokiego rowu na polu bitwy, a ja nie przewidziałem pomyłki pana profesora. Stąd pochodzi nasza sromotna klapa…

– Co stąd pochodzi?

– Klapa, czyli nieszczęście… Nie udało się, bo pan profesor się pomylił.

– Ja! – zdumiał się staruszek.

– Niestety! Wedle najściślejszych obliczeń miał dzisiaj być pytany Napiórkowski, Stankiewicz i Wilczek. Tymczasem pan profesor zaczął szukać przez roztargnienie o jedną kartkę bliżej, niż należało, i zaczął od Kaczanowskiego, wskutek czego automatycznie wylazł potem Ostrowicki, a jako trzeci miał wypaść Wnuk. To trójka z nadchodzącej soboty.

Pan profesor zaczął szybko mrugać oczami i patrzył na Cisowskiego z nieukrywanym strachem.

– Młodzieńcze! – zawołał. – Czy ty jesteś przy zdrowych zmysłach? Co to wszystko znaczy?

– To znaczy, panie profesorze, że pan profesor ma swoją metodę…

– Ja? Metodę?

– Tak jest… Odkryłem ją już bardzo dawno. Prawie każdy z panów profesorów ma jakiś swój sposób i porządek egzaminowania. Pan profesor egzaminuje każdego razu trzech, a tych trzech wybiera z notesu wedle niezmiennego porządku. Najpierw pierwszego, z kolei dziesiątego i dwudziestego, następnym razem drugiego, jedenastego i dwudziestego pierwszego i tak dalej. Ponieważ jest nas tu równo trzydziestu, a każdy w notesie pana profesora ma swój numer, więc łatwo było obliczyć, kto i kiedy będzie pytany.

Pan profesor cofnął się nagle i patrzył na Cisowskiego jak na czarownika.

– To przecież było najgłębszą tajemnicą! – zakrzyknął gromko.

– Z pewnością – mówił Cisowski. – Nie ma jednak na świecie takiej tajemnicy, której by nie można odgadnąć.

– Czekaj! Ani słowa więcej... Zaraz sprawdzimy!

Wydobył z kieszeni notes, zamknięty siedmioma pieczęciami tajemnicy, i począł go przeglądać z niebywałym pośpiechem.

– Tak, tak... – mówił jakby przerażony. – Kartki mi się zlepiły. Istotnie... Pomyliłem się... Jak to odkryłeś?! – krzyknął nagle wielkim głosem.

– To nie jest zbyt trudne – odrzekł skromnie Cisowski. – Było to w miesiąc po rozpoczęciu roku. Patrzyłem, ile kartek pan profesor odwraca, a ponieważ nazwiska nasze spisane są w porządku alfabetycznym... Metoda pana profesora była zbyt przejrzysta...

– Diable! Szatanie! – zawołał staruszek.

Sam diabeł byłby wprawdzie wystarczył, lecz zdumienie ponad ludzką miarę podparło go szatanem.

– Bardzo, bardzo przepraszam pana profesora... Cała klasa przeprasza pana profesora... Ale zawiniłem tylko ja...

– Pasy z ciebie zedrę! – wołał pan profesor.

Ponieważ trudna ta operacja wymaga czasu i osobliwych narzędzi, których nie było pod ręką, więc bystry młodzian, odkrywający potężne tajemnice, nie okazał zbytniego przerażenia.

Stał skruszony i smętny jak ten jawor, co w piosence „Tam na polu stoi", i czekał na potworne męki albo na krótki, zwarty, treściwy piorun, ten, co ukatrupił niecną Balladynę i wiele innych grzesznych postaci. Pan profesor jednakże – serce gołębie – nie był zdolny do zbrodni. Wszystkie muchy harcowały bezkarnie na jego srebrnej głowie, wiedząc, że straszliwy ten pasjonat, co grozi darciem pasów, nie ukrzywdziłby żadnej. Uniósł się jedynie gniewem potężnym i krwistym. Niemal przez lat czterdzieści ukrywał swoją świetną, nieporównaną metodę egzaminowania, opartą na przemyślnym dowcipie: trzeci – trzynasty – dwudziesty trzeci, dziesiąty – dwudziesty – trzydziesty i znowu z powrotem od pieca. W ten sposób żaden z urwipołciów nie uniknął egzaminu, żaden nie wykpił się od dnia sądu, ale też nie był pokrzywdzony powtórnym pytaniem. Nikomu nigdy nie przyszło do głowy, bo i jakże mogło przyjść? Trzeba szatańskiego sprytu, aby odkryć szatański pomysł, a przecie pomysł pana profesora Gąsowskiego był najsprytniejszym wybiegiem, godnym wielkiego dyplomaty. Chociaż tedy gniew go zalewał jak czerwone morze, chociaż ręce dygotały mu z nadmiernego wzruszenia, spozierał z chmurnym podziwem na tego obwiesia z pierwszej ławki. Obwieś, bo obwieś, ale ma odwagę. Przyznał się, aby go nie smucić. Co z nim zrobić? Zabić?... O tym będzie czas pomyśleć, w tej chwili bowiem panu profesorowi zamigotała w głowie myśl tak jaskrawa, jak rozżarzona błyskawica. Znowu się zbliżył do złoczyńcy i mówił zduszonym głosem:

– Czy moją tajemnicę wyjawiłeś wszystkim?

– Tak, panie profesorze...

– Aha! Objawiłeś... Oczywiście: dobry kolega! W ten sposób każdy wiedział z całą pewnością z góry, kiedy będzie pytany, i na ten dzień był doskonale przygotowany? Odpowiadaj!

– Niestety, panie profesorze – westchnął boleśnie największy opryszek nowych czasów.

– Dlatego Kaczanowski i ten drugi ani w ząb?

– Tak, bo to nie był ich dzień...

– Człowieku! – krzyknął pan Gąsowski. – Przecie w ten sposób nie umiecie nic!

Odkrycie tej smutnej prawdy było tak piorunujące, że *obstupuerunt omnes**.

Zacny profesor załamał ręce i wzniósł je rozpaczliwym ruchem ku milczącym ze zgrozy niebiosom. Muza historii, tak niecnie oszukiwana, chwyciła najbliższą, bardzo kanciastą gwiazdę i tłukła się nią po głowie. Czort z pierwszej ławki, ów Cisowski – miano to będzie w historii przeklęte! – otworzył usta ze zdumienia, że jakoś ten szczegół uszedł dotąd jego uwagi, równocześnie jednak zmarszczył czoło na znak, że gwałtownie myśląc, szuka pociechy i dla swojego robaczywego sumienia, i dla pana profesora. Po chwili zaczął ciągnąć za włosy opierające mu się słowa, bardzo blade i bynajmniej nieodznaczające się zuchwałą pewnością.

– Tak źle nie jest, proszę pana profesora. My wszyscy wcale dobrze znamy historię. Swoją lekcję zna każdy znakomicie, a inne tematy może nie tak dokładnie, ale wystarczająco.

Pan Gąsowski jęknął cicho, lecz przejmująco.

– ...Za to epokę napoleońską znamy tak jak nikt – dokończył gorąco diabeł i szatan w jednej bezczelnej osobie.

– Tak, tak! – wytrysnęło kilka głosów w klasie.

Zbiorowa deklaracja całej tej społeczności chytrych małpoludów mogłaby być promykiem pociechy dla zasmuconej siwej duszy, która jednakże bardziej była wstrząśnięta z tego powodu, że została okradziona z mrocznej tajemnicy. Pan profesor głęboko był przekonany, że trzydziestu zbójców chociaż po kwiecistej łące historii skakało z kępy na kępę, ze środy na piątek, wiele umie; chociaż bardzo roztargniony, nie zauważył w klasie siódmej zbyt wielkiej ilości zawodowych i upartych kretynów. Tak ich teraz zresztą przyciśnie, że będą jęczeli jak pod prasą tłoczącą

**Obstupuerunt omnes* (łac.) – zdumieli się wszyscy.

wino. Będzie ich przypiekał na rożnie, szybko obracając. Będzie jadowity, zły, kąśliwy, przykry, dręczący, słowem – Herodes. Metodę, oczywiście, zmieni. Wynajdzie nową, tak piekielnie zawiłą, tak przeraźliwie zagmatwaną, że nie jeden mizerny diabeł, lecz cała ich czereda nigdy jej nie wyśledzi. Szkoda tej, wedle której egzaminował przez dziesiątki lat, była bowiem wygodna i tak się w niej wyćwiczył, że działał bez omyłki. Szkoda, wielka szkoda. W tej chwili przyszło mu na myśl, że może ten sprytny urwipołeć pyszni się tylko i chełpi; może wpadł przypadkiem jedynie na ślad, ale nie zna istoty tajemnicy. O tym należy się przekonać.

– Mój panie – rzekł głucho. – Czy nigdy się nie pomyliłeś?

– Nigdy, panie profesorze...

– Czy zawsze pytałem tych, których niecnie uprzedziłeś?

– Niestety, zawsze, panie profesorze. Zdarzało się czasem, że jeden z tych trzech był chory, i wtedy...

– Co ja robiłem wtedy? – zapytał szybko pan Gąsowski.

– Wtedy pan profesor egzaminował tylko dwóch, aby sobie nie popsuć porządku.

„Lis, chytry lis! – pomyślał ze zdumieniem staruszek. – Wie o wszystkim..."

Potarł ręką mądre czoło i rzekł groźnie:

– Stało się! Ufność moja została ugodzona w samo serce... Trudno... Ale, moi mili kawalerowie, skończyły się dobre czasy.

Cała klasa westchnęła boleśnie na znak, że podziela to zdanie, choć jej to sprawia wiele bólu.

– Już nikt nie będzie wiedział, co go czeka. Zrozumiano?

Podobny do jęku szmer klasy oznajmił pokornie, że zrozumiano.

– Nie będziecie wiedzieli ani dnia, ani godziny. Chytrość za chytrość... Uprzedzam, że będę bez litości.

Klasa siódma opuściła głowy albo kiepskie ich imitacje na znak, że nie może się spodziewać przebaczenia. Ten i ów uśmiechał się jednak nieznacznie, nie dowierzając katowskim zapowiedziom. Chmurny, ciężki i burzliwy nastrój przemijał powoli, ani bowiem pan profesor nie umiał długo ważyć w dłoni piorunów, ani też trzydziestu matołów nie umiało zbyt długo trwać w przygnębieniu.

Pan profesor Gąsowski, wysunąwszy wskazujący palec i mierząc nim w oko Cisowskiego, jak gdyby na nie dybał i w ten sposób miał rozpocząć czarną serię zapowiedzianych męczarni, mówił z urąganiem:

– Już ci się nie uda, potworny chłopcze, ocyganić mnie po raz drugi. Przypadek wydał mnie w twoje ręce, a moje ręce mogą cię zmiażdżyć. Już ci się nie uda! „Ostrzeżony – uzbrojony". Rozumiesz? Twój cały spryt nie jest wart funta kłaków, bo na sposoby są sposoby.

– Na niego nie ma, panie profesorze! – zawołał ktoś z głębi „sceny".

– Tak myślisz? – mówił pan Gąsowski drwiąco, nie raczywszy nawet spojrzeć na bezczelnego śmiałka. – Taki on jest chytry? Ejże? Zje diabła, jeśli zdoła odgadnąć to, co ja teraz na was wymyślę. Czy pan słyszy, panie Cisowski? Zje pan diabła z buraczkami!

– Gdyby pan profesor pozwolił spróbować... – bąknął Cisowski nieśmiało.

Staruszek cofnął morderczo wysunięty palec, usiłował natomiast zamienić zdumione swoje oczy we dwa sztylety. Takim okropnym spojrzeniem, sięgającym dna serca, umiał Napoleon przewiercać na wylot swoich marszałków. Gdyby nieszczęsny Cisowski miał w sobie poczucie przyzwoitości, powinien był w tej chwili zakwilić krótkim, cichym jękiem, za czym wykopyrtnąć się i wypuścić z siebie omdlałego ducha, aby już więcej nie wstać. Pan profesor zdumiał się niepomiernie, że jeszcze przed nim nie leży smętny kadawer*, lecz że wciąż stoi krępy i zuchwały dryblas, który się nazywał Cisowski. Jeszcze żyje! I nie tylko żyje, lecz się łagodnie uśmiecha... Z tym należy uczynić koniec.

– Pragniesz próby? – zawołał staruszek wielkim głosem. – Okpiłeś mnie i myślisz, że ci się uda po raz drugi? A więc dobrze! Spróbujemy się... Zapowiadam ci jednak, a wszystkich tu obecnych wzywam, aby byli świadkami, że marny będzie twój los. Może jestem słaby, może jestem nawet łagodny, ale dla ciebie nie będę ani słaby, ani łagodny. Pasy z ciebie... nie, to na nic!... Nie będę cię znał, imię twoje będzie dla mnie przeklęte. Wyrzucę cię za drzwi z mojego serca. Słyszysz? Precz z mojego serca... I całą klasę razem z tobą, bo to twoi wspólnicy. No i jakże będzie? Zgodzisz się na próbę?

Chłopiec zawahał się. Poza sobą usłyszał szmer, jakby ciche brzęczenie pszczoły: to szemrała trwoga całej klasy, widać bowiem było, że przezacny staruszek, którego można było przyłożyć do rany, tym razem nie żartuje, a musi być pewny swego, gdyż dojrzawszy cień zwątpienia na bladej twarzy Cisowskiego, zaśmiał się jadowicie, oczywiście w granicach możliwości, jak kiepski aktor, który straszliwca udaje.

– Cha, cha! Tchórz cię obleciał, co?! – wykrzyknął wielce z siebie rad. – *Fugas chrustas!** Trafiło się ślepej kurze ziarno, więc myśli, że wszystkie pojadła rozumy... Szatan z Kaczego Dołu, czarnoksiężnik z teatru dla dzieci. Siadaj, panie Cisowski, zakryj rękami bezczelną twarz i wstydź się!

– Spróbuję, panie profesorze – rzekł chłopak. – Niech pan profesor powie, jak mam to zrobić?

* Kadawer (łac. *cadaver*) – trup.

* *Fugas chrustas* – uciec w krzaki, drapnąć (żartobliwe wyrażenie utworzone niby od łac. *fuga* – ucieczka).

Szmer klasy zmienił się w trwożny pomruk.

Staruszek, cokolwiek stropiony, myślał przez chwilę, potem mówił głosem tak zimnym, że słowa wyglądały jak lodowe sople:

– Zuchwałość twoja przekracza wszelkie granice rozumu, ale chcącemu nie dzieje się krzywda. Dobrze. Otóż w sobotę wywołam trzech z waszej bandy. Jak dotąd... Przedtem ja napiszę ich nazwiska na karteczce i ty napiszesz trzy. Jeśli nie odgadniesz, których ja wybrałem, wiesz, co cię czeka.

– A gdybym odgadnął?

– Gdybyś odgadnął? Tego nie biorę w rachubę. Żal mi cię, młodzieńcze... Będziesz starty na proch... Mam zaszczyt pożegnać panów!

Uśmiechnął się drwiąco i zszedł z tragicznej sceny, mocno trzasnąwszy drzwiami, aby struchleli.

Dławiony gwar wybuchnął, jak gdyby wrzał w garnku jak ukrop, a ktoś nagle podniósł pokrywę. Korzystając z dziesięciominutowej pauzy, klasa siódma rozpoczęła burzliwy wiec. Ponieważ zgiełk był splątany, a jeden okrzyk usiłował stłumić drugi, nie można było dojść, czy splątanymi głosy gada trwoga i niepokój, czy też butna zuchwałość i pewność, że się Cisowski wydobędzie z toni. Posiadał on zasłużoną sławę najbystrzejszego chłopca w całej szkole. „I ja jestem mistrzem w logice" – rzekł sobie szatan. Pan profesor, mianując Cisowskiego szatanem, bardzo był bliski prawdy. Rozumując z chłodnym spokojem, chłopak ten umiał rozwikłać najtrudniejsze zagadki. Nie tylko patrzył bystrze, lecz i widział bystrze. Ze spokojną, cierpliwą namiętnością obserwował wszystko i wszystkich. Sklejał z przedziwną zręcznością niedopowiedziane słowo, ułamki zdarzeń, okruchy i szczątki i umiał sklecić z tego znikomego materiału prawdopodobną całość. Posiadał wyobraźnię żywą, lotną i zataczającą ogromne koła; wybiegała ona daleko naprzód, umiała cofnąć się w zapadający i gęstniejący mrok przeszłości i widziała tam to, czego zwyczajne krótkowzroczne oczy już dojrzeć nie mogły. W nauce też wyprzedzał wszystkich, ponad podziw pojętny, pamięć przy tym miał znakomitą. Powolny z natury, myślał zawsze rozważnie, bez pośpiechu, z cierpliwością, niezgodną z jego wiekiem, miał bowiem lat siedemnaście. Nigdy nie tracił spokoju ani nie unosił się gniewem. Pogodny i serdeczny kolega, wesoły i uśmiechnięty, uczynny i współczujący, zdobył sobie bez większego trudu miłość u wszystkich. Klasa siódma dumna była z Cisowskiego, toteż straszliwe zapowiedzi profesora Gąsowskiego dudniły jak dalekie grzmoty. Profesor jest najzacniejszym człowiekiem pod słońcem, krzywdy nikomu nie uczyni, lecz może dotrzymać jednej groźby: nie z zemsty, lecz z żalu odsunie się od nich i wypowie im przyjaźń. To byłoby smutne, więcej niż smutne. Tak bardzo kochali tego cudownego, siwego, pełnego ufności człowieka z duszą jasną i sercem ślicznym, że utrata jego przyjaźni byłaby klęską sromotną i nie do odrobienia.

Cisowski uciszył zgiełk przez podniesienie ręki.

– Nie krzyczcie wszyscy razem! – zawołał. – Czy to sztuba, czy klasa siódma? Słuchajcie! Zrobiliśmy staruszkowi przykrość... Musiałem się przyznać... Łajdactwo jest łajdactwem i na ten temat wszelkie rozważania są zbędne. Teraz trzeba będzie odrobić to szybko i uczciwie...

– Słusznie! – zakrzyknął ktoś z głębokim przekonaniem.

– ...przerobić cały materiał i zaproponować staruszkowi, aby pytał, jak chce i kiedy chce. Zrobione?

– Zrobione! Zrobione! – zakrzyknięto.

– Doskonale. O resztę niech was głowa nie boli.

– Ale co będzie w sobotę? – zapytał drobny chłopczyna, jeszcze bardzo wstrząśnięty.

– Nie wiem – odrzekł Cisowski cicho. – Namyślę się... Może byłem głupi, że się ważyłem na to wszystko. Jeśli mi się nie uda, ubłagam staruszka, aby tylko mnie wylał na łeb i szyję. Wy nie jesteście winni. O jedno tylko proszę: na sobotę ma być przygotowany każdy bez wyjątku. Niech tłucze łbem o ścianę, ale umieć musi. Skończyły się dobre czasy... I tak musi być do końca roku. Będzie tak?

– Będzie! Będzie!

– Teraz na miejsca. Szekspir powiada: „Palec mnie świerzbi, co dowodzi, że jakiś potwór tu nadchodzi". Matematyka jest już za drzwiami...

Minęła godzina cyframi najeżona jak madejowe łoże kolcami, minęły inne godziny, smażące się w upale. Minął czwartek i piątek, przez nieszczęsne ryby oczekiwany z rozpaczą, aż nadeszła wedle powszechnej umowy kalendarzowej groźna sobota, dzień sądu, *dies irae** pana profesora i *calamitatis** Cisowskiego.

Cisowski był bardzo skupiony i milczący. Cała klasa siódma na odmianę milcząca i skupiona. Wszedł raźnym krokiem pan profesor Gąsowski, skupiony i milczący. Zdawało się, że cały świat jest w tym samym nastroju. Jeśli na gwiazdach mieszkają jakieś myślące istoty, musiały – też skupione i myślące – patrzeć przez teleskopy na pogrążoną w odmęcie zwątpienia klasę siódmą.

„...I była chwila ciszy. I powietrze stało głuche, milczące, jakby z trwogi oniemiało". Jak w „Panu Tadeuszu". Staruszek patrzył na klasę, klasa patrzyła na staruszka. Nagle ozwał się głos Cisowskiego. Zdawało się, że słowa jego tak zabrzęczały, jakby ktoś nagle rozbił szybę, a rozpryśnięta cisza rozleciała się w tysiąc kawałków.

– Panie profesorze, chciałbym coś powiedzieć...

* *Dies irae* (łac.) – dzień gniewu; początkowe słowa żałobnej pieśni kościelnej o sądzie ostatecznym.

* *(Dies) calamitatis* (łac.) – (dzień) nieszczęścia, klęski.

– Cofasz się? – zawołał z nietajoną radością pan Gąsowski.

– Nie. Chciałbym tylko najserdeczniej prosić pana profesora, aby w razie mego niepowodzenia pan profesor ukarał tylko mnie. Oni nie są winni.

– Pomyślę o tym... Widzę z przyjemnością, że zachowałeś resztki sumienia. Czy to wszystko?

– Nie wszystko, panie profesorze... Pragnę jeszcze zapewnić pana profesora, że wedle jednomyślnej uchwały całej klasy wszystkie zaniedbania będą odrobione i nikt panu profesorowi nie przyniesie wstydu. I tak będzie odtąd zawsze.

Blade oblicze staruszka pokraśniało i usta mu zadrgały. Chciał coś rzec, ale nie rzekł. Musiał sobie jednakże powtórzyć w myśli włoskie porzekadło: *Non c'è sabbato senza sole!* „Nie ma soboty bez promyczka słońca!" – bo się łagodnie uśmiechnął, a właśnie była sobota.

– A teraz jestem gotów, panie profesorze – dokończył Cisowski.

Staruszek jeszcze rozmyślał, potem zaczął mówić powoli:

– Po takim oświadczeniu mogę dać spokój wszystkiemu i o wszystkim zapomnieć. Skrucha maże grzech. Ostatecznie jesteście dobre chłopaki, chociaż wisielce... Jeżeli jednak pragniesz próby, zrobimy ją, aby cię przekonać, młodzieńcze, że ze mną nie tak łatwo. Zabawimy się. No?

– Jestem gotów, panie profesorze.

– Dobrze! – rzekł staruszek z mocą. – Kto z nas ma pierwszy napisać trzy nazwiska?

– Ja mam je już napisane.

– Oho! Masz już napisane?! Wybornie... Więc teraz ja je napiszę.

Widać było od razu, że pan profesor ma je też przygotowane i zapisane w pamięci. Chytrze jednak udał, że się głęboko namyśla i rozważa. Przewracał kartki w notesie, po dwie, po trzy, po dziesięć. Potem niby utwierdziwszy się w wyborze, chwycił pióro i pisał. Cisowski nie odejmował wzroku z posuwającego się szybko pióra, kiedy zaś staruszek napisał trzecie nazwisko – odetchnął.

– Gotowe – rzekł staruszek. – Połóż swoją kartkę na katedrze, a ty z drugiej ławki... jak się nazywasz? – zresztą wszystko jedno! masz uczciwą twarz – weź moją kartkę. Nie czytaj. Trzymaj w ręku zwiniętą... Tak, dobrze. Panowie, zaczyna się przedstawienie!

Cała klasa siedziała zmartwiała w oczekiwaniu.

– Panie Cisowski! – zawołał staruszek uroczyście. – Kto ma być pytany dzisiaj według twego proroctwa, ty fałszywy proroku?

– Kaczanowski, Ostrowicki i Wnuk – odrzekł chłopiec głośno.

Staruszek skoczył jak oparzony.

– Przeczytaj kartkę pana profesora – dodał Cisowski.

Kolega dzierżący dokument profesorski odczytał wśród straszliwej ciszy:

– Kaczanowski – Ostrowicki – Wnuk.

Ogromny kamień stoczył się z hukiem z trzydziestokrotnego serca łajdackiej klasy siódmej.

Staruszek był tak zdumiony, jak gdyby był świadkiem czarnoksięstwa. Patrzył na Cisowskiego z wyraźnym strachem. Powolnym ruchem wziął z katedry kartkę Cisowskiego i stwierdził, że jak trzy byki sterczą na niej owe trzy nazwiska. Spojrzał na klasę: klasa miała na gębach uśmiech od ucha do ucha. Jedni od lewego ku prawemu, inni od prawego ku lewemu. Spojrzał na Cisowskiego: ten się uśmiechał, ale nieznacznie, jak gdyby wcale nie chełpił się zdumiewającym zwycięstwem. Znać było jednak, że jest szczęśliwy.

– Czy pan profesor się gniewa? – zapytał bardzo ciepłym głosem.

– Człowieku! – wybuchnął staruszek. – To jest zdumiewające!

– Bynajmniej, panie profesorze. Trzeba było tylko pomyśleć...

– Ale przecie i ja myślałem!

– Cała sztuka w tym, że i pan profesor, i ja wymyśliliśmy to samo. Jestem z tego dumny.

– Ale ja nie jestem dumny, piekielny chłopcze. Ja myślałem przez dwa dni.

– Niech mi pan profesor przebaczy, ale ja tylko przez jeden dzień, i to tylko po południu, bo rano byłem w szkole.

– Powiedz mi natychmiast, jak to wymyśliłeś? Odkryj swoje czartowskie sposoby!

– Bardzo chętnie, panie profesorze. Przede wszystkim starałem się wleźć w skórę pana profesora...

– Nie zazdroszczę... Ale co to znaczy?

– To znaczy, zacząłem myśleć tak, jak by wedle wszelkiego prawdopodobieństwa powinien myśleć pan profesor. Pan profesor myślał tak: „Ten chłystek, ten smarkacz albo ten kretyn Cisowski..."

– Chłystek, chłystek! Pomyślałem: „chłystek..." – jęknął staruszek.

– Bardzo słusznie, panie profesorze... „Otóż ten chłystek Cisowski będzie robił sto tysięcy kombinacji na sto tysięcy sposobów. A ja go urządzę. Postąpię jak najprościej, a to będzie najmniej spodziewane. Ponieważ w sobotę mieli być egzaminowani: Kaczanowski, Ostrowicki i Wnuk, czyli siódmy, siedemnasty i dwudziesty siódmy, na myśl nie przyjdzie temu idiocie..." Czy pan profesor pomyślał o „idiocie"?

– Zapomniałem.

– Dziękuję serdecznie. Otóż: „na myśl nie przyjdzie temu chłystkowi, że można zostawić sytuację taką, jaką miała być.

On będzie szukał daleko, a ja go dopadnę z bliska. Na to nie wpadnie nigdy! Na każdą inną kombinację mógłby wpaść przez łotrowski przypadek, ale najprostszej nie odgadnie". Czy pan profesor tak myślał? – dodał z niewinną miną.

– Słowo w słowo. To jest zdumiewające!

– Trochę też – mówił skromnie zuchwalec – liczyłem na to, że jeśli pan profesor układał swoją listę niezmiennie od wielu lat, to też tak łatwo jej nie zmieni. Zresztą muszę przyznać, że pomysł pana profesora był nieskończenie chytry.

– Naprawdę? Czy mówisz uczciwie? – ucieszył się staruszek.

– Najuczciwiej mówię! Najprostsze zagadnienia są najtrudniejsze do rozwikłania. Przywykliśmy szukać daleko na widnokręgu tego, co leży u naszych stóp.

– Więc jednak nie tak łatwo ze mną? Co?

– Wcale niełatwo, panie profesorze. Przyznam się, że mnie strach obleciał, gdy pan profesor zaczął szybko przeglądać nazwiska w notesie. Pomyślałem sobie: „A nuż staruszek..." O, bardzo przepraszam pana profesora...

– Wal dalej! Młody nie jestem, a „staruszek" to pieszczotliwe słowo... Więc czemu cię strach obleciał?

– „A nuż pan profesor – myślałem – wyrwie z notesu trzy nazwiska byle jakie, na chybi-trafi. Choćby pierwsze, drugie, trzecie z kolei". Byłoby po mnie... Ale się prędko uspokoiłem. Poznałem od razu, że pan profesor ma listę gotową.

– Skąd wiedziałeś?

– Bo pan profesor wprawdzie przewracał szybko kartki, ale żadnego nazwiska nie czytał.

– Wężu! – zawołał staruszek niemal ze zgrozą. – Czytałeś we mnie jak w książce!

– Potem patrzyłem pilnie, gdy pan profesor pisał, i odetchnąłem. Jeszcze mogłem się mylić, ale już miałem połowę pewności.

– I cóż z tego, że patrzyłeś na pióro?

– To, że pierwsze dwa nazwiska pisał pan profesor długo, stawiając wiele liter, a trzecie napisał jednym niemal pociągnięciem. Trzecie nazwisko musiało być „Wnuk".

– *Macte**! – zawołał pan profesor Gąsowski. – Wygrałeś, szatanie! Jeśli cię nie powieszą za zbytek sprytu, możesz okazać się pożytecznym człowiekiem. Czy uprzedziłeś tych trzech urwipołciów?

– Nie, panie profesorze. To przecie honorowa walka. Już odtąd, jak powiedziałem, wszyscy będą zawsze przygotowani. Śmiem jednak poradzić panu profesorowi, aby mimo wszystko zmienił metodę, bo natura ludzka jest słaba i grzeszna.

– A ty tę metodę znowu odkryjesz?

– Nie opłaci się, panie profesorze, bo rok się już kończy – zaśmiał się wesoło piekielnik.

Pan profesor chodził po klasie i nad czymś dumał. Widać, że walczył ze sobą, lecz nie zdzierżył. Z niepewnym uśmiechem zbliżył się do Cisowskiego i rzekł:

– Skoro jesteś taki ananas, rozwikłaj mi jedno zagadnienie...

– Z największą przyjemnością, jeśli tylko potrafię...

– Sprawa jest taka: ubiegłej soboty napisałem trzy listy do trzech moich przyjaciół z prośbą, aby przyszli do mnie w niedzielę zagrać w preferansa. To taka niewinna gra... No i żaden nie przyszedł. Nie tylko nie przyszedł, ale nawet nie odpisał. Czy jest jakakolwiek możliwość wytłumaczenia tego postępku? Rozumiałbym, gdyby nie odpisał jeden, ale dlaczego aż trzech? Jak to wyjaśnić?

Cisowski rozmyślał przez długą chwilę, potem rzekł:

– Żaden z tych panów nie mógł przyjść ani odpisać.

– Na Boga, dlaczego?!

* *Macte* (łac.) – bardzo dobrze, brawo.

– Gdyż, wedle mego mniemania, żaden z nich nie otrzymał listu.

– Poczta zbankrutowała? Bredzisz, młodzieńcze! Dlaczego żaden z nich nie otrzymał listu?

– Bo pan profesor ma te listy przy sobie... W którejś kieszeni...

Staruszek łypnął oczami i zaczął niespokojnie i szybko przetrząsać kieszenie. Wydobył z nich papiery, wycinki ze starych gazet, trzy chustki do nosa i trzy listy.

Siódma klasa buchnęła niepowstrzymanym śmiechem, a zacny pan profesor trzymał listy w ręce i przyglądał się im zdumionym wzrokiem.

2

Dwie awantury, a jedna gorsza od drugiej

Adaś Cisowski, brat diabła i bliski kuzyn czarownicy wedle podejrzeń profesora Gąsowskiego, był jednakże najściślej spokrewniony z uczciwym rodzajem ludzkim. Ojcem jego był szanowany lekarz, dzielny wróg śmierci i tysiąca jej dziatek: chorób wewnętrznych i zewnętrznych, lekkich i ciężkich; matką przedobra kobieta, która – tak jak inni kapelusz – „miała na głowie cały dom". Srogi i kłopotliwy był to ciężar, w domu tym bowiem chowało się, oprócz dorastającego Adasia, jeszcze czworo pędraków różnego wieku i płci. Banda ta odznaczała się przedziwną właściwością wywracania do góry nogami tego domu, co spoczywał na nieszczęsnej głowie matki, i trzeba było nie lada zręcznej cierpliwości, aby nie spadł. Czworo straszliwych istot, obawiając się zapewne, że nie zostaną przez ludzkość zauważone, dawało znać o sobie światu donośnym krzykiem o każdej porze dnia, co powoduje u starszych takie śmieszne i dziwaczne ruchy, jak podnoszenie oczów ku niebu, załamywanie rąk lub chwytanie się nimi za głowę.

Gdy przypadkiem zgoła niepojętym lub przez zrządzenie boże w opętanym domu, w którym czasem tynk opadał ze ścian, zapadała cisza, udręczona pani Cisowska biegła czym prędzej, przerażona, czy się czasem nie stało jakieś nieszczęście? Tak młynarz budzi się niespokojny, skoro młyn przestanie dygotać i wydawać głosy. Czworo wyjców nie krzyczało nigdy równocześnie, zabawa bowiem szybko by się skończyła, gdyby cała orkiestra ochrypła. Zwykle darł się jeden na byle jaki temat, a inni słuchali, po czym zaczynał drugi. W ten sposób przyjemność trwała dłużej i można ją było uprawiać bez końca, aż do wieczora. Adam, uczący się w sąsiednim pokoju, zatykał uszy ręką lub wsadzał w nie watę. Miał uczucie, że się uczy z akompaniamentem janczarskiej orkiestry. Czasem wpadał na „dzikie pola", do pokoju brzdąców, i gromił je potężnie, co było sposobem zawodnym, pohańbione bowiem, a czasem pobite wyjce rozpoczynały nową operę. Tałatajstwo bało się brata w pojedynkę, w gromadzie jednak było zdolne do zuchwalstwa.

Adam lubił spokój i ciszę, artykuły te jednak nie były znane w ojcowskim domu. Poza tym trzeba było chować wszystko i zamykać, gdyż szarańcza z sąsiedniego pokoju niszczyła wszystko, co napotykała po drodze: do osobliwych zabiegów używała atramentu, piór i ołówków, a jedną chytrze zdobytą książkę ze zbioru starszego brata dzieliła zwykle sprawiedliwie na cztery części, pomiędzy dwie dziewczynki i dwóch chłopców. Jeden z nich, Janek, zdradzał niezwykłe zdolności, gdy szło o zbrodnię. Umiał wydostać czerwony atrament, ukryty nawet w piecu, i użyć go w przedziwnym celu: do pomazania białych drzwi w wesołe wzory. Zaprzęg czterech tych straszliwych osobistości czynił zazwyczaj wszystko solidarnie, wedle zawołania: „Jeden za wszystkich, wszyscy za jednego". Zdarzyło się jednak pewnego razu, że jeden z członków zbójeckiej bandy działał na własną korzyść. Pani Cisowska obdzieliła lodami całą szajkę, część zaś, wielce obfitą, postawiła na stole Adasia.

Było to o zmroku, a w pokoju Adasia było najciemniej. W tej chwili zawołano go do telefonu, przy którym z drugiej strony wisiał gadatliwy kolega.

– Gdzie moje lody?! – wrzasnął Adaś, powróciwszy.

*Nec locus, ubi lody**. Nie ma lodów. Nie ma wspomnienia o lodach. W takich tajemniczych przypadkach składa się zwykle winę na psa, lecz w tym domu nie było psa. Oszczerstwo nie zdałoby się na nic.

– Gdzie moje lody? – pytał Adaś głosem z brzucha, głębokim i groźnym.

Cztery gęby przybrały wyraz obrażonej i ciężko dotkniętej niewinności.

– Niech się natychmiast przyzna ten, co zjadł moje lody, bo inaczej spiorę wszystkich!

Wrzask, jakiego dawno nie słyszano nawet w tym domu, obwieścił światu i sąsiednim ulicom, że Adaś obraża czworo uczciwych, sprawiedliwych i gardzących cudzymi lodami. Uczynił się zgiełk, wrzawa, rejwach, harmider i biadanie. Pan doktór wybiegł przerażony z gabinetu, pacjenci zaś, którzy przyszli do lekarza chorób sercowych, przekonani byli, że przez pomyłkę trafili do dentysty. Pani Cisowska opadła na krzesło i siedziała w tragicznym bezruchu.

– Nie chcecie gadać? – wołał Adaś. – Dobrze. Ja sam znajdę złoczyńcę!

Spojrzał pilnie w cztery pary oczów, ale nic z nich nie wyczytał: wszystkie patrzyły w niego z zuchwałą pewnością ludzi potwornie a niesłusznie oczernionych.

– Możesz sobie szukać do jutra – pisnęła jedna z sióstr. – Sam zjadłeś, zapomniałeś, a teraz składasz na nas. Ty tak zawsze!

* *Nec locus, ubi* (łac.) lody – nie ma śladu, gdzie były lody; żartobliwie użyte słynne powiedzenie: *Nec locus, ubi Troia fuit* – nie ma śladu, gdzie była Troja.

– Cicho, sroko! Zaraz zrobimy doświadczenie.

Wyjce ucichły jak na komendę, zapowiadała się bowiem zabawa pierwszej klasy. Adaś nalał wody do miednicy i postawił ją w ciemnym pokoju.

– Macie wejść wszyscy razem i zanurzyć w wodzie obie ręce! – rozkazał groźnie jak czarownik.

– I co z tego będzie? – zapytał bystry Jaś.

– Co będzie, dowiesz się o tym później. Jest to sposób, który niezawodnie odkryje tę małpę, co zjadła lody. Jazda, wchodzić!

Straszliwy zastęp wsiąknął w mrok, a po chwili słychać było plusk wody.

– Już! Wyłazić! Podnieść ręce do światła!

Osiem rąk podniosło się posłusznie, Adaś zaś pilnie się im przyglądał.

– Mokre ręce... – mruczał, mijając siostrę. – Mokre... – rzekł, mijając drugą. – I twoje mokre... Ha! Jasiu! Ty masz ręce suche... Ty zjadłeś lody, opryszku!

Jan Nepomucen Cisowski zalał się rumieńcem od wschodu do zachodu pyzatej gęby.

– Tak, ja... – rzekł głucho, ale z większym zdumieniem niż ze skruchą.

– Jak mogłeś?! – krzyknęła pani Cisowska.

– Sposobu jedzenia nie potrzeba go uczyć, to jest turkuć podjadek. Teraz sprawię mu lanie!

Jan Nepomucen podniósł jednak wrzask tak piekielny, że zwisająca z pułapu lampa zaczęła drżeć, więc Adaś machnął ręką i rzucił mu na rozmierzwiony łeb ogromną górę pogardy.

– Dlaczego on miał suche ręce? – spytał wieczorem ojciec. – W jaki sposób wpadłeś na ten sposób z wodą?

– To nie mój sposób, lecz arabski – odrzekł, śmiejąc się, Adaś. – Jakiś mądry sędzia w Bagdadzie wykrył złodzieja w ten sposób, że dziesięciu podejrzanym kazał dotknąć zabłoconego brzucha osła. Każdy niewinny czynił to śmiało i bez zastanowienia się, opryszek jednak pomyślał: „To jakaś pułapka" – i udał tylko, że dotyka oślego brzucha. W ten sposób ten, co miał nieczyste ręce – miał czyste ręce. Zdradziła go zbytnia chytrość. Ponieważ nie miałem osła na zawołanie, użyłem wody. Janek też usiłował być sprytny, wiec się zdradził. Zapowiadam mamusi, że dzisiaj dałem mu spokój, lecz go spiorę przy najbliższej sposobności. Najlepiej wtedy, kiedy w domu będzie pranie, aby nie zwracać uwagi.

Historia ta zdarzyła się przed trzema laty. Od tego czasu nikt ze zbójeckiej czeredy nie ważył się na pozbawienie nazbyt przenikliwego brata jadalnych dóbr doczesnych. Przed nim nic się ukryć nie mogło. Zdawało się, że ma jak mucha niepoliczoną ilość oczów: że słyszy, jak rośnie trawa i jak łakomy Jan Nepomucen skrada się ku spiżarni, konfiturami pachnącej. Tego samego mniemania była klasa siódma, po słynnej zaś awanturze z profesorem Gąsowskim sława Adama niepomiernie wzrosła. Adam bawił się tą łatwością w rozwiązywaniu zagadek, raz jeden tylko używszy swoich „szatańskich" zdolności do okpienia pani Klio, statecznej muzy historii. Nie przypuszczał nawet, że już w najbliższej przyszłości, jeszcze przed końcem roku, co omdlewającym i grzęznącym w upale krokiem brnął ku początkowi wakacji, będzie musiał użyć ich dwa razy. Zdarzyły się dwie awantury, awantury niemiłe – jedna gorsza od drugiej. Pierwsza z nich była nieznośnie przykra i na krótko zatruła mu serce, niezmiernie jednak uradowała go druga, udało mu się bowiem wydobyć z nieszczęścia uczciwego kolegę.

Zaledwie w kilka dni po słynnej rozprawie z profesorem Gąsowskim, który wciąż patrzył na niego z podejrzliwym podziwem, Adam zjawił się w szkole wesoły jak szczygieł. Na familijnej naradzie ubiegłego wieczora zapadło w domu postanowienie wyjazdu nad morze, co się już od dawna należało znużonej i wrzaskiem pobitej pani Cisowskiej. Można było żywić błogą nadzieję, że straszliwa czwórka nie zdoła przekrzyczeć burzliwego morza i może wreszcie na jakiś czas ucichnie; Adaś obiecywał sobie przy tym, że pragnąc zdobyć dla matki odrobinę spokoju, każdego wyjca rozpoczynającego koncert zanurzy łbem w wodzie i będzie go pławił tak długo, aż tamten ucichnie albo go ryby nadgryzą. Pani Cisowska wyrażała wprawdzie półgłosem obawy, że awanturnicze pokolenie młodych Cisowskich, puszczone samopas na morski brzeg i nieupilnowane, może w znacznym procencie z miejsca się utopić. Adaś jednak uspokoił ją szybko wiadomością, że brzeg jest pilnowany i dzielni rybacy czasem zgoła niepotrzebnie wyciągają z wody takie rozkoszne indywidua jak jego rodzeństwo; w razie niebezpieczeństwa zresztą donośny krzyk młodych Cisowskich będzie prawdopodobnie słyszany nawet w Szwecji.

– Będzie na polskim morzu o cztery bałwany więcej – rzekł z głębokim przekonaniem.

Sam cieszył się niezmiernie nadzieją spędzenia wakacji nad morzem. Miał właśnie podzielić się swoją słono-morską radością z kolegą siedzącym obok niego w pierwszej ławce, gdy przypadkiem rzucił okiem na rozłożony przed kolegą kajet. Współlokator szkolnej ławy nazywał się Burski. Był to chłopiec zdolny i pracowity, wysoki i szczupły; popędliwy cokolwiek i lekkomyślny, czynił wszystko w nerwowym pośpiechu. Objawiało się to nawet i w charakterze jego pisma, nieporządnym i rozrzuconym; przypominało ono żywopłot, wprawdzie wyciągnięty w szpaler, lecz wypuszczający niesforne i nieprzycięte odrośle na wszystkie strony. Adam patrzył ciekawie i z uśmiechem na jego zapisany kajet i chciał właśnie zagadać, lecz w tej chwili wszedł profesor literatury, przyjaźnie witając zgromadzenie. Ponieważ przez godzinę gadali wzniosłym językiem poeci i piękne słowa sypały się jak kwiaty opadające w wiśniowym sadzie, przyziemne istoty ludzkie przestały mleć otręby. Skoro tylko zamilkła poezja, zagotowała się ukropem zwyczajna wrzawa pauzy. Z gwaru trzydziestu splątanych głosów wytryskał czasem huczny śmiech jak jaskrawy kwiat spośród zielska. Dzisiaj jednak działo się coś niezwykłego, gdyż w ostatnich ławkach ucichł z nagła gwar jakby zalękły, a tylko dwa podniesione głosy „skakały sobie do oczów".

Adam obejrzał się, zaciekawiony, bo chociaż gwałtowne rozprawy odbywały się często i „temperamenty grały" przy lada sposobności, jednakże kłótliwe głosy nie szczękały o siebie jako krwi spragnione miecze. Awantura w okolicy ostatnich ławek musiała być wcale groźna, gdyż padały słowa szybkie, czerwone od gniewu, nastroszone i gotowe do bitwy. „Dobry rycerz" Jasiński, zwykle cichy i łagodny, stał naprzeciwko równie „dobrego rycerza" Żelskiego i bił w niego słowem rozpalonym do białości:

– Nikt inny, tylko ty!

– Kłamiesz! Na oczy nie widziałem!

– Wczoraj jeszcze było! Mówię ci: oddaj, bo ci łeb rozwalę!

– Głupi jesteś! – wrzasnął dobry rycerz Żelski. – A jeśli powiesz jeszcze jedno słowo, poleci kilka zębów!

Ponieważ rozwalenie łba i wyrywanie kilku zębów byłoby widowiskiem gorszącym, nie mówiąc już o tym, że obopólna operacja mogłaby bezpowrotnie zniszczyć wybitną urodę dwóch miłych młodzianków, klasa usiłowała lać oliwę na wzburzone morze rozgorzałych namiętności. Zaczęto ich uspokajać i przemawiać łagodnie do gotujących się jak lawa rozumów. Na wspaniałe rozumy padł jednakże czerwony tuman. Gdyby w pobliżu znajdował się dynamit, szkoła byłaby niechybnie wyleciała w powietrze, tyle iskier padało z oczów dwóch rozsrożonych mężów. Nie zważając na prośby i zaklęcia, poczęli ciskać w siebie wyrazy ciężkie jak kamienie. Jeszcze chwila, a zwada przypomni grube kłótnie królów greckich u Homera*, co się może skończyć homerycką bijatyką. Nigdy zaś nie można przewidzieć, co się z tego wyłoni na terenie klasy. Mały pożar może wywołać wojnę europejską, każdy bowiem z powaśnionych ma przecie swoich przyjaciół i przyjaciele moich przyjaciół mogą zacząć prać przyjaciół tamtego przyjaciela. Liczba zagrożonych zębów mogła się zwielokrotnić. Adam widząc, że to nie przelewki, a pauza niebawem się skończy, skoczył na bojowisko. Silnym ramieniem oddzielił od siebie awanturników i zakrzyknął:

– Gadajcie, do stu piorunów, o co idzie?! Zbyszek, czego chcesz od niego?

– Chcę go zabić! – wrzasnął Zbyszek krótko.

Osobliwe to pragnienie wydało się wszystkim zbyt prostym i połączonym z odrobiną przesady.

– Za co? – wołał Adam.

– Bo jest świnia!

Tamten, tak szpetnie mianowany, zawył i chcąc okazać, że jest lwem, rzucił się z pięściami na przeciwnika. Adam odtrącił go jednakże i rzekł zdławionym głosem:

– Zastanów się nad tym, co mówisz. Możesz go zabić, ale nie bądź grubianinem. Gadaj prędko, o co idzie? Prędzej, bo nie ma czasu!

– Ukradł mi pióro, moje wieczne pióro! – bulgotał Zbyszek.

– Niemożliwe! Łżesz! – krzyknął ktoś z „przyjacielskiego koła".

– Cicho bądźcie! – wołał Adam. – Skąd wiesz, że to on?

– Nikt inny zabrać nie mógł. Wczoraj na ostatniej lekcji pióro leżało między nami... I znikło jak kamfora... On je zabrał!

Adam zwrócił się do Żelskiego:

* Homer – wielki poeta grecki z przeł. IX i VIII w. p.n.e., autor najstarszych i najsłynniejszych epopei greckich „Iliady" i „Odysei".

– Józek, zabrałeś mu pióro?

– Nie zabrałem żadnego pióra... Jasiński wściekł się chyba!

– Dajesz słowo, że nie wziąłeś pióra?

– Daję słowo! – odrzekł tamten z powagą.

– Zbyszek, słyszysz? Józek dał słowo. Czy ci to wystarczy?

Zbyszek mocował się z własną duszą. Uczciwe słowo – wielka rzecz. Nie mógł nie wierzyć. Spojrzał dokoła siebie, jak gdyby szukając poparcia, lecz spotkał oczy groźne i niezwykle poważne. Niebezpiecznie było podać w wątpliwość słowo dobrego kolegi – gniew w nim jednak wrzał i bulgotał i nie mógł się ukoić.

– Czy ci to wystarczy? – zapytał Adam po raz drugi.

Jeszcze tamten nie zdążył odpowiedzieć, gdy wtem Adam, jakby niespodzianie ujrzał coś dziwnego przed sobą, podniósł rękę jak ktoś, co nakazuje milczenie. Patrzono na niego ze zdumieniem.

A on rozmyślał przez chwilę w zatroskanym milczeniu, co piękne jego czoło poorało zmarszczkami; coś w sobie rozważał, coś sobie przypominał. Po chwili, jak gdyby obudzony z przykrego snu, zaczął mówić powoli i ściszonym głosem:

– Słuchaj, Zbyszek... I ja ci mogę dać słowo, że to nie Józek zabrał ci pióro...

– Skąd wiesz? – zapytał hardo Zbyszek.

– Skąd wiem, to wiem. Moja rzecz... Może jeszcze dzisiaj, a może dopiero jutro znajdzie się twoje pióro. Zapewniam cię, że je wydostanę spod ziemi... Ty jednak musisz od razu, w tej chwili przeprosić Józka i za niemądre posądzenie, i za obelgę. Ja ci zaręczam, że Józek jest niewinny. Czy mi wierzysz?

– Tobie... wierzę... – bąknął Zbyszek.

– Podajcie sobie ręce. Józek, przebacz Zbyszkowi... Zbyszek był rozdrażniony. Prędko, bo zaraz zadzwonią.

Jasiński, dobry chłopak, uwielbiający przy tym Adama, wyciągnął rękę ku chmurnemu Żelskiemu i rzekł cicho:

– Pal diabli pióro!... Przepraszam cię, Józek... Uniosłem się...

Żelski, bardzo jeszcze czerwony i dyszący ostatnim podmuchem gniewu, usiłował przypomnieć sobie, jak wygląda uśmiech, co mu się wreszcie udało po kilku paralitycznych skrzywieniach poczciwej gęby.

– Jutro będziesz miał pióro! – dodał Adam, patrząc przenikliwie na Zbyszka. – Do jutra o tym ani słowa.

Klasa patrzyła na Adama podejrzliwie.

– On już wie, kto ściągnął to nieszczęsne pióro! – szepnął przyjaciel do przyjaciela.

– Więc czemu nie powie od razu?

– Musi mieć jakieś powody... Ale dobrze, że ci się nie pobili.

Przykra ta sprawa została zawieszona w powietrzu; udawano, że została zapomniana; do końca lekcji nikt o niej nie mówił. Po co? Adam zajął się nią, więc zostanie wyjaśniona.

Cisowski, potężny „jasnowidz", uśmiechał się niefrasobliwie, jak gdyby nic się nie stało. Rozmawiał uprzejmie z siedzącym obok niego Burskim, dziwnie dzisiaj milczącym. Po ostatniej godzinie Adam rzekł do niego wesoło:

– Burski! Czy wracasz prosto do domu?

– Albo co? – zapytał tamten cicho.

– Nic. Odprowadzę cię.

– Jak chcesz! – rzekł Burski niechętnie.

Wyszli ze szkoły razem, nic do siebie nie mówiąc. Adam mieszkał w przeciwnej stronie miasta, uparcie jednak towarzyszył mrukliwemu koledze, który zaczął okazywać zniecierpliwienie.

– Dokąd ty właściwie idziesz? – zapytał szorstko, przystanąwszy.

– Do ciebie.

– Och! Po co?

– Mam ci coś do powiedzenia.

– A teraz... teraz nie możesz mi tego powiedzieć?

– Nie, bo to zawiła sprawa.

– Jak ci się podoba...

Burski przyśpieszył kroku, jak gdyby go gnał niezrozumiały niepokój. Na bladej jego twarzy ukazały się rumieńce. Wbiegł szybko na schody, obejrzawszy się, czy Adam podąża za nim. Adam szedł jak milczący cień.

– No i co? Czego chcesz? – zapytał Burski z udaną hardością, gdy znaleźli się w pokoju.

– Pióra... tego pióra, które zabrałeś Jasińskiemu... Nie gadajmy długo! Wziąłeś, oddaj i tłumacz się sam przed sobą.

– Jak śmiesz! – krzyknął kolega zdławionym głosem.

– Nie krzycz – mówił Adam. – Po co mają słyszeć wszyscy w domu? Porozmawiajmy spokojnie... Dlaczego to zrobiłeś, nie wiem. Być może dlatego, że najpierw robisz, dopiero potem myślisz. Jest mi to obojętne. Pióro Zbyszka masz ty, a Zbyszek pohańbił niesłusznie Żelskiego. Historia jest paskudna.

Burski oddychał szybko i unikając wzroku straszliwego inkwizytora, mówił zrozpaczonym głosem:

– Na jakiej podstawie śmiesz mnie oskarżać? To niesłychane!

– Widziałem dzisiaj rano twój kajet. Pisałeś dotąd jak tępym pazurem, a ja znam twoje pismo od czterech lat. Takim pismem jak twoje powinno się pisać wyroki śmierci, aby ich nikt nie mógł odczytać. Musiałeś używać do takiego pisania zadzierzystych gwoździ, od wczoraj jednak twoje pismo dziwnie się zmieniło: wypiękniało, stało się niemal ozdobne. Musiałeś też zmienić i atrament, bo czarna maź... o ta, co tutaj na twoim stole czerni się w plugawym kałamarzu!... – przybrała przyjemną zielonkawą barwę takiego atramentu, którym się napełnia amerykańskie wieczne pióra. Zauważyłem poza tym, że zawsze w pisaniu nieporządny, wczoraj oddałeś się zajmującej tej pracy z zastanawiającą błogością. Musiało ci niezwykłą radość sprawić używanie misternego narzędzia. Czy mam mówić jeszcze?

Nieszczęsny chłopak jęknął i gwałtownie usiadł na krześle. Położył na stole ręce, a na nich oparł głowę. Ciało jego drgnęło lekko, jak gdyby cicho płakał.

Adam zbliżył się szybko i położył mu rękę na ramieniu.

– Uspokój się – mówił szybkim szeptem. – Stało się nieszczęście... Ani ci nie chcę dokuczyć, ani żadnej nie chcę wyrządzać ci przykrości... Ach, przestańże, u Boga Ojca! Co ty robisz?

Burski przytulił głowę do jego piersi i mówił, rwąc wyrazy na strzępy:

– Adasiu... Ja nie ukradłem... Przysięgam, że nie... Znalazłem... Ukryłem, nie zdając sobie sprawy, co robię... Skusiło mnie... Byłem głupi... Pióro jest śliczne, a ja zawsze... Ja zawsze marzyłem...

– O młody kretynie! – rzekł Adam, udając pogodę. – Rozumiem, rozumiem... Kto tak pisze jak ty, dla tego nawet zaostrzony patyk byłby pokusą... Dobrze, już dobrze... Tylko nie płacz, bo nie warto.

– Co za wstyd, co za wstyd!

– Nikt o tym wiedzieć nie będzie. Łajdactwa bym ci nie przebaczył, głupotę mogę, bo sam nie jestem wiele mądrzejszy.

– Naprawdę nie powiesz nikomu?

– Nie jestem trąbą jerychońską. Dawaj to nieszczęsne narzędzie i bądź zdrów. Pióra nie masz oczywiście przy sobie, lecz ukryłeś je głęboko, aby taki zbytkowny przedmiot nie zwrócił uwagi w domu. Jest on albo gdzieś za obrazem, albo na piecu.

– W samym piecu – szepnął Burski.

Adam zaśmiał się głośno.

– Widzisz, ośle berberyjski, jakim kiepskim jesteś złoczyńcą... Nie będziesz już nigdy urządzał takich kawałów? Możesz mi nie odpowiadać, bo ja za ciebie przysięgnę i głowę dam, że na widok wiecznego pióra będziesz uciekał. Pozwalam ci natomiast spoglądać pożądliwie na gęsie ogony.

Gadając z przesadną, fałszywie pokrzykującą radością, nieznacznie zbliżył się do pieca i sięgnąwszy ręką w jego paszczę, bezzębną na letni sezon, sprawnym ruchem wydobył pióro-katastrofę i ukrył je w kieszeni. Poklepał po ramieniu zrozpaczonego kolegę, odwracającego twarz, i rzekł cicho:

– Bądź zdrów! I zapomnij o tym.

– Adasiu – szepnął Burski. – Uratowałeś mnie... Jesteś najlepszym kolegą.

– I najlepszy kolega ma czasem kolegę idiotę! – zaśmiał się Adam. – No, do widzenia... Trzymaj się ciepło, bo to pomaga na głowę.

Nazajutrz działy się dziwaczne historie.

Pierwszy wykładał matematyk, wspaniała profesorska głowa, duch mocny, tylko ciało niecierpliwe, czemu się dziwić nie należy, albowiem żadnych wiadomości nie wbija się w zakute łby z większą trudnością niż wzniosłe wiadomości matematyczne. W klasie jest zawsze więcej kandydatów na kiepskich poetów niż na wybitnych matematyków, co wzmaga niecierpliwość u mistrzów tej nauki. Znakomity matematyk nie może tego pojąć, że inni nie mogą pojąć wspaniałych zawiłości, dlatego patrzy na ludzi jak na nieznośne błędy w mądrym rachunku. Może dlatego znakomity pewien mąż powiedział: „Najlepsze pojęcie nieskończoności daje ludzka głupota". Klasa siódma, mocna w historii, nie mogłaby gorzkiego tego powiedzenia obalić mizernym zasobem matematycznej wiedzy. Pan profesor matematyki słusznie przeto spozierał chmurnie na klasę siódmą. Wykładając, miał zwyczaj chwytać ręką wszystko, co leżało przed nim, potrząsać tym groźnie, wznosić w górę, stukać w katedrę, aby wreszcie odrzucić ołówek, bo kolej przyszła na książkę lub na klucz. Nigdy nie wykładał „z pustymi rękami". Tak do tego przywykł, że gdyby przed nim położono bombę, chwyciłby ją nerwowo, potrząsnął, a potem uderzył z mocą o katedrę i w ten sposób zamieniłby klasę siódmą w jedną niewiadomą, co zaoszczędziłoby światu wielu utrapień. Ponieważ – niestety, niestety! – nie było pod ręką bomby, zaczął codzienne swoje operacje z kawałkiem kredy, kiedy zaś kreda, nie mogąc znieść tortur, rozsypała się w proch, chwycił naturalnego wroga kredy – gąbkę, istotę cichą, wyschniętą i podziurawioną. Gąbka, marna kreatura, nie wydawała żadnego odgłosu, gdy nią usiłował stuknąć w katedrę, więc ją odrzucił ruchem pogardy i porwał inny leżący przed nim przedmiot. Uniósł go w górę jak magik laskę i potrząsnął nim zapalczywie.

– Moje pióro! – szepnął Jasiński.

Zdyszany szept pobiegł po całej klasie. Zdumiona ponad wszelkie pojęcie społeczność wyglądała jakby zahipnotyzowana i nie mogła oderwać spojrzenia od tajemniczego pióra. Zwróciło to wreszcie uwagę matematyka, więc zakrzyknął:

– Czemu patrzycie na mnie jak na malowane wrota?

Wiadomo, że na świeżo malowane wrota nie patrzą filozofowie, przeto jasnym było, że w słowach pana profesora tkwiło ziarno goryczy. Ponieważ pytanie było retoryczne, bo ani pan profesor nie oczekiwał na nie odpowiedzi, ani też nikt z zapytanych z odpowiedzią się nie kwapił, więc matematyk, uważając sprawę za wyczerpaną, chwycił w rękę linię, a pióro schował do kieszeni.

– O rany! – krzyknął półgłosem, ale dotkliwym półgłosem właściciel pióra.

Adam, opryszek siedmiokrotny, który tego dnia zjawił się w szkole przed wszystkimi, oparł swój diabelski łeb na rękach i trząsł się ze śmiechu. Śmiali się wszyscy prócz Burskiego, który patrzył na to wszystko jak gdyby z troską, i Jasińskiego, którego oblicze przybrało wyraz niebotycznego zdumienia.

– Adasiu! – krzyknął, ledwie drzwi zamknęły się za matematykiem. – To było moje pióro.

– Istotnie. Obiecałem, że je dzisiaj zobaczysz, a reszta mnie nie obchodzi – mówił Adaś wesoło. – Biegnijże za nim.

Jasiński wypadł z klasy, a po chwili powrócił, zwycięsko dzierżąc w ręce zdobycz.

– Ale ty jesteś magik, niech cię wszyscy diabli! – rzekł z uznaniem. – Nie pytam, jak i co, bo i tak nie powiesz, ale ciebie powinni spalić na stosie.

Klasa siódma byłaby przenigdy nie dopuściła do takiej zbrodni. Uwielbiała swojego czorta, który chodził w czarnej sławie, uśmiechając się przyjaźnie do całego, pełnego zagadek świata i do szumiącej nadziei, że maluczko, a ujrzy morze bursztyn rodzące. Czort jednak, choć czort, nie umiał przewidzieć najbliższej przyszłości, wlokącej się ku niemu żółwim krokiem umęczonych w upale dni. Nie wiedział też i o tym, że sława jego rozbrzmiewała po całym gimnazjum jak długie i szerokie, wysokie i krzykliwe. W szkole wiedzą, skąd przyleciała ta mucha, co właśnie łazi po szybie, w jakim jest wieku i jakie są jej rodzinne stosunki. W szkole wszystko gada i plotkuje: ławka, tablica, wieszadło i bałwan piec. W szkole działa nieustannie telegraf bez drutu, telewizja, telepatia i licho wie, co jeszcze. Aniołowie nie zdążyli zapisać w księdze niebieskiej, co się stało w klasie szóstej w jednym zakątku gmachu, a już wie o tym klasa piąta, najbardziej od niej oddalona. Najsłynniejszych podróżników zdumiewa nieodgadniony sposób, którym na olbrzymie odległości porozumiewają się Murzyni; godne zastanowienia są sposoby małpoludów w szkole. Nic w tym przeto nie było dziwnego, że najpierw głośna historia z profesorem Gąsowskim, następnie facecja z wiecznym piórem, porwanym przez matematyka, znane były i pędrakom, i dryblasom z klas wyższych. Panowie profesorowie też wiedzieli o tym, że siódmoklasista Adam Cisowski jest wyjątkowym ananasem w szkolnym ogrodzie.

Cisowskiego mało to wszystko obchodziło, gdyż wybierał się nad morze, więc czasem pomrukiwał z radości. Wybierał właśnie książki, które należało przeczytać, leżąc na piasku jak foka, gdy weszła do jego pokoju siostra z oznajmieniem, że przyszło do niego dwóch bardzo przystojnych młodzieńców.

– Dobrze! – rzekł Adam. – Zachowujcie się cicho, wyjce afrykańskie.

– A podsłuchiwać można? – zapytało przymilnie dziewczątko.

– Za podsłuchiwanie będzie kęsim! – ostrzegał Adam.

Dwaj młodzieńcy byli istotnie przystojni, lecz tak uroczyści jak dwaj pielgrzymi, co przybyli do Piasta Koszyczka, męża Rzepichy i ojca niechrzczonego Ziemowita. Adam znał ich dobrze z widzenia, byli to bowiem szóstoklasiści tego samego gimnazjum. Prezentacja odbyła się wedle wszelkich nakazanych przez wytworność przepisów, za czym młodzieńcy usiedli i obaj zmarszczyli czoła. Za pomocą bardzo okrężnego wnioskowania Adam poznał łatwo, że sympatyczni koledzy mają ciężkie myśli i kamień na sercu, wobec czego zagadnął ich z miejsca, oświadczywszy z wdziękiem jak Rejent w „Zemście", że „nie znana mu przyczyna, co w nikczemne jego progi marsowego wiedzie syna". Cytata ta, poza ilością „marsowych synów", była bliska prawdy, bo mars na ich czołach wieścił Marsa – boga wojny. Adasiowi przyszło na myśl, że te dwie uroczyste postacie poprzedzają śmierć, co nie mogła zdążyć równocześnie z nimi, oni bowiem przybyli tramwajem, a śmierć człapie piechotą. Może to sekundanci, co przyszli, aby go wyzwać na udeptaną ziemię? Nie mógł sobie wprawdzie przypomnieć, czy kogo obraził, lecz szkoła ma honor tak czuły, że jakiś rycerz mógł się poczuć dotknięty z lada jakiego powodu. Czekał przeto niecierpliwie, aby puścili z siebie głos. Widać było, że im jakoś nieswojo; jeden spozierał na drugiego, zachęcając się w ten sposób do mówienia, tymczasem jednak obaj chrząkali, jak gdyby to był egzamin, a nie wytworna wizyta. Wszystko jednak ma swój koniec, a kij, wąż, cygaro i kiełbasa mają wedle głębokich spostrzeżeń nawet dwa końce, więc wreszcie jeden z nich łyknąwszy powietrza, rzekł uroczyście:

– My, proszę kolegi, jesteśmy delegacją...

– O! – zdumiał się Adam krótko i okrągło.

– W smutnej sprawie – dodał szybko drugi.

„Teraz już ruszą z kopyta" – pomyślał Adam, a głośno dodał: – Kto kolegów przysłał?

– Klasa! – odrzekli obaj.

Adam skłonił z szacunkiem głowę przed tym słowem dostojnym i zapytał rozciekawionym spojrzeniem, czego żąda od niego sąsiednie mocarstwo.

– Wiemy o tym – mówił jeden z posłów – że kolega posiada niepospolity umysł...

Adam podniósł rękę na znak, że musi przerwać orację, albowiem wrodzona skromność nie pozwala mu słuchać podobnych hymnów, mówca jednak powtórzył uparcie, że niepospolity umysł jaśnieje przed nimi w całej okazałości i nic ich nie przekona, że jest lub może być inaczej. Zwracają się do tego umysłu po pomoc i radę. Sprawa jest piekielnie przykra, zawiła, niejasna, niewytłumaczona i przypomina takie oszalałe kaprysy przyrody jak piorun z jasnego nieba.

– Na Boga, co się stało?

– Nieszczęście! – odrzekł poseł. – Opowiemy to koledze w największym zaufaniu i prosimy o głęboką tajemnicę. Otóż...

– Za pozwoleniem! – szepnął Adaś.

Posłowie patrzyli ze zdziwieniem, jak człowiek wzniosłego umysłu wykonuje ruchy dziwaczne: wziął w rękę przedmiot niepospolicie ciężki, potem stąpając na palcach, zbliżał się podstępnie do drzwi, za czym skoczył jak pantera i rozwarł je szeroko. Uśmiechnął się zadowolony i rzekł:

– Już można mówić. Koledzy rozumieją: rodzeństwo...

Oni skinęli poważnie głowami na znak, że ta niewymownie przykra strona życia nie jest im obca. Po czym przemawiając na przemiany, uzupełniając relację koniecznymi objaśnieniami, wyjawili pilnie słuchającemu Adamowi ciężkie strapienie całej klasy. Było to zmartwienie niepospolite i dręczące. Gospodarna klasa szósta posiadała znakomicie urządzoną spółdzielnię. Założył ją jakiś handlowy geniusz, mający doskonałą głowę do interesów, zapewne przyszły dyrektor banku, i zmusił klasę do wspólnego wysiłku. Wszystko, co było potrzebne w szkole i w domowym żywocie, musiało być nabyte we własnej spółdzielni. Nie starczyłoby, oczywiście, grubego tomu encyklopedii do wyliczenia przedmiotów nieodzownych w uczniowskim życiu, spółdzielnia miała przeto wcale pokaźne obroty, a tłuste i nadęte liczby napawały wszystkich jej członków słuszną dumą i radością.

Adam pochylił głowę, by oddać cześć rozsądnym poczynaniom zaprzyjaźnionego mocarstwa, dotąd jednak nie mógł zwietrzyć nieszczęścia. Sądząc jednak z rumieńców, co właśnie rozkwitły na poselskich obliczach, wieść o nim zaraz odezwie się stłumionym krzykiem.

Prowadzenie spółdzielni – rzecz ciężką i wymagającą nieustannej, czujnej pracy – powierzono bardzo biednemu chłopcu i zacnemu koledze. Biedaczyna, z upartym, często zrozpaczonym trudem przepychając się przez szkołę, podjął się niewdzięcznej roboty i spełniał ją bez zarzutu. Wdzięczna społeczność szkolna, znając jego głodne życie, zgodziła się na to z gorącą skwapliwością, aby spółdzielnia zaopatrywała go we wszystko potrzebne, w całkowity sprzęt szkolny. Był to dar klasy dla ciężko pracującego kolegi, który nie mógł się nigdy zdobyć na całe buty. Chłopiec był szczęśliwy i pracował z zapałem. Przed kilku dniami składał rachunki. Wtedy stało się nieszczęście. Koledzy mający sprawdzić obroty spółdzielni nie wiedzieli, co począć? Chłopiec wyznał z rozpaczą, że brak mu przy zamknięciu rachunków ogromnej sumy: stu złotych. W jaki sposób? – tego dojść nie może. Całymi nocami sprawdzał cyfrę po cyfrze, z góry na dół i z dołu do góry – rachunki się nie zgadzają. Sto złotych zginęło bez śladu.

– A wyście sprawdzali? – spytał zaniepokojony Adam.

– Kilkakrotnie i z największą pilnością. Obroty były wielkie, idące w tysiące, bo kupuje u nas niemal cała szkoła. O sto złotych wpłacono więcej, niż wydano, a tych stu złotych nie ma.

– Co o tym myśli klasa?

– Klasa się podzieliła. Jedni wierzą mu bez zastrzeżeń, jest to bowiem kolega skrupulatny i kryształowo uczciwy, znaleźli się jednak i tacy, co kręcą głowami, i tacy, którzy głośno wołają, że ich to nic nie obchodzi i sto złotych znaleźć się musi.

– A wy?

– My mu wierzymy, z całego serca mu wierzymy. To uczciwy, kochany chłopak! Damy głowę, że zdarzyła się nieprawdopodobna, tragiczna pomyłka. Przecie mógł zapomnieć wpisać jakiś większy wydatek.

– Istniałby rachunek. Rachunki przejrzane?

– Wszystkie... I wszystkie wpisane... Kolego złoty, niech go kolega ratuje! Nie idzie o pieniądze, bo ci, którzy mu ufają, zbiorą je i wydobędą choćby spod ziemi, ale o jego dobrą sławę. Biedaczysko kochane! Kolega nie ma pojęcia, jak ten chłopiec cierpi i co się z nim dzieje! Wygląda jak trup i zalewa się łzami.

– To naprawdę wielkie nieszczęście – mówił Adam, trąc czoło. – Ale cóż ja mogę poradzić, skoro tylu was sprawdzało?

– My nie wiemy jak, ale to wiemy, że kolega poradzi. Kolego drogi... Adasiu! Ratuj człowieka! Nas tutaj po ostatni ratunek wysłała wprawdzie klasa, ale bylibyśmy przyszli sami, bo go kochamy... To nasz przyjaciel, dobry, wierny, a taki nieszczęśliwy przyjaciel.

Jeden z posłów przemawiał żarem słów, a drugi miał łzy w oczach.

Adam słuchał wzruszony.

Sprawa jest mętna i trudna do rozwikłania. I on wierzy temu nieznanemu chłopcu, lecz jak go wyratuje? Może zawodowy księgowiec wykryłby błąd bez trudu. To będzie jedyne wyjście! Struchlał jednak, dowiedziawszy się, że ojciec jednego z kolegów, urzędnik bankowy, sprawdzał rachunki... Więc i to zawiodło? Biedny chłopiec!

– Wobec tego i ja nic nie poradzę – mówił smutno. – Bardzo, bardzo mi żal.

Posłowie porwali się z krzeseł i poczęli błagać. Zaklinali go na dobroć serca i szlachetność duszy, polewając słowa łzami, aby zakwitły jak kwiaty.

– Kto on taki? – zapytał Adam.

– Syn wdowy, biednej krawcowej... Byliśmy dzisiaj u niego. Matka nie wie, co się z nim dzieje, i widząc jego zgryzotę, też się gryzie. Serce się kraje...

Adam myślał przez chwilę, niemalże boleśnie.

– Spróbuję! – rzekł wreszcie. – Nie obiecuję oczywiście niczego... To wam się jedynie zdaje, że jestem cudotwórcą. Jestem bałwan, nie cudotwórca. Czasem jednak i na bałwana spływa natchnienie. Daj to, Panie Boże, aby można pomóc temu biedaczynie. Gdzie są księgi?

– U niego. Nie rozstaje się z nimi i szuka, wciąż szuka... Obłędu dostanie od szukania... Albo się utopi...

– Jutro jest święto – mówił Adam zamyślony. – Niech on jutro przyjdzie tutaj do mnie, z książkami...

– O drogi, o kochany! – zakrzyknęli posłowie.

– Pojutrze dam wam znać, ale uczciwie obawiam się, że nie będę miał dla was wesołych wiadomości...

Poselstwo wybiegło z niezwykłym pośpiechem, choć nie przystoi posłom gnać z wywieszonymi językami. Wolno to jednak uczynić z radości, a ich pędziła radość. „Wielki" Cisowski raczył się zająć tajemniczą sprawą! Słońce, złoty ptak, nie przeleciało jeszcze z jednego drzewa na drugie, a już sprzymierzona klasa szósta wiedziała o tym, że potężne oko Cisowskiego wbije się jak sztylet w mrok i czarność.

Adam oczekiwał nowej wizyty ze ściśniętym sercem. Myśli latały po jego roztropnej głowie jak nietoperze. Butem, rzuconym celnie i z należytą wprawą, uspokoił rozwrzeszczane młodsze pokolenie Cisowskich, które wybierało się na świąteczną wycieczkę z większym hałasem niż hordy Attyli* wybierające się na przechadzkę po Europie. Wreszcie jednak ucichło w domu, meble odetchnęły, uspokoiły się prześladowane muchy i Adam odetchnął.

Dzwonek brzęknął nieśmiało i krótko.

Po chwili Adam wpatrywał się pilnie w zaczerwienione, znużone oczy i wybladłą twarz niepozornego, biednie odzianego chłopca. Oczy patrzyły w niego ze wzruszającą ufnością, tak błagalnie, tak prosząco i tak tkliwie, że Adam poczuł ucisk w sercu. Bezwiednie objął chłopca ramieniem, uścisnął go i uśmiechnął się do niego rozrzewniającym uśmiechem. Podobał mu się niezmiernie ten mizerny chłopczyna, na którego zwaliło się nieszczęście.

* Attyla (406-453) – władca Hunów, koczowniczego ludu pochodzenia mongolskiego, twórca potężnego państwa od Kaukazu po Ren, które po jego śmierci się rozpadło.

Wierzył mu. Sam nie wiedział dlaczego, lecz wierzył mu od razu. Przemówił do niego głosem miękkim i dobrym:

– Będziemy szukali... Odwagi, mój drogi! Wszyscy ci wierzą, każdy wie, że jakaś głupia zdarzyła się pomyłka.

– To straszne! – jęknął chłopak. – Przecie ja...

– Spokojnie, spokojnie! Po co łzy? Dawaj książki! Ile tego jest?

– Trzy... ale ja szukałem przez tydzień...

– Toś źle szukał! I przez łzy kiepsko się widzi.

– Kiedy ja już nie mogę... Jestem strasznie, strasznie nieszczęśliwy...

– Trzymaj się! Jeszcze raz ci mówię, małpiszonie, otrzyj łzy! Uśmiechnij się!

– Nie potrafię...

– Uśmiechnij się, mówię... A widzisz, że potrafisz. Wszystko tu jest porządnie zapisane?

– Tak, każdy grosz... Do kwietnia zgadzało się wszystko... W maju nie chce się zgodzić.

– Przyroda szaleje, więc i cyfry oszalały. W maju było najwięcej wpływów i wydatków, sądząc tak na oko...

– Sprawdzałem cały rok, ale w maju... O Boże! Zwariować można...

– Szkoda by było takiej tęgiej głowy! Zostaw mi te książki i idź do Łazienek.

– A co będzie jutro?

– Jutro? Ach, nic wielkiego. Ponieważ dzisiaj jest niedziela, więc prawdopodobnie będzie poniedziałek, jeśli nic się nie zdarzy innego. Bądź zdrów, chłopie, i śpij spokojnie!

Po wyjściu udręczonego chłopca uśmiech odleciał z oczów Adasia jak motyl, co przysiadł na nich tylko na chwilę. Udawał wesołość, aby dodać odwagi zatrwożonemu mizeractwu. Podjął się niebacznie trudnej sprawy. Ha, trudno! Może zdoła dojrzeć coś w gąszczu cyfr, czego nie zauważyli inni. Wierzył, nieco zuchwale, i w swoje szczęście, i w bystrość oczów.

Począł liczyć. Dodawał długie kolumny, przyglądał się podejrzliwie wojsku cyfr, rozsypanych w tyralierkę. Brak było stu złotych. Wsiąkły w papier. Na nic, na nic długa, żmudna robota. Trzeba rozpocząć od nowa. Mnóstwo pieniędzy przewaliło się w maju; jedni płacili długi, inni zakupywali sprzęt wodny na wakacje. W kolumnie gęsto ukazywały się liczby trzycyfrowe. Tym liczbom przyglądał się Adam najpilniej. Wprawdzie owe zaginione sto złotych mogło powstać z ułamków, więcej jednak było prawdopodobne, że pyszna setka stanęła w kolumnie „we własnej osobie". Która z tych kilku w grubej księdze jest tą, co „zniknęła jak sen jaki złoty"? Adam wziął lupę i badał każdą skrupulatnie. Minęło kilka godzin, a on, jak zegarmistrz badający przez szkło powiększające wnętrze zegarka, siedział nieruchomy i zatopiony w badaniu. Wydzwoniła północ, duchy poczęły wałęsać się po śpiącym świecie, a on czuwał.

Około godziny pierwszej zabrzmiał wśród nocnej ciszy zdrowy, radosny i odpowiednio przeraźliwy śmiech Adama. Musimy powiedzieć z odrobiną niesmaku, że śmiech ten przypominał rozgłośne końskie rżenie. W śpiącym głęboko domu uczynił się ruch i po chwili stanął we drzwiach ojciec Adama w pasiastej piżamie, mocno zatroskany, albowiem był przekonany głęboko, że jego pierworodny syn zwariował.

– Co ci się stało? – zapytał z trwogą.

– Znalazłem sto złotych! – wrzasnął pierworodny.

– Znalazłeś sto złotych? W tym domu? U lekarza? O pierwszej po północy? Zmocz ręcznik w zimnej wodzie, połóż go sobie na potylicy i idź spać, obłąkany chłopcze!

Pierworodny i pomylony syn nie mógł jednak usnąć tej nocy. Chciał biec do owego zrozpaczonego biedaka, zapukać w jego okno i krzyknąć: „Śpij spokojnie! Znalazłem!". Dlatego tylko tego nie uczynił, że i tamten nie byłby mógł usnąć z nadmiernej radości.

Nazajutrz jednak, jeszcze przed pierwszą lekcją, szepnął Burskiemu:

– Skocz no, przyjacielu, do szóstej, wywołaj byle którego pędraka i powiedz, że wszyscy mają czekać na mnie po nauce.

Burski, rozmiłowany w Adamie, uczynił trzy jelenie susy i powrócił zadyszany.

– Zrobione! – szepnął. –Ten, któremu to powiedziałem, omalże nie usiadł na ziemi. Zdaje się, że mu lewe oko zbielało.

Klasa szósta oczekiwała Adama z biciem wielu serc. Chłopaczek, prowadzący spółdzielnię, blady był jak ziemia po pierwszym śniegu. Wparł wzrok we drzwi i czekał w bolesnej udręce. Milczeli wszyscy milczeniem wielkim. O tym, że życie niezupełnie zamarło, świadczyła jedynie głośno brzęcząca mucha, daleka od zawiłych ludzkich spraw.

Adam nie wszedł uroczyście, lecz wbiegł w radosnych podskokach, niosąc księgi. Uśmiechnął się do klasy szóstej, klasa szósta uśmiechnęła się do niego. Następnie znalazłszy spojrzeniem bladego chłopaka, stanął przy nim jak adwokat przy boku oskarżonego i wygłosił krótkie przemówienie, którego słuchało łakomie kilkanaście szeroko otwartych gęb. Otoczono go ciasnym kołem, a on prawił:

– ...Jestem szczęśliwy, że zjawiam się tu z wesołą nowiną... Wasz najmilszy kolega niepotrzebnie się gryzł i smucił... Jest to zacny kolega, uczciwy kolega! Niech się wstydzi każdy, który go mógł podejrzewać... (Znowu płaczesz, szympansie?) Nie, nie, to nie należy do rzeczy... (Otrzyj nos, bo cię kopnę!) Proszę panów! Z tej całej sprawy będą nici, i to bez żadnej przenośni! Proszę patrzeć!

Otworzył księgę handlową i wskazując palcem na jej stronicę, mówił podniesionym głosem:

– Oto tu sterczy cyfra 126 złotych i 30 groszy. Widzicie? Z dnia 24 maja. Do tych 26 złotych i 30 groszy nie mam najmniejszych pretensji. Stoją jak mur! Ta pałka jednak udająca setkę budzi pewne zastrzeżenia. Odkryjemy łotrostwo tej pysznej pały, obalimy ją i zetrzemy na proch. Ta setka jest oszukańczą setką. Czy ma który z was scyzoryk albo sztylet, albo inne ostre narzędzie? Dziękuję, jeden wystarczy... Po co mi aż dwadzieścia?

Dziesiątki oczów usiłowało wypaść z naturalnego swego siedliska. Z zapartym oddechem patrzyli wszyscy, jak Adam ostrzem scyzoryka podważa z niezmierną ostrożnością czarną pałkę.

– Ależ to nie atrament! – krzyknął ktoś ze zdumieniem.

– Oczywiście, że nie atrament... – zaśmiał się Adam.

Zdjął czarną pałeczkę z papieru i posunął ją na czystą biel papieru.

– Co to jest? – zawołano.

– Nic nadzwyczajnego: czarna nitka! Ułamek czarnej nitki... Przez jakiś diabelski przypadek przyczepiła się właśnie przed inną cyfrą, przylgnęła do papieru i udawała setkę. Rzecz martwa umie być tak złośliwa jak małpa. Gdyby była utknęła o dwa milimetry niżej lub wyżej, łatwo by każdy odkrył to ponure oszustwo. Raz na tysiąc lat może się zdarzyć taka historia, a zdarzyć się musiała właśnie u was i omal nie pogrążyła uczciwego chłopca. Świnia, nie nitka! A mogła łatwo skorzystać ze sposobności, bo matka tego młodzieńca (przestaniesz beczeć czy nie?) zajmuje się szyciem. Słyszałem o takim wypadku, że złośliwa mucha, pozostawiwszy złamane odnóże na dokumencie, sfałszowała datę, nigdy jednak nie przypuszczałem, aby czarna, głupia nitka mogła fałszować uczciwe rachunki. Czy rozumieją teraz wszyscy, skąd ta upiorna setka?

Straszny wrzask, wyrzucony z potężnych gardzieli, przeraził cały świat. Słychać też było turkot kamieni, spadających z zatroskanych serc. Mocne dryblasy chwyciły Adama Cisowskiego i uniosły go w górę jak rzymscy legioniści nowego Cezara. Inni otoczyli ledwie żywego ze szczęścia bladego chłopaczka i przysięgali mu miłość i dozgonną przyjaźń. On zaś nie widział nic, bo w oczach miał wielkie łzy. Strasznie śmieszny chłopak, który płakał ze zgryzoty i nie znalazłszy innego dowcipniejszego sposobu na przywitanie szczęścia, oblewał je tymi samymi łzami. Uczeni mówią jednakże, że łzy zgryzoty są gorzkie, a łzy szczęśliwe są pełne słodyczy. Czasem i uczeni są mądrzy.

3

Piękne są oczy fiołkowe, ale kto ukradł drzwi?

Sprawa zbrodniczej nitki, którą Adasiowi udało się... zszyć „pęknięte serce" dobrego chłopaczyny, narobiła wiele hałasu; gdy wiadomość o niej dotarła do pana profesora Gąsowskiego, zacny ten mąż zadumał się głęboko i znieruchomiał w pozie, w jakiej zwykle Mickiewicz kamienieje na posągach: kamienną ręką przyciska kamienną książkę do kamiennej piersi, jak gdyby zatrwożony, że mu ją chcą przemocą odebrać. Tym się jednak odróżniał od wieszcza, że chociaż zakrzepły w kamiennej zadumie, westchnął głęboko w pewnej chwili, czego – jako żywo – wieszcz nie może uczynić, a co uczyniłby chętnie, gorzkimi tknięty myślami i przepełniony rozżaleniem nad losem wyświeconej z życia poezji. Pan profesor powróciwszy do życia, wyrzekł sam do siebie tajemnicze słowa:

– Tak... tak... trzeba by spróbować...

Długo rozważał jakąś upartą myśl, która nie dawała mu spokoju. Czytał właśnie książkę, kiedy znowu zaczęła mu bzykać nad głową jak mucha. Zamknął książkę i począł szybko chodzić po pokoju.

Potem, że tego dnia niebo było lazurowe, chwycił potężny parasol, a że w powietrzu wisiał ciężki, zawiesisty upał, wdział kalosze, obszerne jak gumowe łodzie; ponieważ nikogo nie było w pobliżu, zakrzyknął gromko: – Niedługo powrócę! – skinął przyjaźnie ręką, jak gdyby chciał wdzięcznie pożegnać szafę, i szybkim krokiem wyszedł z domu.

Zdumiał się Adaś, gdy mu oznajmiono spłoszonym szeptem, że profesor Gąsowski czeka w sąsiednim pokoju. Pomyślał w pierwszej chwili, że staruszek zjawił się jako pacjent u jego ojca; ojciec jednakże był nieobecny, a pan profesor zażądał natychmiastowej rozmowy ze swym uczniem.

– Młodzieńcze! – mówił staruszek po uroczystym przywitaniu. – Rozumiem twoje zdumienie. Nie obawiaj się... Nie masz niczego na sumieniu, zresztą dzisiaj jest pierwszy dzień wakacji i nie posiadam nad tobą żadnej władzy. Przede wszystkim zechciej mi przebaczyć, że cię publicznie nazwałem szatanem!

– Ach, panie profesorze – uśmiechnął się Adaś – to tylko zaszczyt dla mnie...

– Skoro tak, nie będę ukrywał, że postępki twoje budzą niepokój w ludziach prostego ducha. Zdumiewająca twoja przenikliwość napełnia mnie przerażeniem. Okazuje się jednak, że uczyniwszy wiele złego... – ale nie mówmy o tym! – uczyniła też i wiele dobrego. Piekielne twoje talenty, właściwie użyte, mogą się stać pożyteczne. Rozmyślałem nad tym i przyszedłem do ciebie prosić o radę i o pomoc... Nie otwieraj oczów tak szeroko, bo mnie onieśmielasz... Tak jest, drogi chłopcze! Potrzeba mi gwałtownie twojej pomocy... Znalazłem się w srogich tarapatach... Nie tyle ja osobiście, co moja rodzina. Dowiesz się o wszystkim w swoim czasie, przedtem jednak zechciej mi powiedzieć, jak i gdzie masz zamiar spędzić wakacje?

– Nad morzem – odparł stropiony Adaś. – Mamy wyjechać pojutrze.

– W takim razie wszystko przepadło! – zawołał staruszek smutno. – Dla mnie nie wyrzekniesz się morza.

Adaś spojrzał na niego bystro i widząc wielkie zmartwienie w poczciwych oczach, rzekł szybko:

– Gdybym wiedział, o co idzie, panie profesorze... Czy pan profesor naprawdę ma jakąś wielką zgryzotę?

– Bardzo wielką, bardzo wielką! – odrzekł staruszek, trąc ręką czoło. – Gdybyś mi jednak chciał pomóc, musiałbyś pojechać na wieś... Przepraszam, jak ci na imię?

– Adam.

– Prawda, już mi to mówiłeś parokrotnie... Otóż, kochany Adamie, przyjechała do mnie onegdaj moja bratanica, koza... To znaczy: nie koza we właściwym znaczeniu tego słowa, lecz usposobieniem żywo przypominająca kozę. Zawsze po mnie przyjeżdża, aby mnie zabrać na wieś, raz mi się bowiem zdarzyło, do dziś nie wiem dlaczego, że zamiast do mojego brata, zajechałem do jakichś obcych ludzi o sto kilometrów na wschód od ojczystej siedziby mego rodu. Zwyczajna ludzka pomyłka... Otóż ta moja bratanica przywiozła smutne wieści... Jakieś tajemnicze niebezpieczeństwo zawisło nad moim rodem. Pomyślałem sobie: „Pójdę do tego piekielnika – nie gniewaj się, ale tak mi się jakoś pomyślało! – a on jeden mi poradzi". I dlatego tutaj jestem... Dziwnego zaufania nabrałem do ciebie, kochany Piotrusiu...

– Adamie, panie profesorze...

– Prawda! Adamie... Skoro jednakże wzywa cię morze, odejdę z rozpaczą.

Adaś, patrząc na beznadziejnie smutne oblicze najzacniejszego profesora, rozmyślał gwałtownie. Serdecznie było mu żal starowiny. Być może, że „bratanica-koza" jakieś urojenie uważa za nieszczęście, z wszelką jednakże pewnością zmartwienie profesora nie jest urojeniem. Wprawdzie Adasia „wzywa morze", jak szumnie powiada profesor, ale morze nie zając. Nie ucieknie. Należy się zastanowić. Nad morzem, poza doskonałą sposobnością do utonięcia, nie zdarzy się żadna awantura, tymczasem ta nieznana mu jeszcze historia pachnie awanturą jak łąka sianem. Dzisiaj jest wtorek, a do czwartku ma czas do namysłu. Miłuje tego uroczego staruszka, nie mówiąc nawet o tym, że omal wielkiej nie wyrządził mu przykrości. Trzeba by się zastanowić, pomówić z ojcem, zapoznać się ze szczegółami „nieszczęścia".

– Panie profesorze! – mówił Adaś, sącząc powoli słowa. – Bardzo wątpię, czy mógłbym się na co przydać, ale strasznie bym nie chciał, aby pan profesor odszedł smutny. W tej chwili nie mogę niczego obiecać, ale kto wie, czy po rozmowie z rodzicami...

– Adamie! – zakrzyknął pan profesor, ujrzawszy skrawek nadziei jak rąbek księżyca na niebie.

– Czy pan profesor pozwoli mi odwiedzić się dzisiaj po południu?

– We dnie i w nocy, kiedy zechcesz.

– A koza będzie?

– Jaka koza? – ze szczerym zdumieniem zapytał profesor.

– Bratanica pana profesora...

– Aha! Będzie, będzie. W tej chwili lata po mieście jak kot z pęcherzem i ogląda fatałaszki. Nie rozumiem tej namiętności, któż jednak zdołał kiedykolwiek pojąć kobietę? Napoleon był geniuszem, ale z babami nie umiał sobie dać rady. Więc mogę mieć nadzieję?

– Wszystko uczynię, panie profesorze, i jeśli tylko będzie możliwe...

Staruszek, bardzo rozradowany, chciał wejść w szafę zamiast w drzwi, chwycił laskę doktora zamiast swojego parasola i zapomniał kaloszów. Niczego więcej nie dokazał w wielkim oszołomieniu. Usiłował wprawdzie wpaść na ulicy pod automobil, ale to mu się przypadkiem nie udało.

Adaś odwiedził go o czwartej po południu. Przyjęła go panienka wysoka i smukła. Miała takie fiołkowe oczy, że powinny wydawać fiołkową woń; z drobnych jej ust nie schodził uśmiech.

– Aha! – mówiła wesoło. – Pan zapewne jest „szatan"? Stryjek tak pana nazywa…

Adaś chciał rzec, że ją stryjaszek nazywa kozą, nie wypadało jednak tak kosmatej prawdy wyznawać osobie, co ma fiołkowe oczy. Uśmiechnął się przeto nieporadnie i zapytał:

– Czy pana profesora nie ma?

– Na świecie jest, ale nieobecny duchem, bo śpi.

Adaś nastawił uszu, wyraźnie bowiem usłyszał głos Gąsowskiego w przyległym pokoju.

– Zdaje mi się, że już nie śpi, bo rozmawia – rzekł niepewnie.

– Rozmawia, ale przez sen – zaśmiała się panienka. – Zaraz go obudzę, bo bardzo niecierpliwie czekał na pana.

Adaś patrzył z radosnym zdumieniem na śliczną dziewczynę. Jasnym było, że nie spodziewał się w rodzinie profesora, nie odznaczającego się wybitną urodą, tak rozkosznego zjawiska. A i to było jeszcze jaśniejszym, że „grom w niego uderzył!" Gromy z jasnego nieba są zjawiskiem dość rzadkim, w tej chwili zaś nie ulegało wątpliwości, że siarczysty piorun strzelił z fiołkowych oczów wprost w serce Adasia i wywołał w nim przedziwne kataklizmy. Z nagła oszołomione serce zaczyna pląsać w nieszczęsnej piersi, podnosi się ku górze, opada na dół jak kamień, wreszcie zaczyna tańczyć zgoła nieprzytomnie. Głowa mołojecka odczuwszy trzęsienie ziemi w piersiach, nie chce być gorsza i od razu traci przyrodzoną jej chłodną rozwagę: siarczysty płomień ogarnia ją jak suche badyle, od płomienia zajmuje się rozum i zaczyna dymić. Płomienistym takim wzruszeniom nie ulegają jedynie głowy stale napełnione wodą jak beczka deszczówką. Ponieważ potężny rozum Adasia przypominał skład dynamitu, sprawą przeto było oczywistą, że musiał w nim wybuchnąć pożar. Aby niczemu nie działa się krzywda, zaczęły pod nim drżeć nogi. Nauka ścisła od lat wielu tysięcy zgłębiając tę mroczną tajemnicę, nie może doszukać się związku pomiędzy organami tak odległymi jak serce i nogi, jednak prawdą jest niezbitą, że poruszone czymś serce przyprawia tylne ludzkie odnóża o niepomiarkowane drgawki. Nie mogą też pojąć najwybitniejsi psychologowie świata, dlaczego młody człowiek, z nagła porażony spojrzeniem błękitnym, lazurowym, piwnym, zielonkawym, fiołkowym, orzechowozłocistym, szarym lub czarnym jak piekielna smoła, przybiera pozór zatwardziałego idioty? Najcięższy wróg (gdyby Adaś miał wrogów) nie mógł mu odmówić zgoła niepowszedniej inteligencji, tryskającej jasnym strumieniem z jego oczów, a oto po chwili oszołomionego zdumienia na miłej gębie nieszczęsnego Adama ukazał się wyraz, jaki zwykł przybierać ciemny kmiotek na widok czegoś ponad ludzkie pojęcie cudownego. Coś się na niego zwaliło, coś go stłamsiło, jak burza tłamsi zboże; tak się czuł jak człowiek, którego ktoś twardą i sękatą pięścią zdzielił przez mądry łeb. Zamroczyło go. „Świat mu się stracił" – jak mówił jeden góral, któremu głaz zleciał na ciemię. Z całego świata pozostało jedynie to, co było na nim najpiękniejsze: dwoje fiołkowych oczów. Jakaś mizerna reszta świata nie była godna najmniejszej uwagi. Zdumiało go przeto, że jeszcze po tym fiołkowym świecie tuła się jakiś głos, bardzo cichutki i niby bardzo zatroskany:

– Czy panu słabo?

Głos ten, cieniutki jak nitka, musiała wydać istota przyczepiona do fiołkowych oczów, więc Adaś pojąwszy to znikomą resztką ocalałego rozsądku, uczynił tak spazmatyczny ruch, jaki czyni topielec usiłujący wychynąć na powierzchnię wody. Zmrużył oczy, aby nie patrzeć na uwodzące zjawisko, otrząsnął się, jak gdyby usiłował wydobyć się z zaczarowanego kręgu, wreszcie spojrzał jako tako przytomnie.

– Wzięło mnie! – powiedział Adam do Adama.

– Panu naprawdę jest słabo! – szepnęła panienka, której całkowita i dorodna postać, ważąca około pięćdziesięciu kilogramów, wyszła z fiołkowej mgły.

– Nie... nic mi nie jest, proszę pani...

Łgarstwo było oczywiste, a głos Adasia należał do tak zwanych „głosów konających", jaki czasem wydaje baran żegnający się z tym ponurym światem; ale i serdeczne współczucie damy było szachrajstwem. Dama widziała doskonale, że Adaś jest „trup na amen" i jeżeli jeszcze dycha, to tylko z przyzwyczajenia. Zrobiła zatroskaną minę, co miało oznaczać, że niewypowiedzianie jest jej przykro, iż sieje takie zniszczenie, i że ten poczciwina został porażony. Mina miała oznaczać: „Ach, taki już mój nieszczęsny los! Na kogo spojrzę, ten umiera!". Adaś wprawdzie poruszał jeszcze oczami i ustami, nawet z lekka machał ręką, lecz nikogo by nie zdziwiło, gdyby zapytał o drogę do składu trumien. Sam sobie się dziwił, był bowiem niezmiernie doświadczony w takich serdecznych sprawach. Przed trzema laty, też w lecie, do tego stopnia stracił swoją rozumną głowę, że na lewym ramieniu, tym od serca, wyciął sobie scyzorykiem inicjały: Z.G. (Zosia Górska – niech będzie przeklęta!). Cicha na pozór i skromna, już po czterech dniach okazała się demonem, co depce po ludzkich sercach. Szkoda było cierpienia! Papa-lekarz sprał go pod dziwnym pozorem, że przed krwawą operacją nie odkaził scyzoryka, co syn lekarski powinien był uczynić, matka urządziła mu sądny dzień za skrwawiony rękaw koszuli. A demon śmiał się: Cha! Cha! Najpierw przewracał oczami, robił omdlewające miny, a potem wystawił go na pośmiewisko, oddawszy przeniewiercze i zapewne robaczywe serce dryblasowi z szóstej klasy. Adaś zrozumiał poniewczasie, że rozumniej jest wycinać najdroższe inicjały na pniu brzozy niż na rodzonej ręce. Nie chcąc, aby się zmarnowały krwawe nacięcia, potworne znaki serdecznej męki, szukał potem długo istoty rodzaju żeńskiego, której imię i nazwisko od tych samych rozpoczynają się liter, od Z i G. Nie było takiej istoty pod ręką, aby ją uwiecznić na ramieniu, więc po długim, już ostrożniejszym namyśle oddał serce siostrze zaufanego kolegi, dziewczynce ślicznej, lecz rudej. Daremnie ostrzegali go przyjaciele przed tym zdradliwym kolorem włosów, w który skwapliwie stroją się czarownice i kobiety przewrotne. Zaufawszy swojej znakomitej bystrości, pogardził radami przyjaciół i omal nie przypłacił tego życiem, kiedy się okazało, że sześć prześlicznych listów, które napisał do swojego bóstwa, bóstwo przepisało, zmieniwszy rodzaje słów – z męskich na żeńskie, i wysłało je, również przez brata-zdrajcę, do tego eleganta z szóstej ławki pod oknem, Staszka Wirskiego, co doszedł do takiego obłędu wytworności w stroju, że co sześć dni zmieniał kołnierzyk. Bóstwo (niech będzie przeklęte!) frymarczyło wiernym, wspaniałym sercem. Adaś postanowił utopić się i przez trzy minuty dzierżył znękaną głowę pod wodą, aby jej już nigdy nie wydobyć. Głupi przypadek sprawił, że sobie przypomniał w ostatniej chwili o pierogach z czereśniami, które miano podać wieczorem, a za którymi przepadał. Jakże często drobne na pozór sprawy kierują losami człowieka! Siedem razy od tych tragicznych chwil burza przewaliła się przez czułe jego serce, bijąc w nie piorunami, tak że pozostawały z niego mizerne okruchy. Mądra przyroda zna jednakże przedziwną sztukę sklejania mizernych szczątków, inaczej bowiem ludzkość musiałaby wyginąć i zemrzeć na „pęknięcie serca". Więc i jego serce zrosło się i było podobne do odrutowanego naczynia. Stało się ostrożne, baczne i nie dało się już omamić przez byle kogo. Aż do tej chwili... Aż do tej chwili... Teraz zawaliło się na nie całe fiołkowe niebo. Teraz zostało schwytane na wieczystą niewolę. Po wielkim trzęsieniu i po konwulsyjnych drgawkach rozlała się w nim miła błogość, niepojęta, cicha, słodka radość. Siedemnaście jego lat zakrzyknęło siedemnastoma głosami. Aż dziw, że ten potężny śpiew nie zbudził śpiącego profesora. Och, niech staruszek śpi, niech śpi jak najdłużej!

Niemal zuchwale światu całemu zawsze patrzący w oczy Adaś patrzył w tym momencie nieśmiało, jak gdyby się obawiał, że zbyt natarczywym, zbyt mocnym spojrzeniem może boleśnie porazić tę fiołkowość delikatną i jakby przejrzystą. Zawsze należycie pyskaty, bał się przemówić, aby nie spłoszyć słodkiego zjawiska. Nawet tego nie zauważył, że słodkie zjawisko było doskonale wysportowane i, gdyby wśród niewinnych igraszek zechciało rzucić krzesłem, uzyskałoby przyzwoity rekord w rzucie czworonożnym meblem na odległość. Nimfa z fiołkowych uprzędzona mgieł miała muskuły pierwszej klasy, co świadczyło, że i zaświatowe okazy mają ludzkie zamiłowania do sportu. Adaś zebrał porozrzucane zmysły, nakazał sobie spokój i począł w zakamarkach wybitnego ducha szukać słów nadobnych i miękkich, aby przemówić prześlicznie do prześlicznej dziewczyny. Ponieważ nigdy nie miał tego pięknego towaru na składzie, zdobył się jedynie na zdanie, które przy najlepszej chęci nie mogłoby być użyte jako wzór dla początkujących poetów.

Zapytał cichutko:

– Czy pan profesor długo śpi po obiedzie?

– Jeśli się nie mylę, już się rusza i zapewne szuka butów. Stryjaszek nigdy nie wie, gdzie są jego buty.

– To ciekawe! – rzekł Adaś ze sztucznym podziwem.

– Pan chyba zna dobrze stryjaszka... Opowiadał mi, jak go pan wybornie urządził... Ach, to było świetne! Ale teraz uwielbia pana i ma nadzieję, że pan do nas pojedzie. Czy pan będzie mógł pojechać?

– Z rozkoszą! – krzyknął Adaś z niesłychanym zapałem.

– Czemuż to aż z „rozkoszą"? – zapytała panienka cichutko, zasłoniwszy powiekami oczy.

Chciał zawołać: „Dziewczyno, jeżeli wiesz, czemu o to pytasz?" – w ostatnim momencie przypomniał sobie jednak, że w ten sposób rzekł u Homera Achilles do Agamemnona, bez tej „dziewczyny" oczywiście. Homeryccy bohaterowie nie mieli w gębie kwiatów i raczej rzucali w siebie zdechłymi psami niż różami, przeto takie zapytanie byłoby zbyt obcesowe. Więc tylko spojrzał na nią takim gorącym spojrzeniem, że panience pociemniały oczy i różowa mgiełka zabarwiła jej twarzyczkę. Wielkie to szczęście, że duch pana profesora Gąsowskiego powrócił z zaświatów, kędy zapewne szukał Napoleona, wiodącego do bitwy jakąś czarną burzę i dowodzącego artylerią piorunów. Pan profesor zapytywał zniecierpliwionym głosem senną przyrodę: – Gdzie się u licha podział mój lewy but? – Ponieważ z cennych zaginionych rzeczy nie udało się dotąd strapionej ludzkości odszukać jedynie Atlantydy*, lewy but pana profesora odnalazł się wprędce za trzecią od góry półką z książkami i staruszek wkroczył raźno do pokoju. Mile zdziwiony, zakrzyknął:

– O, Piotruś. Jesteś przecie!

– Zdawało mi się, że wedle tego, co mówił stryjaszek, panu jest na imię Zbigniew – rzekła panienka. – Więc Piotr czy Zbigniew?

– Adam, proszę pani…

– Stryjaszku, jakżeż można?

– Przepraszam cię, chłopcze… Napoleona bym nie zapomniał, ale wśród tego natłoku świętych… Wszystko jedno zresztą, skoro przyszedłeś. Cała rzecz w tym, z czym przyszedłeś?

* Atlantyda – legendarna wyspa na Oceanie Atlantyckim, jakoby zatopiona wskutek nieznanego kataklizmu.

– Pan Adam jedzie do nas! – zawołała panienka skwapliwie. – Na całe wakacje! – dodała ciszej.

– Wybornie! Wybornie! – mówił radośnie pan Gąsowski.

Adaś zdziwił się cokolwiek, nikt nigdy nie mówił bowiem o całych wakacjach, lecz spojrzał na dziewczynę z wdzięcznością.

– Teraz siadajcie, dzieci – rzekł pan profesor. – Opowiesz naszemu przyjacielowi, co i jak? Ona o tobie wie wszystko, chłopaczku, z kolei dowiedz się ty o niej. To moja bratanica, a zwie się Wanda.

– Wanda... – szepnął Adaś cichutko, jakby pierwszy raz w życiu usłyszał to wodniste imię.

– Wandeczko, gadaj o wszystkim!

Panienka zmarszczyła czoło, jak gdyby miała wygłosić uczoną rozprawę i pragnęła to uczynić z wielką rozwagą.

„Jak ona ślicznie marszczy czoło" – pomyślał Adam.

Gdyby panience przyszedł do głowy dość nieprawdopodobny pomysł, aby ni z tego, ni z owego kopnąć stół, Adaś pomyślałby z zachwytem: „Jak ona ślicznie kopie stół".

– Panie Adasiu – mówiła dziewczyna powoli – u nas na wsi dzieją się dziwne rzeczy...

– Oni mają wieś niedaleko Wilna – objaśnił profesor. – Od trzystu lat w naszej rodzinie... Mów dalej!

– Do niedawna nic nadzwyczajnego tam się nie zdarzało. Spokojnie było zawsze i cicho. Ani do nas nikt nie przyjeżdża, ani my nie jedziemy do nikogo... Wieś jest zapadła. Mamusia prowadzi gospodarstwo, a ojciec...

– Ojciec, to znaczy mój brat, bawi się matematyką – wtrącił głuchym głosem profesor. – Wyższą matematyką! – dodał ponuro. – Liczy i liczy, tylko nigdy się nie może doliczyć podatków. Matematycy mają zwykle hyzia, rozumiesz? Ja historyk, brat matematyk... Nieszczęsna rodzina! Zresztą wszystko jedno... I cóż dalej?

– Przed pół rokiem zaczęły się dziać niezrozumiałe historie. Najpierw zjawił się jakiś Francuz i prosił, aby mu było wolno obejrzeć wnętrze naszego dworu.

– Pod jakim pozorem? – zapytał Adaś, pilnie słuchający.

– Coś o tym mówił, że pisze książkę i chciałby poznać stare domy.

– Francuz pisze książkę o starych domach? – zapytał Adaś. – Czy ojciec pani pozwolił?

– Oczywiście. Mnie wtedy nie było w domu, bo prawie przez cały rok mieszkam w Wilnie u krewnych. Ja chodzę w Wilnie do gimnazjum. Mamusia opowiadała mi jednak, że ten obcy zwiedził nasz dwór w bardzo dziwny sposób. Nie oglądał ani obrazów, ani makat, ani ścian... Niczego nie oglądał, tylko pilnie badał wszystkie drzwi.

– Drzwi? – zdumiał się Adaś.

– Wariat! – rzekł pan profesor. – I we Francji wariatów nie brak. Przecie nie pisze książki o drzwiach?

– Matka opowiada, że nieznacznie wydobył z kieszeni jakieś ostre narzędzie i zaczął skrobać jedne drzwi w pokoju ojca. Stropił się bardzo, gdy to zauważono, i pożegnał się szybko.

– Nie powrócił?

– O, nie, ale po pewnym czasie zjawił się nieznany jegomość, jakiś ajent czy pośrednik, i oświadczył, że ktoś, komu się bardzo podoba nasza okolica, pragnie kupić nasz majątek. Zaofiarował znaczną sumę. Tatuś mówi, że wszystko razem, z martwym i żywym inwentarzem, niewarte jest nawet połowy tych pieniędzy. Śmiał się i dodał, że nawet z nim razem.

– A co zrobił?

Panienka uczyniła „smutną twarz" i rzekła „boleśnie":

– Wziął go za kark i wyprowadził za drzwi.

– Mój brat jest kąpany w gorącej wodzie – objaśnił profesor. – Notabene, jeżeli matematycy kąpią się kiedykolwiek.

– Stryjaszku! – upomniała dziewczyna historyka zawziętego na matematykę. – Tatuś nie mógł spokojnie słuchać o sprzedaży ziemi, która od wieków jest w naszych rękach.

– I od wieków jest zadłużona – wtrącił grobowym głosem Gąsowski. – Pokusa była nęcąca...

– Bardzo nęcąca. Stryjaszku, czy ja mogę mówić o wszystkim?

– Możesz. Nie są to tajemnice... Choć my ich nie ogłosimy, ogłoszą je w sądzie przed licytacją.

– Tak jest – mówiła dziewczyna ściszonym i z nagła pociemniałym głosem. – U nas jest tak ciężko, że gdyby nie stryjaszek, który ostatnim groszem dzieli się z moim ojcem, dawno już by nas tam nie było.

– Tego ci mówić nie wolno! – cienkim głosem zakrzyknął zaczerwieniony staruszek. – Mam wyrzucać pieniądze za okno, wolę dać wam, choć na stracenie.

Adaś spojrzał na niego z tkliwym rozrzewnieniem. Panienka, nie zatrwożywszy się piekielnej furii, uśmiechnęła się smutno, tak że serce Adasia zaczęło znowu pękać nieznacznie.

– Więc ojciec nie sprzedał majątku? – zapytał szybko.

– O tym nie było nawet mowy. Komuś jednak tak zależało na jego kupnie, że wciąż zwracano się z tym do ojca, ale od tej chwili już listownie. I z Warszawy, i z Wilna. I cenę podniesiono. Pisali listy adwokaci i namawiali ojca gorąco do sprzedaży, otrzymawszy zaś odmowną odpowiedź, nie ukrywali zdumienia w następnych listach. Takiej ceny ojciec nigdy nie dostanie. Zastanawialiśmy się długo nad tym, co tkwi w tej sprawie, lecz nie doszliśmy do niczego.

– I skończyło się?

– Bynajmniej. Teraz się dopiero zaczęło. Nasza okolica jest najuczciwszą chyba okolicą na świecie. Nikt tam niczego nie ukradł, toteż niemalże nie zamyka się domu.

– Na dobrą sprawę pochodzi to stąd – rzekł z goryczą pan profesor – że tam nie ma niczego do ukradzenia. Mojego brata gdyby ukradli w nocy, odesłaliby go natychmiast, obejrzawszy go za dnia. Zresztą jest niby do mnie podobny... Słuchaj jednak, miły Piotrusiu, co się stało!

– Okradziono nas! – zawołała dziewczyna niemal z triumfem. – Przed dwoma tygodniami... Mamusia pojechała po mnie do Wilna, a tatusia jakby nie było, bo skoro się zagrzebie w swoich papierach, nie zwróciłby uwagi nawet na pożar w domu. Wtedy włamano się w nocy do dworu i wyniesiono z niego – nie, nigdy pan nie zgadnie, co wyniesiono?

– Przypuszczam, że jakieś drzwi – rzekł Adaś nieśmiało.

Dziewczyna spojrzała z wyrzutem na profesora.

– Czy stryjaszek już panu o tym powiedział?

– Nic nie mówiłem! Jak ciebie kocham, nie wspomniałem o tym ani słówka! Powiedz, chłopcze, uczciwie: czy mówiłem ci o jakichś drzwiach?

– Pan profesor istotnie nic mi nie mówił – rzekł Adaś z nagła zarumieniony.

– Więc skąd pan wie? – zapytała zdumiona dziewczyna.

– Mówiłem ci, że wcielony diabeł! – krzyknął profesor z triumfem. – On wszystko wie!

Dziewczyna patrzyła na Adasia niedowierzającym wzrokiem. Gdyby cisza potrwała chwilę dłużej, byłoby można usłyszeć, jak jego serce, tknięte fiołkowym spojrzeniem, rozpoczyna nową serię skocznych pląsów.

– Istotnie – mówiła panna Wanda – wyniesiono dwa skrzydła drzwi z pokoju mojej matki. Nazajutrz znaleziono je w odległym kącie parku, zupełnie odarte z białej farby. Skąd panu przyszło na myśl, że właśnie taką obłąkaną popełniono kradzież?

– Francuz oglądał przecie tylko drzwi... – rzekł Adaś.

Pan profesor uderzył się w czoło, jak gdyby śmiałym gestem chciał zakatrupić muchę.

– Prawda!... – zawołał. – A po cóż on je oglądał?

– Tego nie wiem... W domu państwa muszą istnieć jakieś ważne drzwi. Ktoś je najpierw badał, myśląc, że mu samo oglądanie wystarczy, a ponieważ nie wystarczyło, więc je zabrał. Najpierw jedne, potem będzie usiłował zabrać drugie i dziesiąte. Kiedy pani wyjechała z domu?

– Przed czterema dniami...

– Nie może pani wiedzieć, czy się tam nie zdarzyło coś nowego, a jednak mogło się zdarzyć. Czy nie miała pani listu?

– Nie.

– Wandeczko! – rzekł z wyrzutem profesor. – Czemu nie mówisz prawdy?

Twarz dziewczyny przybrała barwę zgoła kardynalskiej purpury.

– Jak stryj – powiedziała ceremonialnie „stryj", nie jak dotąd „stryjaszek" – może mówić coś podobnego? – A powiedziała takim głosem, że gdyby patriarcha Mojżesz uderzył w ten głos laską, wytrysnąłby z niego strumień łez.

– Nie otrzymałaś listu? – zdumiał się profesor. – Przecie dałem ci go dzisiaj rano!

– Za pozwoleniem – zaczął mówić Adaś szybko. – Pan profesor nie ma szczęśliwej ręki do listów. Pozwolę sobie przypomnieć pewne trzy listy...

– Zamilknij, młodzieńcze! Tamto było co innego, a to jest co innego. Dam głowę, że wręczyłem jej dzisiaj list...

– Niech pan profesor da w zastaw jakąś rzecz mniej cenną – zaśmiał się Adaś. – Spokojnie, spokojnie, panno Wando. Zaraz się wszystko wyjaśni! To ja mogę dać głowę, że pan profesor miał list w ręce, ale wcale go pani nie dał.

– O! o! – zawołał staruszek dziwnym głosem. – Jakie masz na to dowody?

– Zaraz się pokaże – mówił Adaś rozbawiony. – Kiedy pani wyszła dzisiaj rano z domu?

– Przed dziewiątą – odrzekła panienka.

– Pocztę przynoszą około jedenastej. Jeśli pan profesor otrzymał ten list, otrzymał go o tej porze. Czy wolno wiedzieć, co pan profesor robił dzisiaj rano?

– Nie wstydzę się moich czynności. Czytałem!

– A co pan profesor czytał?

– Wiadomość ta na nic się w tej sprawie nie przyda – odrzekł staruszek, cokolwiek stropiony.

– Ja jednak bardzo pragnąłbym wiedzieć.

– Pal cię licho! Wolno mi podczas wakacji czytać, co mi się żywnie podoba. Owszem, powiem ci i wcale się nie wstydzę. Czytałem romans Dumasa, w którym jest mowa o Napoleonie... O powrocie z Elby...

– „Monte Christo"! – zawołał Adaś triumfalnie. – Bardzo dobrze... A który tom?

– Czwarty... I co z tego?

– A czy panu profesorowi przerwał kto czytanie?

– Sam je przerwałem, bo mi przyszło na myśl, żeby się udać do ciebie.

– W takim razie wielce jest prawdopodobne, że list do panny Wandy tkwi w tej chwili w czwartym tomie Dumasa. Gdzie leży ten tom, panie profesorze?

– Zamknięty jest w biurku – rzekł staruszek ponuro. – Aby się ona do tego nie dobrała... Zaraz zobaczymy!

Wypadł szybkim krokiem i nie było go ściśle przez dwadzieścia trzy sekundy, tyle razy bowiem uderzyło serce Adasia, skłonne dzisiaj do czynów bohaterskich.

– Jest list! – krzyczał profesor za drzwiami.

Dziewczyna spojrzała na Adasia tak tkliwie, że nagle otwarł się nad nim pułap, nad pułapem otwarło się niebo, a siedem milionów siedemset siedemdziesiąt siedem tysięcy aniołów zaczęło śpiewać słodkim chórem śliczną piosenkę o szczęśliwym ludzkim sercu. Potem się niebiosa zasnuły chmurami, aby niewinne skrzydlate istoty, brzydzące się kłamstwem, nie widziały sromotnie zawstydzonej twarzy pana profesora.

– Ja jestem stanowczo pomylony! – rzekł on z najgłębszą wiarą w swoje słowa. – Przebacz mi, Wandeczko! Dumas rzucił mi się na mózg. A ten chłopak...

– List, list! Prędko, niech stryjaszek odda list!

Niecierpliwym ruchem rozerwała kopertę i czytała list łakomym wzrokiem.

– Jest nowa awantura! – zawołała zdyszanym głosem.

– Ukradli cały dom?! – krzyknął profesor.

– Nie, tylko inne drzwi...

Przedziwną tę nowinę list oznajmił ze wzburzoną trwogą. Matka panny Wandy donosiła o nowym włamaniu i o zdjęciu z zawiasów drzwi z gościnnego pokoju. Usiłowano wynieść je przez okno, czemu przeszkodził nocny stróż, który przypadkiem obudził się z głębokiego snu dlatego tylko, że mu się śnił jego nieboszczyk dziadek, mający dość głupi jak na nieboszczyka zwyczaj straszenia swego uczciwego wnuka. Na krzyk czujnego stróża dziwaczny łup porzucono, a dwa cienie wsiąkły w noc.

– Już ich jest dwóch! – mruknął Adaś.

– Na Boga! Co to wszystko znaczy? – mówiła dziewczyna, ale już z trwogą. – Matka napisała ten list prawie ze łzami i błagała stryjaszka o pomoc.

– A ja błagam o to Piotra – rzekł profesor uroczyście.

– Piotr panu profesorowi nie pomoże – zaśmiał się Adaś.

– Odmawiasz?

– Jako Piotr, ale jako Adam nie odmówię.

– Panie Adasiu kochany... – zaczęła panna Wanda, ale nie skończyła.

Żaden zając w historii świata nie skoczył tak w bruzdy, jak w nim skoczyło serce. Musiano i w raju ukraść drzwi (co przy sprycie diabłów nie było przedsięwzięciem zbyt trudnym), gdyż na duszę Adasia padło stamtąd wielkie, olśniewające światło. Należało jednak zejść z Jakubowej drabiny zachwyceń na ziemię, na której grasują dziwaczne rzezimieszki, i zimnym rozumem rozważyć tajemniczą sprawę. Jego uważają za wybitnego znawcę w tej dziedzinie. Fiołkowe oczy patrzą w niego z roztkliwiającą ufnością. Stary historyk polega na jego bystrości. Musi bardzo natężyć umysł, aby dostrzec światełko w tych mrokach, wśród których snują się złowieszcze cienie.

Adaś zmarszczył czoło i skupił się w sobie.

– Proszę państwa... – zaczął mówić powoli, jak gdyby chciał się przyjrzeć każdemu ze swych słów. – Sprawa wydaje mi się poważna. To już nie są przelewki, skoro ktoś waży się na włamanie pośród nocy do obcego domu. Przyznaję uczciwie, że obawiam się tej awantury. Mogę robić rozmaite sprytne figle w szkole, ale na nic się nie przydam tam, gdzie się rozgrywa jakaś ponura tajemnica. Panno Wando, czy ojciec pani nie zwracał się do władz?

– Mamusia chciała, ale ojciec powiedział, że się narazi na śmiech, skoro się zjawi ze skargą, że ze środka domu ukradziono drzwi...

– Nie można zaprzeczyć, że dość trudno byłoby pojąć takie oskarżenie. Ojciec pani rozumuje słusznie i trzeba by tę tajemnicę rozświetlić domowym – że tak powiem – sposobem. Ale ja temu nie podołam...

– Pan wszystko potrafi! – wykrzyknęła panna Wanda tonem tak gorącym, że można by w jego temperaturze ugotować jajko na miękko.

Adaś uśmiechnął się.

– Tylko w romansach odnoszą triumfy tacy genialni psychologowie jak ów z francuskich powieści młodociany dziennikarz, co we własnym ojcu odnalazł zbrodniarza, lub uczeń liceum, co odkrył zagrabiony przez wytwornego włamywacza schowek francuskich królów. Książki o tym czytałem z taką samą pasją, z jaką pan profesor czyta Dumasa. Pomysłowy autor wyprawia cuda, ale ten sam autor nie może zwykle wedle swojej niezrównanej metody odnaleźć zgubionej spinki. Pan profesor przecenia moje zdolności. A co będzie, jeśli nie dokonam niczego? Sam narażę się na śmiech, a was na szkody.

– Więc pan nas opuści?... Panie Adasiu?...

Trzy kropki po każdym z tych pytań były łzami panienki. Nie można ich, niestety, inaczej wyobrazić w druku.

– O, nie! – zawołał Adaś z należytą gorliwością. – Pragnąłbym jednak, aby państwo zechcieli zawezwać mnie, choćby na nieudaną próbę, dopiero wtedy, kiedy już wszystko zawiedzie.

– Młodzieńcze – rzekł pilnie słuchający profesor. – Można by się zwrócić jedynie do władz... Na to czas będzie zawsze, dotąd bowiem nie stało się nic strasznego... Nikt jeszcze nikogo nie zarżnął... I ja jestem zdania, że w tej całej głupiej sprawie tkwi jakaś domowa tajemnica. Spróbujmy ją rozświetlić wspólnymi siłami. Ty będziesz lwem, a my ci pomożemy w polowaniu. Myślę zresztą, że w końcu natkniemy się chyba na wariata, tylko wariat bowiem może kraść drzwi. Na co komu cudze drzwi, porzucone potem w parku? Czy zabrał kto kiedy drzwi?

– Owszem – zaśmiał się Adaś. – Samson, zanim go ostrzygli, zdjął z zawiasów i wyniósł na plecach bramę miasta Gazy. Ludzie wszystkim handlują... Ten jednak, co dybie na wasze drzwi, posiada jakiś cel wielkiej wagi, bo naraża się na grube niebezpieczeństwo. W tym cała sztuka, aby odgadnąć, co on sobie w tych drzwiach upatrzył.

– Pan jeden to odgadnie! Niech pan jedzie do nas – prosiła panienka.

Adaś dawno wiedział o tym, że pojedzie, miał już zresztą pozwolenie rodziców. Prawdziwie jednak obawiał się tej sprawy. Przygoda była niezmiernie nęcąca i rwał się do niej całą duszą, a od godziny, od chwili poznania panienki – i całym sercem. Nie miał jednakże w sobie zuchwałej chełpliwości i wyznawał uczciwie, że może się znaleźć przed wysokim murem trudności nie do pokonania. Oddałby wszystko za to, by tej ślicznej dziewczynie i jej domowi zapewnić spokój. Arcytrudna będzie to awantura. Trzeba jednak coś postanowić.

– Dobrze! – rzekł. – Pojadę, jeśli państwo tego pragniecie. Ale czy mi zostanie przebaczone, jeśli się okaże, że jestem zwyczajnym bałwanem?

Profesor zaczął mruczeć w wysokiej tonacji, a panna Wanda chwyciła obie jego ręce i ściskała je w swoich.

– Jest pan dobry, strasznie dobry! – mówiła cichutko.

Gdyby w tej chwili gotowano raki, dość trudno byłoby rozróżnić purpurowego raka od Adama Cisowskiego. Tak nieznaczne istniały różnice w kolorze. Pragnąc ukryć swoje zmieszanie i przysypać je białym pudrem słów, zaczął mówić szybko:

– Spróbuję, proszę pani... spróbuję... Uda się, to dobrze, nie uda się – trudno! Zawezwiemy policję... Na razie będziemy myśleć... Do rozmyślań tematu nie zabraknie; a więc: dlaczego Francuz? dlaczego u was właśnie? dlaczego drzwi? dlaczego chciano kupić cały majątek? Wreszcie coś się wymyśli. Kiedy trzeba wyjechać?

– Pojedziemy jutro wieczorem – oznajmił uroczyście staruszek. – A teraz podaj mi rękę, najmilszy Piotrze!

– I mnie, najmilszy Adamie! – dodała cicho panienka.

Adam, zwany czasem Piotrem, wracał do domu tanecznym krokiem. Dziwna rzecz! Wracał przez te same ulice, którymi zdążał przed godziną, a ulice były inne. Domy były weselsze, tramwaje bardziej czerwone, a ludzie mieli radośniejsze twarze. Przedtem niebo było błękitne, a w tej chwili ma barwę jasnofiołkową. Z wszelką pewnością nie istnieje w przyrodzie barwa cudowniejsza! Serce podrygiwało w szlachetnym Adamie, a dusza śpiewała kujawiaki. Właściciel tej przenośnej filharmonii chciał krzyknąć, aby wyrzucić na świat strumień radości, co się w nim gotowała jak woda w samowarze. Nie wypadało jednak dorosłemu młodzieńcowi urządzać wesołego cyrku na ulicy. O szczęście! Zdarzyła się okazja, wyborna okazja: ulicą toczył się wóz, naładowany rozlicznym harcerskim sprzętem, zmierzający ku dworcowi kolei. Jakiś obóz harcerski wyprawiał swoje bagaże. Na ich stercie siedział dumnie niezłomny strażnik wspólnego dobytku, towarzysz z pierwszej ławki – Staszek Burski. Ujrzawszy Adasia, wionął kapeluszem i darł się jak opętany:

– Adaś! Bądź zdrów, pieronie!

Adaś nabrał w płuca powietrza i wrzasnął tak, że koń dorożkarski, stary melancholik i niedoszły samobójca, stanął dęba:

– Staszek! Daj ci, Boże, zdrowie i rozum!

Zarżeli ku sobie końską modą, aż się zdumieli liczni Lechici, smutno w asfalt wpatrzeni.

4

Dwie brody i człowiek-widmo

Młodszy brat pana profesora Gąsowskiego nosił lekkie i rzadkie imię Iwo; był to mąż postaci wielce niepozornej, toteż trwożne zdumienie ogarniało każdego, do którego z nagła przemówił: z małej figurki lał się ogromny, ciężki bas, niemal czarny, huczący i dudniący jak głos armaty. Brat profesor, używający przyzwoicie cienkiego ludzkiego głosu, brał mu to za złe, uważając za brak smaku wydawanie z siebie nieoczekiwanego ryku, płoszącego trwożliwe konie. Był to „głos ponad stan". Taką samą oznaką pychy mizernej ludzkiej figurki była czarna zbójecka broda w kształcie łopaty, mająca budzić grozę w każdym, co by śmiał szyderczym spojrzeniem dotknąć jej właściciela. Potężny bas spływał po potężnej brodzie jak wodospad po czarnych bazaltowych skałach. Można było rzec śmiało, że nie broda była dodatkiem do człowieka, lecz człowiek był dodatkiem do brody. Miała ona wszelkie cechy prawdziwości, pomimo zbójeckiej przesady w ogromie, pilne jednakże badania odkryłyby snadnie, że barwa jej, owa czarność kruczo-lśniąca i piekielnie smolista, była produktem chemicznym: broda, za której czarność sam Herodes byłby dostał złoty medal, była farbowana! Pan Iwo Gąsowski był o kilka lat młodszy od brata historyka, który srebrną swoją sędziwość ukazywał całemu światu. Pan Iwo nadrabiał sztuką, czernił swoją mizerną powagę i oblewał ją czarną smołą basowego głosu. Władał majątkiem, będącym wspólną własnością braterską, i z pysznym gestem przywodził go do ruiny. Zajmował się wszystkim, byle nie gospodarstwem. Lepiej uprawiał brodę niż ziemię. Wieczysty dyletant, uczony z nieprawdziwego zdarzenia, zajmował się matematyką i od wielu lat łudził się nadzieją, że zdobędzie wielotysięczną nagrodę jednego z niemieckich uniwersytetów, przeznaczoną dla tego, co usunie jedną ze zgryzot matematycznych. Wielki matematyk francuski z pierwszej połowy siedemnastego wieku, Piotr Fermat, pozostawił po sobie twierdzenie matematyczne z dziedziny teorii liczb, zwane w nauce „wielkim twierdzeniem Fermata". Czy to przez roztargnienie, czy przez niedbalstwo, nie pozostawił na nie dowodu. Nikomu nie udał się dowód, że to twierdzenie jest fałszywe, *ergo*: jest prawdziwe. Najtęższe matematyczne głowy szukają przeto dowodu na jego prawdziwość i niektórym udało się to, w drobnej jednakże części. W dalszym ciągu matematycy nie śpią, nie jedzą i wzniosłymi głowami tłuką o ściany, szukając całości dowodu „wielkiego twierdzenia". Szukała go przeto i czarna zbójecka broda. Piotr Fermat, od dawna gwiazdy na niebiosach liczący, nie wiedział o tym, że pożera rodzinny majątek Gąsowskich. Napełniało to goryczą brata historyka i wiele przysparzało boleści żonie Czarnobrodego.

Matka panny Wandy była kobietą cichą i zapracowaną. Miała anielską duszę i nieustający katar. Ona musiała myśleć o wszystkim: i o chudym mająteczku, i o brodatym mężu, i o jedynej córce, rosnącej z równą zapamiętałością co i bankowe długi. Wielki matematyk wstawał późno, gdyż pracował długo w noc, grzmiąco pokrzykując wśród nocnej ciszy, bardzo mu to bowiem pomagało w myśleniu. Każdej nocy bliski był piorunującego zwycięstwa i każdego dnia zjawiał się kwaśny, ponury i skrzywiony jak błędny rachunek. Szarpał brodę w lwim gniewie i pomrukiwał tak, że szklanki drżały. W roztargnieniu zjadał śniadanie, nie patrząc na to, co je, taki jest bowiem zwyczaj ludzi genialnych, zmuszonych przez podłą naturę do czynności tak niskiej, jaką jest napełnianie żołądka. Czasem, jak gdyby straszliwy demon matematyki, najmędrszy i najbardziej okrutny z całej trupy geniuszów i demonów, co polatują nad światem jak milczące sępy, ukazał mu na białej ścianie bladą złudę nadziei, pan Iwo wykrzykiwał upiornym basem jakieś niezrozumiałe słowa i wybiegał do swej komnaty. Chwytał pióro, zamieniał je w ostry pazur i zaczynał nim drzeć niewinny papier. Zawsze miał w kieszeni kawałek kredy i mijając stodołę, przystawał, dumał, rozmyślał, po czym zaczynał szybko kreślić na jej wrotach zawiłe rachunki.

Świat mało go obchodził. Wobec świata odczuwał litościwą wzgardę; uważał go za fantastyczny, niepojęty błąd w genialnym rachunku Stwórcy. Czasem spojrzał na kwitnącą lub zieloną ziemię i wzruszał ramionami. Wiedział, że posiada żonę i córkę, które mu przeszkadzały w rozmyślaniach. Czasem spojrzał ze zdumieniem na dobrą panią Gąsowską, co miała anielską duszę i nieustający katar, i zmarszczywszy czoło, usiłował sobie przypomnieć, co oznacza obecność tej istoty w tajemnym kręgu jego myśli? Ożywił się nieco i spojrzał przytomnie, dowiedziawszy się, że najpierw ktoś chciał kupić majątek i że ktoś zaczął później z domu wynosić drzwi. Wysłuchał wielu trwożnych okrzyków żony, zaczął myśleć potężnie i doszedł wreszcie, że ten mroczny ktoś dybie na jego prace.

Rzekł głosem, którym, w braku trąby, archanioł mógłby wezwać struchlałą ludzkość na sąd ostateczny:

– Zbrodniarz musiał zauważyć, że czasem piszę kredą na drzwiach stodoły albo na wrotach obory. Śledzono mnie, to nie ulega wątpliwości! Ponieważ deszcz zmył ślady kredy, przyszło mu zapewne na myśl, że może odnajdzie cokolwiek na drzwiach w głębi domu... To nie jest takie głupie! Jeden z wybitnych matematyków, na którego przyszło olśnienie podczas przechadzki po ulicach miasta, zaczął pisać na czymś czarnym, co stało na ulicy. Nosił przy sobie kredę, tak jak ja. Uczeni nie znają ani dnia, ani godziny natchnienia. I wyobraź sobie, co się stało. To czarne, co stało na ulicy, zaczęło się poruszać i uciekać. Matematyk puścił nogi w ruch. Głęboki rachunek uciekał przed nim, więc matematyk zaczął go gonić. Biegł pędem i pisał... Nie zdawał sobie sprawy, że jako tablicy użył pudła dorożki. Nie dogonił jej, bo miał astmę, i w ten głupi sposób zginęło dla ludzkości wielkie, być może, odkrycie! Nigdy nie należy pisać na tym, co się porusza. Co ci jest, czy masz katar?

– Od siedmiu lat – rzekła pani Gąsowska.

– Powinnaś się od tego odzwyczaić... Gdzie jest nasza córka?

– Pojechała do Warszawy po Pawła...

– Za pozwoleniem: kim jest Paweł?

– Czy zapomniałeś, że masz brata?

– Prawda. Mam jednak ważniejsze rzeczy na głowie.

Dlatego nazajutrz przywitał się z roztargnieniem ze starszym bratem. Miłował go na swój sposób w chwilach wolnych od rozmyślań, nie umiejąc jednak ukryć lekceważenia wobec tej dziedziny wiedzy, którą brat uwielbiał: wobec historii.

– Historia – naigrawał się basem – jest zmyśleniem, wywodzącym się z podejrzanie mętnych źródeł. Nie jest ona nauką ścisłą, jak nie jest nią ani bajka, ani powieść. Kto sprawniej zmyśla, ten jest lepszym historykiem. Cha, cha! Skąd mogę mieć pewność, że Napoleon w ogóle istniał? Czy nie został wymyślony w jakimś brudnym celu? Dokumenty mogą być sfałszowane, a wizerunki – tworem łajdackiej wyobraźni malarza! Może to jakaś alegoria, jakaś metafora? Nie wierzę w Napoleona! Wierzę w Pitagorasa*, bo pozostało po nim twierdzenie nie do obalenia. Przed Pitagorasem biję czołem… Klękam z trwogą przed jego geniuszem!

– Woły czynią to również – sierdził się profesor – bo całą ich setkę* kazał zakatrupić przy dobrej sposobności rzeźnik jeden, Grek, pachnący czosnkiem i wzdęty od jedzenia prażonego bobu.

Na ten temat nie rozmawiali nigdy po przykrej scenie, kiedy to profesor, zdjęty gniewem, wyjechał bez pożegnania i nie pokazał się na wsi przed dwa lata. Teraz udawał, że ściska znakomitego matematyka, lecz czynił to raczej symbolicznie, by nie zetknąć się bliżej z piekielnie czarną brodą, mającą przedziwną właściwość smolenia białych szat. Pan profesor odziany był w strój z surowego płótna niepokalanej białości, chociaż tak przedziwnie skrojony, że mógłby służyć Barbarossie za worek pokutny u bram Canossy*.

Matematyk ucałował powietrze nad czołem panny Wandy, po czym zagrzmiał jak organy:

– Kim jest ten bystrooki młodzieniec? Ha?

Adaś usłyszawszy niespodziany głos burzącej kolubryny, wychodzący z ludzkiej piszczałki, cofnął się mimo woli w szczerym zdumieniu.

– Pan Adaś… – szepnęła panienka.

– Mój przyjaciel – rzekł profesor uroczyście. – Mój wielki przyjaciel, a nazywa się Cisowski. Posiada on prawdziwą zdolność rozwiązywania spraw zawiłych i tajemniczych. Jego obecność pomoże nam rozwikłać tę nieszczęsną sprawę.

* Pitagoras – słynny filozof i matematyk starożytnej Grecji, żyjący w VI w. p.n.e.
* Mowa tu o hekatombie, tj. ofierze ze stu wołów składanych bogom przez starożytnych Greków.
* Canossa – zamek we Włoszech, miejsce, w którym w 1077 r. cesarz Henryk IV (a nie Barbarossa) ukorzył się przed papieżem Grzegorzem VII.

Matematyk przyłożył wskazujący palec do piersi Adasia, chcąc upewnić wszystkich, że ściśle jego osobę ma na względzie, i rzekł głosem używanym pospolicie na pogrzebach:

– Jakie trudności zdołałeś pokonać?

– Dotąd żadnych, proszę pana – odpowiedział Adaś. – Udało mi się czasem odgadnąć jakąś łatwą zagadkę. Starałem się myśleć logicznie...

– Zaszczyt ci to przynosi – gruchnął bas. – Logika jest największą zdobyczą ludzkiego ducha. Ludzkość byłaby godna szacunku, gdyby ludzkość myślała logicznie. Ale ludzkość jest pomylona! Panowie poeci i inna hołota wodzą ją po bezdrożach, bałamucą i okłamują. Poetów należy wieszać albo topić.

– Matematyka też jest wielką poezją, proszę pana – zaszemrał Adaś.

– Pięknie powiedziane! Wspaniale powiedziane! Należałoby dodać: matematyka jest jedyną poezją. Nie taką, co ma fiołki w głowie, lecz potężną i straszliwą. Chłopcze, witam cię w moim domu! Rozgość się i działaj! Nie przypuszczałem w tobie tyle mądrości... Moja żona zajmie się tobą, chociaż zdaje mi się, że od wczoraj ma katar. Wolno ci przewrócić cały dom do góry nogami, byleś nigdy nie wchodził do mojego pokoju, dokąd nikomu wchodzić nie wolno.

Panna Wanda promieniała i dawała matce tajemnicze znaki. Skoro z pokoju wyszła najpierw broda, a za nią podreptał matematyk jak chudy cień, co się snuje za potężnym ciałem, szepnęła gorąco:

– Zawojował pan tatusia!

– Nie zawojował, lecz ocyganił... – mruknął profesor. – On wie, co robi.

Pani Gąsowska patrzyła na Adasia ze zdziwionym lękiem. I ją zdumiała brodata łaskawość męża.

Do wieczora Adaś spenetrował cały dom, ostrożnie obchodząc z daleka jaskinię lwa, co głucho pomrukiwał za drzwiami. Zwiedził park, zapuszczony i zielono kosmaty, przecięty leniwym strumieniem; obejrzał gospodarskie budynki, połatane jak stary but, chylące się ku upadkowi, a obszerne jak brzuch żarłoka. Szara, zblakła bieda wyglądała z każdego kąta. Porykujący i chrząkający inwentarz był nieliczny i miał skłonność do melancholii. Nad całym obejściem zwisała znużona i w letnim upale usmażona ospałość. Nawet dwa młode koguty, które porwały się do bijatyki, czyniły to bez entuzjazmu. Gospodarski teren zasypany był płowym kurzem, zaśmiecony słomą i zeschłym nawozem. Obok stajni drzemał pies, na pewno ten sam, którego Noe zabrał do arki; gdyby nie to, że czasem zastrzygł uchem, można by mniemać, że jest wypchany; nie podniósł zaropiałej powieki, chociaż obcy człowiek nad nim się pochylił. Adaś pomyślał, że włamywacze mieli ułatwioną robotę: mogli wynieść nie tylko drzwi, ale i psa.

Dom był stary, niski i rozległy. Dwie drewniane kolumienki u wejścia z niechętnym trudem podtrzymywały skrzywiony daszek. Zdawało się, że ten dom dlatego tylko nie zapada się w zachłanną i wszystko grzebiącą ziemię, bo go podtrzymuje gęstwa dzikiego wina, co wszystkie zalegało ściany i usiłowało zasłonić okna. Pod okapem gnieździła się czereda jaskółek, wychowująca gorliwie młode, niezmiernie żarłoczne i równie pyskate pokolenie. Lud jaskółczy napsuł wiele krwi matematyka od czternastu boleści, płosząc uszczypliwym świergotem jego wielkie, lecz powiewne myśli. Nad gankiem sterczała nadbudówka, dwoma ślepiami okien patrząca na zielony boży świat; pokoik w tej nadbudówce zajął Adaś. Pokoik był malutką filharmonią, wszystko w nim bowiem dźwięczne wydawało głosy: bolesnym skrzypieniem płakała szafa, skrzypiały deski w podłodze, a wiatr huczał w piecu. Izdebka miała jednak minę wesołą i słoneczną. Inne izby, obszerne i tak niskie, że można było ręką dotknąć powały, rzadko kiedy widziały słońce, wypijane po drodze przez łakome dzikie wino. Chłodno tu było nawet w upalnym lecie. W pokojach spały leniwym snem stare meble, sędziwe gruchoty szlachetnego pochodzenia: brzuchate, wzdęte komody, pokraczne szafy i stoły, szeroko rozparte, jak znarowione konie. Krzesła, wygodne i ciężkie, kryte były pasiastym materiałem, zblakłym i przetartym. Każde dotknięte było ciężkim reumatyzmem, jęczało bowiem boleśnie zardzewiałym jękiem sprężyn, ile razy usiadł na nim człowiek. W „bawialni", dlatego tak nazwanej, że nikt się tam nigdy nie bawił – bo chyba tylko pokutująca dusza pląsała tam o północy – sterczało wielkie zwierciadło w czarnych ramach, tym się odznaczające, że nie dawało odbicia; zasnute bielmem, jakby zamarzłe, jedynie po prawej stronie odbijało wizerunek człowieka, co się w nim zapragnął przejrzeć. Nikt tego nigdy nie czynił, desperat taki bowiem uciekłby z krzykiem przerażenia, dojrzawszy w zaklętym zwierciadle, zamiast wdzięcznego oblicza, diabelsko wykrzywiony, koszmarny pysk. Tysiąc czterysta czterdzieści osiem pokoleń pracowitych much zgasiło przyrodzony blask tego pożytecznego sprzętu. Szczególnie zawzięte było one jednak na kilka starych rodzinnych portretów, strojących ściany. Jedna babka przedziwnie była podobna do drugiej babki, dziadek do dziadka. Znudzone jednostajnym widokiem oko radowało się, odkrywszy na starym malowidle jakiś szczegół niezwykły: potężną brodawkę obok nosa damy lub sumiaste wąsy na wizerunku hardego męża. Jeden z nich, rycerską zbroją pyszny, brodę miał aż po pas, aż do dolnej ramy. Brodę tę musiał po tym właśnie przodku odziedziczyć matematyk. Wspaniałość jej była wielka, bujna i rozłożysta; rycerz mógł się nią okrywać jak derką podczas wojennych pochodów, straszył nią zastępy niewiernych, a gdy gonił w bitewną zamieć, musiała się wlec za bojowym bachmatem. Malowane babki patrzyły z obrazów kwaśno, a panowie groźnie.

Jedna z babek miała zeza i spoglądała na Adasia dziwnie złośliwie. Przodek brodaty wisiał naprzeciwko zamarłego zwierciadła, jakby się chciał w nim przejrzeć. Nie zwrócił najmniejszej uwagi na obcego przybysza, który mu się przyglądał z uśmiechem. Każdy stary dom ma swojego ducha, co bez mądrego powodu wyprawia po nocy awantury; czasem wywróci krzesło, a czasem gramoli się na szafę, w którą tłucze piętami. Nieszczęsny byłby los tego rozklekotanego domu, gdyby wedle jakiejś tajemnej umowy między czcigodnymi nieboszczykami obowiązek straszenia żywych potomków przypadł brodatemu rycerzowi. Groźny brodacz zaryczałby jak rozsrożony byk i rozwaliłby cały budynek. Umarłe babki musiały mu dobrotliwie wyperswadować, aby się wyrzekł tej kariery; więc wisiał tylko i straszył brodą.

Adaś, obejrzawszy galerię przodków panny Wandy, krążył po domu, przyglądając się pilnie temu, czemu się nikt nigdy nie przyglądał: drzwiom. Była to familia bardzo liczna, dom bowiem był obszerny. Drzwi nie odznaczały się niczym wybitnym. Skrzypiały jak wszystkie drzwi, przez które wchodzą smutki i troski; niektóre były spaczone, niektóre zawzięte i niedające się otworzyć bez wysiłku. Te, które głuchą nocą wyniesiono z domu i znaleziono w odległym kącie parku, odarte były z białej kostropatej skóry farby. Ozdobę tę zdarto z nich ostrym narzędziem. Ktoś czegoś szukał pod powłoką.

„Ale czego? – myślał Adaś. – Najprawdopodobniej jakiegoś napisu... Gdyby jednak na którychś z tych drzwi istniał jakiś napis, zauważyłby go ten, co je pokrywał farbą. Co można zresztą pisać na drzwiach prócz inicjałów trzech królów czcigodnych: Kaspra, Melchiora i Baltazara? Podobno zdarzyło się raz, że lekarz nie mając na czym napisać recepty dla chorego kmiotka, napisał ją kredą na drzwiach. Obłożnie chory kmiotek wziął drzwi na plecy, zaniósł do apteki i zaraz potem umarł".

Ze szczególną uwagą badał Adaś te, które zostały przez niespodziane obudzenie się stróża ocalone przed zdarciem z nich skóry. I na nich nie widniało nic godnego zachwytu. Pierwsze drzwi, owe skrobane, pochodziły z lewego skrzydła domu, drugie z prawego. Tajemniczy rzezimieszek szuka przeto „na ślepo". Wie o czymś, lecz nie wie dokładnie; szuka drzwi, które mu są potrzebne, lecz nie wie, które z szesnastu, skrzypiących w tym domu, przydadzą mu się wreszcie do mrocznego celu? Będzie miał ciężką robotę, skoro zechce tak mozolnie badać wszystkie, przedtem wyniósłszy je z domu, co mu się już nie uda, gdyż ostrzegł mieszkańców. Nie interesują go ani zamki, ani klamki, bo pozostawił je nienaruszone; skrobie więc, szuka pod powłoką. Na razie poskrobał się Adaś we własną głowę, pomyślawszy, że będzie to nie lada pracą, poza tym wcale obłędną. Jakżeż będzie wyglądał uczciwy dom, w którym wszystkie drzwi zostaną haniebnie skrzywdzone? Robota wielka, śmieszna, a być może zgoła zbędna: jeśli pod farbą ukrywa się jakiś napis, zostanie zdarty wraz z nią. O tym zapewne nie pomyślał tajemniczy maniak kradnący drzwi.

Adaś miał minę zakłopotaną i omalże nieszczęsną. Panna Wanda oczekuje od niego cudów, a on spogląda w tej chwili na głupie drzwi jak cielę na malowane wrota.

– O czym tak dumasz, drogi Piotrze? – zapytał go cicho pan profesor Gąsowski, co wszedł niespodzianie.

– O drzwiach, oczywiście – odrzekł zatroskany Adaś, nie zwróciwszy nawet uwagi na to, że go staruszek wciąż zowie Piotrem. – O tych piekielnych drzwiach, panie profesorze! Czy w okolicy mieszka jaki znany wariat?

– Poza pewnym dżentelmenem, co ma obłęd matematyczny, wszyscy sąsiedzi odznaczają się równowagą umysłu – rzekł ponuro staruszek. – Więc nie podejrzewasz zbrodni?

– A ile lat ma ten dom? – pytał Adaś, nie odpowiedziawszy na czarne pytanie profesora.

– Bóg to raczy wiedzieć! Myślę, że chyba ze trzysta, sądząc na oko, ale może i więcej. To jest pewne, że mój pradziad się w nim urodził, a mój pradziad żył dziewięćdziesiąt dziewięć lat. Jest to cyfra bardzo w naszej rodzinie ulubiona. Żyjemy długo, choć niepotrzebnie. Mój brat matematyk twierdzi, że ta długowieczność jest błogosławionym skutkiem spożywania ogromnych ilości kwaśnego mleka, którego ja nie cierpię, więc mi od lat trzydziestu zapowiada śmierć nagłą i niespodziewaną. Na co jest ci potrzebna wiadomość o wieku tego domu?

– Sam dobrze nie wiem. Myślę jednak, że jeśli ktoś szuka tajemnicy, tajemnica ta nie może być młoda. W ostatnich latach nic nadzwyczajnego nie zdarzyło się tutaj, panie profesorze?

– Nic szczególnego. Przed kilku laty urodziło się cielę z dwiema głowami, ale zdechło. Z jedną głową żyć trudno, cóż dopiero z dwiema! Mniejszym zdarzeniem było urodzenie się Wandzi. Jak zapewne zauważyłeś, ma ona jedną głowę, więc nie było o czym gadać. Co może się zdarzyć w naszym domu? Życie wlecze się w nim od rana do wieczora, życie pełne troski, zgryzot, much, okrzyków mojego brata i łez mojej bratowej. To bardzo biedna i bardzo szanowna kobieta. To ona jak ślimak dźwiga ten dom, a jednak gdy się niedawno zgłosił niespodziewanie ten ktoś, o którym opowiadała nam Wandzia, co chciał go kupić, ona pierwsza krzyknęła z oburzenia. Własnymi piersiami zasłoniłaby tę schorzałą chałupinę. Nie mogę patrzeć na to, jak się biedactwo niepokoi w tej chwili tymi tajemniczymi awanturami. Pamiętaj o tym, miły chłopcze... Pamiętaj, że jeżeli zdołasz czego dokonać, zdejmiesz ciężką troskę z bardzo obolałej głowy.

– Będę się starał, panie profesorze... – szepnął rozczulony Adaś. – Jeszcze jedno, proszę pana... Czy pan profesor nie wie przypadkiem czegokolwiek o tym Francuzie, co skrobał drzwi? Czy się już nie pokazał?

– Ja nie wiem, ale moja bratowa będzie wiedziała.

Pani Gąsowska, wezwana na naradę, oznajmiła, że Francuz nie pojawił się po raz drugi. Był to niepozorny człeczyna z twarzą o wyrazie szczura. Patrzył chyłkiem, mówił niespokojnie i szybko. Widać było, że jest czymś podniecony. Mniej uważnie podczas swojej krótkiej wizyty spoglądał na ludzi, więcej na otoczenie. Ślizgał się wzrokiem po całym domu, marszcząc czoło.

– Czy to był prawdziwy Francuz? – spytał Adaś.

– Niewątpliwie – odrzekła pani Gąsowska. – Z akcentu sądząc, paryżanin. Znam dobrze język francuski.

– A później nie widziano go w okolicy?

– Nikt nam o tym nie wspominał.

– A kto tu mieszka w najbliższym sąsiedztwie?

– Sami biedni ludzie. Tacy zresztą jak my... Państwo Brzezińscy w Trójkopach, pół mili stąd, stary pan Windyga w Kozach, Gilewicze i Niemczewscy o miedzę między sobą. Gilewicze w Głodowcach, a Niemczewscy w Wiliszkach, a od strony miasteczka mieszkali Winniccy, ale teraz dom stoi pusty.

– Czemu pusty?

– Do niedawna mieszkało tam dwoje staruszków, których syn jest w Brazylii. Najpierw umarło jedno, potem drugie, a młody pan Winnicki zrezygnował, zdaje się, z tej chudej schedy. Czuwa nad nią jakiś stary rządca.

– A jak się nazywa ta wieś, proszę pani?

– Żywotówka. O godzinę drogi stąd, za tym lasem, w bardzo zapadłym kącie. Czasem widuję z daleka ten dom, gdy jadę do miasteczka. Podobny jest do naszego, bo w tej stronie wszystkie domy są do siebie podobne, tylko że stoi nad wodą i na wzgórku.

– A miasteczko?

– Nędzne: kościół, dwa sklepiki, poczta i odrapany zajazd. Przechodzi przez nie gościniec. Czy Adaś chciałby jeszcze coś wiedzieć?

– Już nic, proszę pani... Bardzo dziękuję.

– Gdyby Adaś chciał wiedzieć więcej, niech zapyta Wandzi. Ona zna tutaj każdy kąt, każde drzewo i każdego konia. Łaziła po każdym drzewie i jeździła na każdym koniu. To straszna dziewczyna! – dodała z bolesnym z przyzwyczajenia, lecz roztkliwionym uśmiechem, podobnym do szczęśliwego. – O, mój mąż mnie woła...

Wyszła czym prędzej, usłyszawszy głuchy ryk, dudniący w oddali, jak gdyby ciężka artyleria przejeżdżała po moście.

– Lew wychodzi z jaskini! – mruknął pan profesor. – Biedna gazela... Co będziesz teraz czynił, przyjacielu?

– Rozejrzę się trochę dokoła.

Warto było to uczynić, okolica bowiem była prześliczna. Nad zielonymi pagórkami zwisał ciężki szczerozłoty namiot lata. Powietrze drżało w upale, syconym miodowymi zapachami. Brzęczały, burczały i śpiewały rozliczne głosy wśród traw i zarośli. Nieumęczona, niewidzialna orkiestra grała nieustannie, z oszołomioną radością; jedynie sroki, nie bacząc na strojne muzyckie zespoły, mąciły harmonię rozdzierającym skrzekiem, niesforne i kłótliwe, wymyślające sobie w zacietrzewieniu.

Głosy zaczęły cichnąć i zamierać, gdy się we wschodniej stronie ukazał srebrnoblady sierp młodego księżyca. Niebo przygasło i zarosło liliami; słodki spokój lał się z niebiosów na spaloną ziemię. Wśród koron drzew narodził się leciutki powiew i musnął liście czekające na rosę niebieską. W mrocznym, gęstym parku poczęło coś szemrać, jak gdyby gęste cienie zmawiały się, aby wyjść na świat.

Adaś patrzył oczarowany na zasypiający cicho dzień i na przyjście nocy.

– Prawda, jak tu ślicznie? – usłyszał tuż przy sobie szept bardzo wzruszony.

– Och, tak, och, tak, panno Wando! – odpowiedział również szeptem.

Wydawało mu się, że każdy ostry głos zrani tę młodziutką, posrebrzaną ciszę, drżącą z lęku.

– Tysiąc razy patrzę na to – szeptała dziewczyna – i zawsze mi się wszystko wydaje piękniejsze. Widok jest za każdym razem inny. Czasem radosny, czasem niezmiernie smutny. Zmienia się jak ludzka twarz. W tej chwili nie jest ani radosny, ani smutny, lecz pełen słodyczy. O, jak cicho! Ale zaraz odezwą się żaby. Jest to pogańska czereda, co czci księżyc!

Milczeli przez długą chwilę. Adaś zwrócił powoli głowę i spojrzał na dziewczynę: ledwie widoczne srebrne błyski muskały jej płowe włosy. W białej sukience wyglądała jak biała ćma, spowita rzadkim mrokiem. Rozchylone usta chciały o czymś mówić, lecz nie śmiały. W tym momencie nadleciał bezgłośny powiew, co zaszeleścił jej sukienką. Zdawało się, że zjawisko odleci.

Nagłym ruchem dziewczyna chwyciła jego rękę.

– Panie Adasiu... – szepnęła z gorączkowym pośpiechem. – Widzi pan?

– Co?... Gdzie?...

– Tam... w cieniu... pod drzewami...

– Widzę... Ktoś się bardzo ostrożnie posuwa. Ktoś zapewne z domu?

– Nie, to nikt z domu... Swój nie posuwałby się tak ostrożnie.

– Widać nas... Pani ma białą sukienkę... Prędko za ten krzak!

Panna Wanda kocim ruchem zapadła za krzak, a Adaś przylgnął do ziemi tuż obok.

Jakiś gęsty cień o ludzkich kształtach przekradał się pod drzewami; zdążał w swoim czujnym pochodzie od lasu przez zarośla ku dróżce, wiodącej w stronę domu.

– Skąd on idzie? – szepnął Adaś.

– Wyszedł z lasu...

– A co jest za tym lasem?

– Żywotówka... Tam jest pusty dom.

– Winnickich?

– Skąd pan wie? Tak... Winnickich...

– Niech pani natęży wzrok.

– Nie mogę rozpoznać... O, teraz widać, bo wyszedł z mroku. Jakiś mężczyzna!

– Nie zna go pani?

– Nigdy go nie widziałam. Jakiś niski człowiek...

– Przystanął... Patrzy... Patrzy w stronę domu.

Mrok zgęstniał i zbełtał się, gdyż wieczór dojrzał jakby na znak dany przez żaby. Sierpik księżyca po krótkiej paradzie, skosiwszy kilka ciemnych lilii na niebieskiej łące, gdzieś zaginął. W jednym oknie domu zamigotało senne, nikłe, naftą sycone światło.

– Nic nie widać – szepnęła dziewczyna.

– Ja widzę – mówił Adaś cichutko. – Wiodłem za nim wzrokiem... Przebiegł przez puste miejsce i w tej chwili stoi pod tym samotnym drzewem. Czai się... Czeka na coś lub na kogoś...

– Ale na co?

– Nie wiem. Chce się może dowiedzieć, kto zajechał dzisiaj rano do domu?

– W nocy się nie dowie!

– Jakoś się dowie. Dotąd, jeśli śledził dom, widział dwa oświetlone pokoje, dzisiaj ujrzy ich pięć. To też dla niego wiadomość... Cicho! Słyszy pani? Trzasnęła sucha gałązka...

Dziewczyna nie słyszała wprawdzie cichutkiego trzasku, słyszała natomiast mocne łopotanie własnego serca. Gdyby dobrze natężyła słuch, mogłaby usłyszeć, że i dzielne męskie serce Adasia uderza w rytmie mocno przyśpieszonym – muzyk rzekłby: *molto agitato**.

– Co począć? – szepnęła panna Wanda.

Adaś nie odpowiedział. Być może, że nie dosłyszał nawet zatroskanego pytania. Rozmyślał gwałtownie: skoro ktoś się czai i skoro ktoś śledzi dom, tedy domowi coś zagraża, domowi – ściślej mówiąc – tej dziewczynie. Wszystko, co się dotąd stało, było ostrożnym wstępem, wysuwaniem czujnych macek, którymi nocny owad bada nieznacznie teren. Coś się za tym kryje, co jest niebezpieczeństwem – niezwykłym, nieznanym i w swej tajemniczości groźnym. Nie można go odgadnąć, czuć go jednak w tych dziwnych zdarzeniach. Nadarza się sposobność, aby zajrzeć mu z bliska w mroczną twarz, zakrytą maską nocy. Może się uda za jednym zamachem rozwiązać wszystkie zawikłane zagadki. Na to jednak trzeba odwagi i śmiałej decyzji. Mroczny człowiek, człowiek-widmo, działający z ukrycia znajduje się w tej chwili niedaleko, przytulony do pnia drzewa. Nie kryłby się, gdyby tu przyszedł w dobrych zamiarach: ponieważ kryje się, żywi zamiary niecne. Cokolwiek pocznie się przeciwko niemu, będzie godziwe.

Gdyby panna Wanda mogła spojrzeć w tej chwili na twarz swego towarzysza, musiałaby ją zdumieć niezwykła na niej powaga. Oczy Adasia błyszczały mocnym blaskiem, chrapy nosa miał rozdęte, drżenie latało po całym jego ciele. Coś postanowił, lecz jeszcze rozważał. Wreszcie zaczął mówić najgłębszym szeptem:

* *Molto agitato* (włos.) – bardzo żywo (termin muz.).

– Panno Wando... Pani tu zostanie... Niech pani nawet nie drgnie... Jest tak cicho, że każdy szelest staje się krzykiem... Proszę się ukryć, jak tylko można najlepiej...

– A pan?

– Proszę mówić ciszej! Ja będę się starał schwytać ten ludzki cień...

– Nie, nie! – niemal krzyknęła dziewczyna zdławionym głosem.

– Ciszej, ciszej, na Boga!

– Ja nie pozwolę!

Adaś posłyszał sercem szelest łez opadających z tych słów.

– Nie ma innej rady... Proszę się nie obawiać... Nic mi się nie stanie... Jeśli go nie schwytam, to przynajmniej zobaczę go z bliska. Dowiemy się od razu, co się za tym kryje, a kryje się coś bardzo niedobrego.

– Nie, nie... – omdlewającym głosem, nabrzmiałym od serdecznej, strwożonej prośby szeptała dziewczyna.

Adaś poczuł jej rękę na swojej ręce. Drgnął i przymknął oczy, opamiętał się jednak w tej chwili.

– Panno Wandeczko – szepnął gorąco. – To nic wielkiego... Jestem starym harcerzem... za chwilę będzie po wszystkim.

Jakby się obawiał zaklęć i próśb, zwinnym bezszelestnym ruchem podpełznął pod najbliższy gęsty krzak. Chociaż nie mogła tego widzieć, przyłożył ostrzegawczo palec do ust, nakazując jej milczenie. Usłyszał jednak szept:

– O Boże!

Zbyt dobrze znał wyborne i wypróbowane metody wspaniałego Apacza Winnetou i Old Shatterhanda, aby zgoła mistrzowsko nie dokonać „podchodzenia wroga". Zanim się posunął o piędź, badał palcami ziemię i usuwał każdą gałązkę. Mądre węże patrzyłyby z uznaniem na młodego człowieka pełznącego wedle wszelkich reguł.

Adaś postanowił okrążyć tajemniczego człowieka i zajść go z tyłu, od strony lasu. Była to wędrówka daleka i bardzo mozolna, szybko poczuł przeto grube krople potu na czole. Co kilka kroków przystawał, aby odetchnąć i otrzeć ten pot, co mu zaczął zalewać oczy. Na każdym przystanku usiłował dojrzeć, czy nocny człowiek nie zmienił swojej kryjówki. Widmo nie poruszyło się. Czekało – widać – sposobnej pory. W pewnej chwili Adaś obejrzał się w stronę ukrycia dziewczyny, lecz nie dojrzał bladej plamy sukienki; teren był pagórkowaty, zapewne przeto jeden z wydętych lekko pagórków musiał ją zakryć.

Pełznął nieumęczenie, z zaciętym uporem. Zbył lęku, co się w nim drżeniem objawił na początku drogi, i nie czuł nic, prócz namiętnej chęci schwytania tajemnicy, jak łowca pragnie schwytać dzikiego zwierza. Do niedawna harcerska zabawa, teraz zamieniona w niebezpieczną rzeczywistość, stała się przygodą burzącą krew; więc nakazywał sobie spokój, spokój za wszelką cenę. Na wiele się ważył w tej chwili, tym boleśniejsza byłaby porażka. Zaręczył dziewczynie, że nic złego go nie spotka. W tej chwili nie był tego tak pewny. Człowiek-widmo, czający się w czarnej wodzie mroku, mógł mieć przy sobie broń. Jeśli to ten sam, co czynił niebezpieczne wyprawy do wnętrza domu i wynosił drzwi – a nie ulega wątpliwości, że to ten sam – sprawa z nim może być niebezpieczna.

Adaś zadrżał w tej chwili i serce w nim zamarło: poczuł na zroszonej potem twarzy miękkie uderzenie. Ach, to tylko ogromna, jedwabista ćma... Osłabnął ze wzruszenia i czekał długo, aż niespodziana trwoga ścieknie jak czarna woda ze zmartwiałego serca. Pomyślał z rozpaczą, że omal nie krzyknął...

Począł posuwać się jeszcze ostrożniej i odpoczywał coraz częściej. Nie zdając sobie dobrze sprawy, którędy pełznie po nieznanym terenie, raz po raz podnosił ostrożnie głowę od ziemi, aby dojrzeć wyniosły majak samotnego drzewa. Już je minął w żmudnym pochodzie i wpełznął w podszycie lasu. Posuwanie się było tu łatwiejsze, gdyż grunt był grząski i rozpulchniony wodą, należało się obawiać jedynie jej chlupotu; jednak to nie woda omal go nie zdradziła, lecz jakiś ptak, co się zaszył w gęstwinę, i, nagle obudzony, krzyknął piskliwie. Adaś począł nasłuchiwać czujnie, czy mały rozruch nie zwrócił uwagi nocnego człowieka. Nic się nie poruszyło pod samotnym drzewem.

Co teraz uczynić? Trzeba podpełznąć, jak się tylko da, najbliżej. Jeśli dojrzy postać ludzką, dobrze odmierzy odległość, potem skoczy i ujmie widmo. Posiada do tego niebezpiecznego przedsięwzięcia dość sił. Może mu się nie uda przytrzymać czającego się człowieka, lecz o to mniejsza: pragnie jedynie ujrzeć jego twarz. Wtedy pozna niebezpieczeństwo przy każdej sposobności za dnia. Wtedy już wszystko pójdzie łatwiej.

Serce chłopięce znowu się obudziło, zwietrzywszy niebezpieczeństwo z bliska. Adaś nie mógł zdławić wzrastającego wzruszenia; przystanął i odetchnął ostrożnie. Począł się obawiać, że w tej głębokiej ciszy, wśród której, jak mu się wydawało, słychać było szelest podnoszącego się źdźbła zgniecionej trawy, człowiek-widmo może dosłuchać się stukotu jego serca. Jeszcze tylko pięć kroków... Jeszcze trzy... Człowiek musi stać za pniem drzewa, bo go nie widać; ani go nie słychać, bo jakby wrósł w ziemię, nieruchomy. Drzewo znajduje się już w odległości wyciągniętego ramienia. Adaś podniósł się z niewypowiedzianą ostrożnością i stał przez chwilę, wbity w mrok; zacisnął szczęki jak młody wilk, co podchodzi zdobycz. Zaczął obliczać; uczyni krok w lewo, aby zajść z prawej strony i prawą sięgnąć ręką. Starczy na ten ruch ułamek sekundy, więc się skupił i zmienił w stalową sprężynę, co się odwinie w błyskawicznym ruchu. Dotknął ręką omszałego pnia drzewa, wstrzymał oddech i naprężył...

W tej chwili wydało mu się, że pień drzewa zwalił mu się na głowę; w oczach zamigotało mu siedem razy po siedemkroć gwiazd. Wydał głuchy, niski jęk i zwalił się ciężko, twarzą ku ziemi.

5

Po rozbitej głowie chodzi Francuz

Adaś otworzył oczy i zobaczył ponad sobą nisko zwisający pułap. Nie zdawał sobie sprawy z tego, gdzie się znajduje; jedno było pewne, że cały świat z nim razem się kręci. Gdyby nie istniały inne, bardziej ścisłe dowody na krętactwo ziemi, ten mógłby wystarczyć na jego prywatny użytek. Porwana powszechnym entuzjazmem ruchu, kręciła się opasła szafa i łóżko, i stolik. I jakaś postać pędzi w nieznane przestrzenie. Adaś zamknął szybko oczy, porażony niezwykłym zjawiskiem, drobny ten zabieg nie zdołał jednak powstrzymać zawrotnego pędu; tę jedynie mało pocieszającą poczuł odmianę, że zamiast podążyć w towarzystwie starych gratów od zachodu ku wschodowi, leci w tej chwili sam, bez martwego inwentarza, w jakąś głęboką, bezdenną otchłań. Musiał krzyknąć w nagłej trwodze i to go ocaliło przed zniknięciem w czeluściach: ktoś go chwycił za rękę i zatrzymał. Znowu otworzył oczy i ujrzał pochyloną ponad sobą twarz ludzką, lecz tak niezmiernie rozległą, olbrzymią i o zamazanych rysach, jak gdyby cały świat był tą twarzą. Zaczęła się ona jednak kurczyć powoli i przybierać wyraziste kształty, wreszcie po długich zmaganiach się, konwulsjach i piekielnych grymasach stała się dobrym, zatroskanym i bladym obliczem profesora Gąsowskiego. Adaś przyjrzał mu się upartym spojrzeniem i starał się przypomnieć, do kogo należy. Wtedy posłyszał głos rzewny i jakby pełen skargi:

– O mój Piotrusiu!

Świat jak małpa, co porzuca ledwie zaczętą czynność, przestał się kręcić. Szafa przystanęła w miejscu jak zmachana biegiem kobyła. Wielki zegar świata stanął nieruchomo, bo go zapomniano nakręcić.

– O mój dobry Piotrusiu... – powtórzył pan profesor bardzo, bardzo serdecznie.

Adaś zrozumiał, że słowa te, rzucone jak kwiatki, przeznaczone są dla niego. Wprawdzie wszystkie znaki przemawiają za tym, że znajduje się już na drugim świecie, a gadają do niego z ziemi, należy jednak odpowiedzieć, że mu jest wielce miła ludzka pamięć. Zebrał przeto zmysły, co mu przyszło z wielką trudnością, i przypomniawszy sobie ziemską mowę, usiłował przemówić do zatroskanego, pochylonego nad nim oblicza. Nie mógł jednakże wypuścić z ust słowa, jak białego gołębia z klatki; przy nieznacznym, ostrożnym ruchu warg poczuł dotkliwy ból w całej głowie; wydało mu się, że skoro się zacznie mocować ze słowem, trzaśnie mu ta nieszczęsna głowa. Musiał nią srodze uderzać o krawędź świata, lecąc przed chwilą w otchłanie. Podniósł rękę i dotknął nią głowy; czułymi końcami palców dotknął czegoś, co nie było głową, lecz czymś szorstkim. Musiało się w jego oczach pojawić zdumienie, gdyż pochylona nad nim twarz powiedziała rozdzierającym głosem:

– To bandaże, drogi chłopcze...

Dość dziwaczne to słowo zastanowiło go. Co oznacza? Co to są „bandaże"? Wydaje mu się, że już gdzieś kiedyś słyszał ten wyraz. Zaczął mu się przyglądać z wytężoną uwagą, co go tak zmęczyło, że usnął.

Obudził się po godzinie, przytomniejszy. Zdawało mu się, że przeminęła króciutka chwilka, nic się bowiem nie zmieniło: przy łóżku siedział pan profesor, jeszcze bardziej zatroskany niż przedtem. Adaś poczuł, że całe jego ciało jest niezwykle lekkie, jedynie głowa cięży mu tak przedziwnie, jakby w nią wlano ołowiu, nasypano kamieni i wilgotnego piasku. Jest to niepojęta złośliwość i beznadziejna, głupia zabawa. Bardzo by mu to pomogło, gdyby mógł zdjąć głowę i nosić ją pod pachą jak Samuel Zborowski w dramacie Słowackiego. Mógłby się wtedy zwlec z łóżka, nogi bowiem posiada sprężyste.

Ostrożnie, obawiając się bólu, ulepił kilka słów ustami i odważył się je wymówić.

– Gdzie ja jestem? – szepnął cichutko.

– W domu, chłopcze najmilszy, w domu – odpowiedział prędko pan profesor. – Rozbili ci głowę, ale Wandzia cię przyniosła.

W pierwszej chwili pojął mętnie, pomieszawszy zasłyszane wyrazy, że Wandzia rozbiła mu głowę z niewiadomego powodu i w niewiadomym celu. Zaczął się zastanawiać głęboko nad tym niepojętym zdarzeniem i zapytał z cichą goryczą:

– Czemu to Wanda zrobiła?

– Musiała! – zawołał pan profesor. – Czy miała cię zostawić ogłuszonego wśród lasu i wśród nocy? Wzięła cię na plecy, dzielna dziewczyna, i przywlokła tutaj, sama ledwie żywa.

– Tak... tak... – szeptał Adaś. – Ale czemu rozbiła mi głowę?

– Chłopcze! – krzyknął przerażony staruszek. – Ty majaczysz... Ona cię przyniosła, a ogłuszył cię kto inny: zbrodniarz!

Adaś pomyślał mętnie, że to bardzo ciekawe wiadomości. Uspokoił się i dumał przez długą chwilę, łypiąc powiekami. Tymczasem szum w głowie, spowitej bandażami, zaczął ucichać i oddalać się jak szum wielkiej wody.

– To ja tu dawno leżę? – zapytał z odrobiną zdumienia.

– Od wczoraj... W tej chwili jest południe.

– Aha!

Spojrzał znacznie przytomniej; zdawało mu się, że sprzed oczów ustępuje jakaś powiewna mgła; zaczął widzieć wyraźniej.

– Pan profesor tak przy mnie siedzi? Długo?

– Wszyscy byliśmy przy tobie, wszyscy. Przez całą noc, biedaku... Myśleliśmy, że cię zabili... Ale już dobrze, już dobrze... Ogłuszono cię tylko czymś ciężkim...

– I Wandzia mnie przyniosła? Co robi Wandzia?

– Teraz śpi, a przedtem płakała.

– A pani Gąsowska?

– Także śpi i także przedtem płakała.

– A pan Gąsowski?

– Dotąd ryczał, a teraz na szczęście ucichnął. Ale nie męcz się! Głowa szybko się zagoi, ale trzeba uważać. O drogi Piotrusiu! Przez nas spotkało cię nieszczęście! Nigdy sobie tego nie przebaczę, nigdy! Czy bardzo cię boli?

– Nie bardzo. Głowa mi ciąży... Czy ja mogę wstać?

– Ani mi się waż! – krzyknął profesor. – Poleżysz kilka dni...

– A pan profesor nie spał wcale?

– To rzecz obojętna! Ja mogę nie spać nawet przez kilka nocy. Niedźwiedź jestem, nie człowiek! – krzyknął gromko.

Adaś zamilkł na długą chwilę, jakby zbierał się do dłuższej oracji, po czym zaczął mówić cicho, lecz dobitnie:

– Pan profesor jest bardzo zmęczony... Jeżeli pan profesor nie uda się na spoczynek, wtedy ja...

– Cóż będzie wtedy? – z gwałtownym niepokojem zapytał staruszek.

– ...wtedy ja wstanę i będę tańczyć... Nie wiem, co zrobię, ale coś zrobię... Niech pan profesor pójdzie się przespać!

– Nie! Nie pójdę! Nie zostawię cię tutaj jak Łazarza...

– Ha!

– Co to znaczy, co znaczy to „ha"?!

– Ja wstaję...

– Wandziu! – wrzasnął staruszek tak przeraźliwie, jak jeszcze nigdy w życiu.

Rozruch uczynił się w cichym domu, niepomiernie zdumionym, że i drugi brat, dotąd spokojny, zaczął używać ryku zamiast ludzkiego głosu. Słychać było dreptanie kobiecych stóp i głośne nawoływanie:

– Wandziu, prędzej! Na Boga, prędzej! Adaś umiera...

Do pokoiku wpadła pani Gąsowska i pochyliła się nad zatrwożonym i na zagładę skazanym Adasiem.

– Co się dzieje? – zawołała.

– Nic się nie dzieje! – odrzekł z goryczą profesor. – Ale on chce wstawać!

– Wstawać? O Boże, jakżeś mnie przestraszył... Myślałam, że umiera... Czemu chce wstawać?

– Żebym ja się położył!

Dobra kobieta, co miała anielską duszę i wieczny katar, otwarła szeroko oczy, niczego nie rozumiejąc. Dlaczego chory ma wstawać, a zdrowy ma się położyć? Dziwna rzecz: młodego uderzyli w rozum, a stary majaczy.

W tej chwili wbiegła panna Wanda i ze zniecierpliwionej opowieści profesora wyłuskała ziarnko prawdy jak bób z grubej łupiny. Pochyliła się nad Adasiem i mówiła ze słodyczą:

– Nie potrzeba, nie potrzeba, drogi Adasiu... Adaś musi leżeć... Albo mamusia, albo ja zastąpimy stryjaszka. Byłoby się to już dawno stało, ale stryjaszek nie chciał pana opuścić ani na chwilę. Czy bardzo pana boli?

„Pana" Adama wcale nie bolało z tego prostego powodu, że w tej chwili znajdował się w siódmym niebie szczęśliwości, gdzie nikt nie odczuwa bólu. Musiał jednakże mieć na gębie wyraz boleściwy, bo fiołkowe oczy zamgliły się i zwilgotniały. Po rozbitej głowie Adasia zaczęła krążyć myśl:

„Ach, żebym to ja tak mógł zasuszyć sobie te łzy na pamiątkę! Bardzo jestem ciekawy, czy dałoby się to zrobić?".

Usłuchał łzami oblanej prośby i nie rwał się do wstawania. Panna Wanda codziennie zmieniała bandaże na uszkodzonej głowie, zwijając je własnymi rękami. – Ach, czemu ma tylko dwie ręce? – Pani Gąsowska karmiła go lekkim pożywieniem, a zacny profesor, pragnąc przysłużyć mu się w jakikolwiek sposób, spędzał muchy z jego twarzy.

Czasem wpadał do pokoiku matematyk, zapełniał go brodą i głosem i wołał:

– Wybrniesz z tego, przyjacielu! Młody łeb jest z kamienia. Czuj duch, głowa do góry!

Ta życzliwa rada była najtrudniejsza do wykonania. Adasiowi bowiem wciąż się jeszcze zdawało, że nieszczęsną jego głowę uprzemysłowiono: raz huczał w niej młyn, innym razem miały w niej siedlisko kamieniołomy. To było najgorsze, że po każdej wizycie matematyka miewał sny niespokojne, pełne zmor i widzeń. Śniło mu się, że srogi rycerz z portretu, rżąc końską modą, zdejmuje z zawiasów drzwi i wynosi, związawszy oba skrzydła brodą.

Lipcowe noce odurzały zapachami, a dni były błękitne, jak gdyby skrzętnie wyprane w lazurowej wodzie. Adaś siedział w starym fotelu, patrząc przez okna na świat boży, przepysznie wyzłocony, i rozmyślał. Dziewczyna opowiedziała mu dokładnie o jego bolesnej przygodzie. Ponieważ nie powracał długo, zaczęła się niepokoić. Wtem usłyszała ostrożne kroki tuż przed krzakiem, za którym leżała ukryta. „Panie Adasiu – zawołała zduszonym głosem. – Jestem tutaj!" Wtedy stało się coś dziwnego: idący przystanął na jeden moment, jak gdyby badał, skąd głos pochodzi, zdumiony zapewne, że pochodzi jakby spod ziemi, po czym nagle począł uciekać, przedzierając się na oślep przez czeredę gęstych krzewów. Pannę Wandę ogarnęło przerażenie. Skoro to nie Adaś, więc zapewne ten drugi – człowiek-widmo. Nie wiedziała, co począć. Czy biec do domu po pomoc, czy wołać o nią donośnym krzykiem? Zanim nadbiegną z pomocą, może stać się coś złego... Zrozumiawszy, że tajemniczy człowiek uciekł, przestała się go obawiać. Zdawało się jej, że ma serce nie w piersiach, lecz w gardle. Z odwagą rozpaczy pobiegła w stronę samotnego drzewa. Zaczęła wołać ostatkiem tchu. Nikt jej nie odpowiedział. Pod drzewem nie było nikogo... Nagle potknęła się. O Boże miłosierny! Adaś leżał po lewej stronie pnia jak nieżywy. Osłabła tak, że jeszcze chwila, a pod samotnym drzewem na zroszonej trawie leżałyby drugie zwłoki – damskiego rodzaju. Bohaterskim wysiłkiem pokonała ogarniającą ją omdlałość; nie zdając sobie nawet sprawy z tego, co czyni, silna dziewczyna uniosła nieruchomego Adasia, który jej leciał przez ręce, i dźwigała go z nadludzkim trudem. Tuż przed domem zaczęła krzyczeć: „Na pomoc! Na pomoc! Zabili Adasia!". Dalszego ciągu nocnej awantury nie mogła opowiedzieć, zamieszanie bowiem uczyniło się straszliwe. Siedmiu epickich poetów miałoby zajęcie na siedem lat.

Adam rozmyślał od dwóch dni nad tym wszystkim, nie zważając na ciężar sromotnie skrzywdzonego siedliska myśli.

„...Zdawało mi się, że jestem chytry, a on był chytrzejszy. Musiał mnie widzieć, chociaż mnie się wydawało, że jestem niewidzialny, albo też ostrzegło go zbudzone nagle ptaszysko. Zaczaił się. Nie wiedząc, kto go podchodzi, walnął mnie przez łeb bez zastanowienia. Jako wielki detektyw zostałem od razu po pierwszym występie nie tylko wygwizdany przez ptaka, ale pobity przez człowieka. Przez niebezpiecznego człowieka... Skoro się nie zawahał przed morderstwem – przecież mógł mnie z miejsca zakatrupić! – nie jest to łagodny baranek. Jeżeli jeszcze żyję, to albo przez szczęście, albo przez pomyłkę. Należy to raczej przypisać szczęściu, które jest udziałem głupców, gdyż nie ulega wątpliwości, że postąpiłem jak baran. Ostrzegłem jedynie rzezimieszka. Całe szczęście, że nie przyszło mu do głowy rozprawić się za jednym zamachem i z panną Wandą... Całe szczęście! Mogłem narobić bigosu. Moja indiańska metoda niewarta jest funta kłaków nawet na wyprzedaży tego nikczemnego artykułu. Roztropniej byłoby pomyśleć, a nie łowić po nocy cienie. Trzeba myśleć, Adamie, trzeba myśleć! Z rozbitą czaszką, z której wszystko wycieka jak z dziurawego garnka, myśleć jest trudno, ale mamy czas... Pan rzezimieszek ma tu jakąś ważną sprawę i pan rzezimieszek nie odejdzie z pustymi rękami. Przynajmniej nie zechce odejść z pustymi rękami. Swoją drogą jest to pierwszorzędna świnia. Jak można walić człowieka po łbie, i to już w pierwszym dniu pobytu na wsi? Wprawdzie i ja chciałem jemu uczynić nieznaczną krzywdę, ale nie byłbym mu w żadnym wypadku uszkodził czaszki..."

Odwróciwszy się z pogardą od nocnego rzezimieszka, uśmiechnął się w stronę duchów białych i niewinnych: zacnego profesora, co czuwał przy nim zatroskany, i panny Wandy, co go niosła we własnych ramionach, przysadzistego dryblasa, co razem z ciężkim dowcipem musi ważyć jakąś ogromną ilość kilogramów. Dzielna, ach, dzielna i wspaniała dziewczyna! Inna byłaby zemdlała albo uciekła, albo uczyniłaby jeszcze coś niespodzianie innego. Zdarzyło się w Ameryce, że pewna dama podczas pożaru domu nie ratowała ani dzieci, ani obrazów, ani klejnotów, lecz płacząc wniebogłosy, uganiała się za otumanioną kurą. Panna Wanda wyniosłaby z pożaru cały dom z dachem i piwnicą... Mizerna dziura w mizernej głowie jest mizerną zapłatą za jej słodycz i dobroć. Należy poświęcić cały łeb, aby zgnębić troskę tego domu.

Adaś zawziął się. Mniej mu szło o pomszczenie własnej porażki i o własny honor, sromotnie pobity po głowie; musi wytężyć siły, skupić wszystką rozwagę, wyostrzyć czujność i rozwikłać ponurą zagadkę, co się ukrywa za jakimiś drzwiami.

Pomyślmy: drzwi są częścią domu, dom musi mieć swoją historię. Być może, że w tej historii odgrywają one jakąś rolę. Ponieważ nikt w tym domu nie pamięta, aby za jego żywota zdarzyło się coś niezwykłego, należy zapytać o to umarłych. Umarli wiele wiedzą i wiele pamiętają. Ci z portretów, co patrzyli przez setki lat na żywe dzieje tego zapadłego domu, mogliby opowiadać bez końca o sprawach wielkich i małych, radosnych i smutnych, o czasach płynących miodem i o czasach płynących krwią. Trudno jednak zjawić się o północy w „bawialni" i rzec uprzejmie do sczerniałego portretu: „Niech asińdźka raczy opowiedzieć, co się tutaj zdarzyło za jej czasów". Asińdźka, skora do gadania, może by i nie była od tego, ale brodacz w zbroi zaryczałby jak tur i ułapiłby śmiałka za gardło. Należy zażyć innych, mniej upiornych sposobów.

– Panie profesorze najdroższy – rzekł tego dnia Adaś – czy nikt nigdy nie spisał historii tego domu?

– Rzecz jest mocno wątpliwa – odpowiedział profesor z namysłem. – Moi przodkowie mieli wstręt do pisania. Jeden zapisał podobno duszę diabłu, ale ugodę zawarł zapewne nie aktem uroczyście spisanym, lecz na gębę, na słowo honoru. Nasze gęsi nie skarżyły się nigdy na wyrywanie piór z ogonów, ilość kop zboża karbowano na ogromnej pałce, a inne ważne zdarzenia, jak narodziny i zgony, zapisywał ksiądz dobrodziej.

– Więc tu nie ma ani świstka?

– Szczerze ci się przyznam, że nie wiem. Wyleciałem z tego gniazda przed wielu, wielu laty, a zjawiałem się jak po ogień. Były tu jakieś księgi, były jakieś foliały, ale nie mogę ręczyć, czy są jeszcze. Mój brat tu gospodarzył... Bardzo kocham mojego brata matematyka, ale nie znoszę jego brody i jego zaciekłej niechęci przeciwko wszystkiemu, co nie jest matematyką. Według niego, jak sam zresztą o tym słyszałeś, poezja jest bzdurą, a historia łgarstwem. Myślę czasem, że cesarz Justynian* okazał wiele roztropności, wydawszy pogardliwy edykt „przeciwko matematykom, wróżbitom i innym oszustom..." Nie dziw się mojej pasji, ale ta oschłość i wzgardliwa obojętność wobec wszystkiego, co kwitnie, niepomiernie mnie gniewa. Skąd można wiedzieć, czy mój brat nie urządził kęsim jakimś starym księgom? Kalif Omar – niech będzie przeklęty! – spalił pono aleksandryjską bibliotekę. Wątpię o tym, czy nasz rodzinny księgozbiór był równie bogaty jak aleksandryjski, z wszelką jednak pewnością kalif Omar musiał mieć taką brodę, jaką dźwiga mój brat.

– A czy nie można by poszukać, panie profesorze?

– W tym domu jest tyle zakamarków, co w labiryncie, ale poszukać nie zawadzi. Sam tego jestem niezmiernie ciekawy.

Panna Wanda, światły „tubylec", oznajmiła im później, że istnieją niejakie nadzieje na odnalezienie szpargałów; należy uczynić odkrywczą wyprawę na strych, którego nie odwiedzała od lat dziecinnych. Strych jest odwiecznym składem, lamusem, muzeum i cmentarzem, na którym grzebie się wszystko, co „spełniło swoją powinność i może odejść" na zakurzony odpoczynek. Będzie to jednak wyprawa w gęstą dżunglę, bo na ten strych zawsze wszystko znoszono, niczego jednak i nigdy z niego nie wynoszono: za sto lat dach domu wybrzuszy się i pęknie.

Adaś powziął plan taki: będzie najpierw szukał minionego żywota – może mu się uda uchwycić koniec czarnej nitki, co go

* Justynian I Wielki (ok. 483-565) – cesarz bizantyjski, dążył do przywrócenia posiadłości imperium rzymskiego, zreformował administrację, skodyfikował prawo („Kodeks Justyniana"), popierał literaturę i budownictwo.

zawiedzie w głąb jakiejś mrocznej historii. Gdyby ta nadzieja okazała się płonną, zacznie szukać dokoła domu, w najbliższej okolicy, śladów tego niewątpliwie istniejącego człowieka, co uplanował zamach, co chciał kupić dom i kradł drzwi. Tajemnica śpi z wszelką pewnością we wnętrzu domu. Musi to być złota tajemnica, wielka i ważna, skoro chciano za miejsce jej ukrycia zapłacić niezwykłą cenę. Nieznany jej poszukiwacz myślał zapewne tak: po co używać metody niebezpiecznej, skoro po zakupieniu domu można by spokojnie oddać się wygodnym poszukiwaniom? Kupując dom, kupowało się tajemnicę. Adaś przypomniał sobie o dziwnym zdarzeniu we Francji, o którym czytał przed dwoma laty. Do właściciela domu w Saint-Cloud pod Paryżem zgłosił się nieznany człowiek i rzekł: „Ile wart jest pański dom?" – „Dwadzieścia tysięcy franków – odrzekł właściciel. – Ale dom mój nie jest na sprzedaż". – „A gdybym panu za dom i za wszystkie znajdujące się w nim graty dał pięćdziesiąt tysięcy? Co by pan o tym pomyślał?" – „Pomyślałbym – odpowiedział właściciel – że rozum pański uległ jakiejś katastrofie, i natychmiast sprzedałbym panu tę budę". – „Oto jest pięćdziesiąt tysięcy franków" – odrzekł człowiek pomylony. Kupił dom, bo przechodząc obok, zauważył na oknie filiżankę. Dom nie był mu potrzebny, potrzebna mu była filiżanka. Od wielu lat jej szukano, brakowało jej bowiem do całości prześlicznego serwisu, wyrobionego w słynnej fabryce porcelany w Sèvres dla Napoleona Wielkiego. Serwis ten, uzupełniony przez tę znajdę-filiżankę, sprzedano za wieleset tysięcy franków. I w tym domu zapewne jest coś, co przypomina ową filiżankę; musi to być rzecz niepozorna, nierzucająca się w oczy, nieznana nikomu. Musi mieć większą wartość niż cała wieś. Co to może być? Drzwi? Nie, to nie drzwi... Wedle wszelkiego prawdopodobieństwa na jakichś drzwiach musi się znajdować jedynie wiadomość o tym tajemniczym przedmiocie, jakiś znak, ślad jakiś. Skąd jednakże wie o tym nieznany człowiek, pono Francuz? Nigdy w tym domu nie był, nie zna go nikt z mieszkańców; nie ulega wątpliwości, że tajemna wiadomość została wyniesiona gdzieś daleko. Czy dawno, czy niedawno? Raczej dawno – ani bowiem matematyk, ani jego żona, ani ich córka nie wiedzą o niczym. Na żadnych drzwiach nie znać śladów świeżego malowania; pokost na wszystkich jest spękany i już nie biały, lecz brudnoszary.

Ze wszystkich rozumowań wynika, że niepozorne truchło starego domu chowa w sobie rzecz cenną. Co może chować w swym mrocznym wnętrzu pochylone domisko? Dokument? Wątpić należy, aby ktokolwiek szukał dokumentu z takim nakładem trudu i w sposób pełen niebezpieczeństw. W żadnym wypadku nie szukałby kawałka pergaminu lub spłowiałego na słoniową kość kawałka papieru nieznany Francuz. Czy to skarb, zamurowany w ścianie domu, zagrzebany pod podłogą lub wiszący na łańcuchu w piekielnym kominie? Mógłby to być skarb, gdyby Gąsowscy byli kiedykolwiek bogaci. Adaś wie jednak z opowieści profesora, że się tu nie tylko nigdy nie przelewało, lecz czasem bywało zgoła sucho: ściślej mówiąc – i goło, i sucho. Na lekkich, piaszczystych poletkach siedzący dziedzice tych włości więcej zbierali czerwonych grzybów niż czerwonych złotych. Gąsowscy byli uczciwą szlachtą, lecz nawet ów brodacz w zbroi musiał często gryźć własną brodę zamiast marcepanów; a babki na portretach wcale nie pływają w dostojnej tłustości, lecz postawą żywo przypominają rycerskie kopie. Wszystkie w czambuł pokolenia nie mogłyby zebrać już nie skarbu, lecz kilku dukatów na czarną godzinę. O skarbie nie może być mowy... Jest wprawdzie jeden skarb w tym domu – Adaś uśmiechnął się rzewnie – bezcennie wspaniały: panna Wanda. Francuz jednakże z obliczem szczura nie szukałby skarbu na dwóch nogach.

Co jeszcze może się ukrywać w tym domu? Tajemnica zbrodni, jakiejś dawnej, strasznej zbrodni? Nad tym nie warto się nawet zastanawiać. Babki mają wprawdzie miny złośliwe, niektórzy mężowie – miny zbójeckie, ale nie w tym stopniu, by posądzić czcigodnych przodków o to, że jeden zadusił drugiego, a potem zagrzebał pod podłogą.

Byłaby to zresztą prywatna sprawa rodzinna, mało kogo poza tym obchodząca. Najmniej Francuza.

Francuz... Francuz... Dlaczego wciąż ten Francuz? Co może łączyć Francuza z cichą i niepozorną rodziną państwa Gąsowskich? Czy to możliwe – a matematyczna broda nieustannie się tym chełpi – że ktoś czyha na jego naukowe odkrycia? Czy to być może, żeby jakiś uczony maniak, zasłyszawszy o matematycznym delirium brodacza, uwierzył, że to geniusz szuka rozwiązania wielkiego zagadnienia? Tak, to możliwe... Zdarzały się wypadki, niemal nieprawdopodobne, że narażając się na największe niebezpieczeństwa, wykradano cenne formuły chemiczne, naukowe odkrycia, zmurszałe rękopisy. Wielkim uczonym przychodzą do głowy czasem wzniosłe, czasem najdziksze pomysły...

Należałoby się upewnić w tym względzie. Adaś zdołał uzyskać po długich staraniach posłuchanie u matematyka. Odbyło się ono w „bawialni", do swojej pracowni bowiem geniusz nie wpuszczał nikogo, a gdy dziewczyna służebna zjawiała się w niej w zimowy poranek, aby napalić w piecu, broda zwisała nad nią, pilnie czuwając, aby Kasia na grubych nogach nie zajrzała do jego papierów... Stróżowanie to nie było takie głupie... Kasia bowiem mogła użyć bezcennych tych papierów na podpałkę do pieca.

– Mów, chłopcze, o co ci idzie, byle szybko! – huknął matematyk.

– Chciałem zapytać, proszę pana, jak daleko posunął się pan w swojej wielkiej pracy? – zapytał Adaś nieśmiało.

Matematyk zmarszczył boskie czoło, podniósł w górę brwi i pogładził brodę. Milczał przez długą chwilę, patrząc podejrzliwie.

– Na co potrzebna ci jest ta dziwna wiadomość?

– Mam swoje racje... W związku z tym włamaniem, proszę pana.

– Rozumiem cię. Nie spotkałem jeszcze tak mądrego jak ty chłopca, co jest tym dziwniejsze, że jesteś uczniem pewnego historyka... *Nomina sunt odiosa**. Mądrej głowie dość dwie słowie... i odpowiem ci: sam też jestem zdania, że cała ta sprawa toczy się dokoła mojej osoby. Jest to raczej pewne niż prawdopodobne... Rzezimieszek grubo by się jednak zawiódł, i to z dwóch powodów: dlatego po pierwsze, że potrwa to dobrych kilka lat, zanim dotrę do kresu, a po drugie, dlatego że od czasu tych podejrzanych awantur przepisałem moje obliczenia szyfrem, a rękopisy spaliłem... Cha, cha! Wyborne, co?

„Zgubiony trop..." – pomyślał Adaś smętnie.

– Przychodźcie, panowie rzezimieszki! – ryczał matematyk. – Połamiecie sobie zęby... Cha, cha! Ale za pozwoleniem... Czemu, miły kawalerze, nosisz na głowie biały zawój jak indyjski maharadża?

– Przecież rozbili mi głowę – bąknął zdumiony Adaś.

– Rozbili ci głowę? Ach, prawda! Coś sobie przypominam... Taki jednakże mam młyn w mózgu, że zapominam o drobnych zdarzeniach. Niedawno zauważyłem, że moja żona ma katar, chociaż ma już go od trzech dni.

„Od siedmiu lat" – pomyślał Adaś, ale nic nie powiedział.

Broda wyszła, a za nią podreptał matematyk, jak gdyby jej nie mógł dogonić.

Adaś, leżąc w pokracznym fotelu, znudzony jak wieczność, oddał się nowym rozmyślaniom, gdy wszedł profesor.

* *Nomina sunt odiosa* (łac.) – nazwiska są nienawistne, wymienianie nazwisk w pewnych okolicznościach jest niebezpieczne.

– Znowu rozmyślasz w samotności?

– Niczego innego nie robię, panie profesorze. A to najgorsze, że niczego nie wymyśliłem. Aj, panie profesorze! Chciałem o coś zapytać.

– Pytaj, chłopcze.

– Czy w rodzinie pana profesora nie było nigdy żadnego Francuza?

– Francuza? A skądże by się wśród nas wziął Francuz?

– Może kiedyś jakiś Francuz ożenił się z Gąsowską... Może jakiś Gąsowski...

Staruszek machnął ręką.

– Nigdy się to nie zdarzyło.

– A może się zdarzyło, tylko pan profesor o tym nie wie?

– Rzecz jest niemożliwa. Znam dobrze drzewo naszego rodu; kazał je przed wielu laty sporządzić mój pradziadek, ten sam, co ufundował tę rodzinną galerię.

– Jak to? Więc te portrety nie pochodzą ze swoich czasów?

– Broń Boże! Zostały namalowane w czambuł w roku tysiącznym siedemsetnym osiemdziesiątym szóstym albo siódmym. Mój przodek spotkał w Wilnie na jarmarku malarza, zabrał go tutaj, do Bejgoły, a malarz przez rok pacykował te fizjonomie. Dziadek opowiadał na chybi-trafi, jak który przodek ma wyglądać, i jednemu dawał w prezencie brodawkę, innemu zezowate oczy, a temu oto straszliwcowi tę piekielną brodę.

– Nadzwyczajne!

– Ba! Mój przodek jeszcze lepsze miewał pomysły. Te trzy prababki z brzegu, co miały być najstarsze w rodzie, wsadził po namalowaniu do komina, aby je uwędzić „na staro". Nieszczęsne babki! Opowiadał mi mój ojciec, że jedna z babek zajęła się żywym ogniem i omal nie spaliła domu. Musieli ją na nowo malować, bo się przypiekła. A czy nie zauważyłeś, jak bardzo te twarze są do siebie podobne? To stąd pochodzi, że malarz był mistrzem od czternastu boleści i malował jak przez patron. Byle osoba miała ludzkie kształty i nie przypominała konia. Jednego tylko z moich przodków ozdobił brodą, która podobno była kiedyś ruda, ale ją czas poczernił... Czas, dym, kurz i muchy. Czcigodny przodek, widząc, że mój brat maluje sobie brodę, nie chciał zapewne być gorszy i zażył tego samego środka. Spójrz no, jak ta broda popękała.

– Jakby posiwiała – zaśmiał się Adaś.

Istotnie, rycerska broda jakby wyprzała w niektórych miejscach; w piekielnej jej czerni zdobiły się jaśniejszym tonem zawiłe esy-floresy. Można było przypuścić, że rycerz, korzystając ze spokoju głuchej nocy, wyrywa sobie czasem garść kłaków, po czym przegląda się w lustrze.

– Nie mogę ci, Piotrusiu, ofiarować Francuza – mówił wesoło profesor. – Chyba francuski strój. Widzisz tam w kącie tego chłystka? Na łbie ma brudną perukę, a na gębie nie ma wąsów. Wedle pomysłu mego wybornego dziadka ma to być Eustachy Gąsowski, szambelan króla Stanisława.

– Oj, a czemu on ma tylko jedno oko? Czy był ślepy?

– Broń Boże! To wyborny mój przodek jest temu winien. Z nudów grywał z malarzem w rumel-pikietę, a malarz był oczajdusza. Ponieważ skąpo płacono mu za malowidła, usiłował przeto dorobić się na grze w karty i cyganił. Dziadek wpadł w pasję i posłał znakomitego Apellesa* do stu diabłów, nie zważając na to, że właśnie malował jego rodzonego ojca i zrobił mu dopiero jedno oko. I tak już pozostało. Biedny szambelan! Gdybym umiał, namalowałbym mu to oko choćby węglem. Nad czym tak dumasz?

– Szukam Francuza i nie mogę go znaleźć. A za wszelką cenę muszę mieć Francuza.

* Apelles – malarz starożytnej Grecji z poł. IV w. p.n.e., mistrz perspektywy i koloru.

W tej chwili panna Wanda ukazała się w otwartym oknie.

– Idziemy, panowie! – zawołała tajemniczym głosem.

– Dokąd?

– Na strych, na strych! Panie Adasiu, jazda! Stryjaszku!

– Pójdę z wami – rzekł profesor – ale pod jednym warunkiem.

– Pod jakim?

– Abyście mnie tam, jako starego grata, nie pozostawili wśród rodzinnych gratów.

6

W mrokach tli się światełko

Spojrzeli bezradnym wzrokiem na stosy gratów zapełniających strych. Kilka wieków chyba, odchodząc w wieczność, składało tutaj śmiecie i rupiecie. Wielki pisarz francuski Balzak, który w powieści „Jaszczur" genialnie opisał skład starożytności, wygramoliwszy się z trudem na ten strych (bo był wcale gruby), opuściłby ręce. Nikt nigdy nie wiedział, dlaczego chowa się na tym strychu skorupy naczyń lub dziurawe żelazne garnki. Każde pokolenie żywiło nadzieję, że ułomna noga zydla przyda się do jakiegoś nieznanego celu pokoleniom przyszłym. W tym samym dobrotliwym zamiarze następne pokolenia składały dla przyszłości kiepsko złocone ramy lub madejowe łoże, które się zapadło pod opasłym członkiem rodu. Największy podziw budziły zwisające z krokwi uschłe badyle, a wśród nich zapomniany wianek czosnku. Odwieczne babki suszyły najdziwniejsze zioła, potem umierały, zapomniawszy o tej aptece. Dziwne to było zaiste, że owa babka, która nie zdążyła zdjąć ze strychu owego czosnku, nie powracała w nocy, aby w jakiś groźny sposób dać znać prawnukom, że na strychu wisi skarb: wianek pożytecznego czosnku, leczącego astmę, obolałe dziąsła, zwapnienie żył, świerzb, ból zębów, burzliwość żołądka, a zmieszany z sokiem rozchodnika – nawet lekkie pomieszanie zmysłów.

Pan profesor patrzył na ten cmentarz rodzinnego domu z trwożną zadumą. Nagle wydał okrzyk podziwu:

– Ha! Więc to jest tutaj?

Wskazał ręką mroczny kąt, w którym leżało drewniane koryto.

– Za czasów mojej młodości – mówił rzewnie – kąpano nas w tym naczyniu przed każdą Wielkanocą. Napełniano tę nibywannę ukropem, zanurzano nas w nim i szorowano piaskiem. Gorąca to była operacja, po której złaziła z człowieka skóra. Korzystaliśmy jednak z tej wytwornej wanny nieprawnie, była ona bowiem przeznaczona dla świń. Raz w miesiącu bito u nas wieprza i parzono nieboszczyka w tym korycie. Dowiedz się przy sposobności, miły Piotrusiu, że w tych stronach rzeza się nieszczęsne świnie zawsze podczas pełni księżyca. Jaki związek istnieje pomiędzy tym ciałem niebieskim i ciałem świni, tego nigdy dojść nie mogłem. Niezbadane tajemnice rządzą światem... Czemu się tak przyglądasz?

– Pod dachem ktoś wisi! – szepnął Adaś zduszonym głosem.

– Istotnie! – zaśmiał się profesor. – Znam tego jegomościa. Przed wielu laty pełnił obowiązki stracha na wróble. Dlatego go sobie przypominam, że używał mojego kapelusza... Gdy wróble zaczęły kpić w żywe oczy z tego upiora, posłano go na emeryturę. Nie wiedziałem, że właśnie tutaj złożono dostojne zwłoki z czterech patyków. Widać z tego, że nawet w naturze może co kiedykolwiek ginie, nic jednak nie ginie w tym domu. Dlatego mam niejaką nadzieję, że znajdziemy tu jakieś szpargały. Gdzie jest Wandzia?

Dziewczyna szperała w oddalonym kącie strychu, najwięcej zatłoczonym. Piętrzyły się tutaj pękate kufry, stare, mosiądzem okute sepety i ogromne skrzynie.

– Cud boski, że się pod tym ciężarem pułap dotąd nie zawalił – mruknął profesor. – Co tam jest, Wandeczko?

– Zdaje się, że papiery! – odkrzyknęła dziewczyna. – Właźcie tutaj!

Staruszek przedzierał się jak przez dżunglę, stąpając ostrożnie w rzadkim mroku. Przez okienko, podobne do ludzkiego oka, sączyła się odrobina dziennej jasności, w pewnym miejscu złocąca się na zawiesistej, gęstej, zakurzonej pajęczynie.

Po kolei podnosili ciężkie wieka, raczej dotykiem rąk niż wzrokiem badając, co zawiera potężne brzucho kufra.

– W tym są jakieś szpargały! – zawołał Adaś. – Szkoda, że nic nie widać...

– Skoczę po świecę – rzekła dziewczyna.

– Niech cię Bóg broni! – krzyknął profesor. – Czy chcesz spalić dom ojców swoich? Wcale nie trzeba świecy, gdyż tak wyrżnąłem głową w dach, że przez chwilę miałem po siedem świeczek w każdym oku. Zniesiemy te szpargały... Dużo tego jest?

– Strasznie dużo.

– Niech Piotruś podaje tobie, ty podawaj mnie, a ja będę je zrzucał na dół.

– Proszę uważać, panie profesorze, aby pan na dole kogo nie zabił, bo to okropnie ciężkie.

Przez trzy godziny pracowali gorliwie i z pełnym kurzu zapałem. Waliły się na dół księgi, stare gazety, papierzyska pozszywane grubym sznurkiem, zwoje i sterty. Ogromny stos dymił odwiecznym kurzem. Przerażone pająki biegały w gniewnej, jadowitej furii. Wreszcie odkrywcy, umorusani i zlani potem, zleźli po drabinie na ziemskie padoły, gdzie ich przywitał ryk lwa.

– Czyście poszaleli?! – wołał matematyk. – Co to jest?

– Zakurzona mądrość! – odrzekł profesor. – Dzieje wieków... Księgi skazane zwyczajem ojczystym na wygnanie i złożone na wieczny sen obok koryta do pośmiertnej ablucji* wieprzów. Czy ci nie wstyd, brodaty człowieku? Przecie to książki! Przecie każda książka jest żywym stworzeniem... Każda ma duszę i każda ma serce.

Matematyk uśmiechnął się złośliwie jak szatan i wzruszył ramionami na znak, że rozmowy z ludźmi pomylonymi uważa za stratę czasu.

Zmurszałą, zakurzoną i pożółkłą z rozpaczy zdobycz, po pobieżnym przeglądzie, podzielono. Złożono osobno roczniki gazet, stare kalendarze, które już nie mogły mieć wpływu na losy świata, i książki, o których można było sądzić „na oko", że w nich szlocha nieszczęśliwa miłość. Adaś bystrym wzrokiem wyławiał ze sterty nie druki, lecz foliały zapisane ludzką ręką. Odkładał je na stronę, a obok nich pożółkłe dokumenty, na których widoczne były czerwone plamy pieczęci. Stary historyk wydawał gniewne pomruki ze zgrozy i z oburzenia.

– Ja nic o tym nie wiedziałem – tłumaczył się przed Adasiem. – Myślałem, że to jest w poszanowaniu... Matematycy są zakałą świata... Gdzie to umieścimy?

– W moim pokoju – rzekł Adaś.

We dwóch przenieśli zapisaną dawność do pokoiku nad ganeczkiem i ułożyli starannie.

Przez kilka następnych dni Adasia widywano jedynie przy posiłkach. Jeśli tajemniczy człowiek, śledzący dom, czynił to nocą, musiał widzieć przez kilka nocy światełko na poddaszu. Adaś wlazł w przeszłość jak łakomy bąk w kielich nasturcji. Brodaty matematyk, dowiedziawszy się o tym, rzekł przy obiedzie:

– Obawiam się o rozum niektórych osób, przebywających w tym rozsądnym dotąd domu... Umywam ręce!... Nie biorę za to

* Ablucja – obmycie.

odpowiedzialności! Niejaki Donkiszot utracił piątą klepkę wskutek czytania idiotycznych książek. Czy mój brat słyszał kiedy o tej przygodzie pomylonego rycerza? Skoro tak, niech ostrzeże swoich niedoświadczonych, młodych przyjaciół. Powiedziałem!

Pan profesor nie odpowiedział równie złośliwie jedynie dlatego, że jadł właśnie kurczę; niewinne to stworzenie posiada tę właściwość, że łagodne za życia, mści się po zgonie w ten sposób, że ni stąd, ni zowąd staje człowiekowi kością w gardle. Spojrzał jedynie na brata matematyka takim wzrokiem, że tamtemu powinna posiwieć z trwogi broda. Być może, że nawet posiwiała, lecz pod czernidłem nie można było tego dojrzeć.

Adaś nie zwracał na nic uwagi, najmniej zaś na nieszkodliwe zwady braci. Krążył po Elizejskich Polach, na których zamiast asfodelów* kwitły dawne historie. Snuł się po gąszczu, wypatrując wśród tłumu widm jednej postaci: Francuza. Nie znalazł go jednakże. Przewertował kilka pamiętników, kilka diariuszów, spisywanych nieporządnie i cudacznym stylem, w których oznajmiano zdumionej przyszłości, że żyto wyprzało, a raki poogryzały ogony karasiom w stawie. Wśród zbutwiałych szpargałów najwięcej było domowych rachunków, przepisów kuchennych i wybornych recept na bolenie w kiszkach lub wątrobie. Mało ceny miały dla niego obszerne wiadomości, jak się przyrządza „sos Marysi gustem" lub jak się połyka „ostrzygi". Przejrzał już większą część zdobyczy na strychu i melancholijnie spozierał na kilka pozostałych rękopisów.

– Nic pan Adaś nie znalazł? – zapytała panna Wanda.

– Nic dotąd!

– To źle – szepnęła. – Tatuś będzie urągał!...

Było to najmniejsze ze zmartwień Adasia. Rozpłonęła w nim jakaś zawziętość, aby ujrzeć dalekie chociażby światełko w mroku.

* Asfodel – roślina z rodziny liliowatych, zwana pospolicie złotogłowiem.

Wprawdzie od owego dnia, w którym rozszczepiono mu głowę, nie wydarzyło się nic szczególnego, Adaś czuł jednakże, że wróg się przyczaił, że krąży dookoła zaniepokojony i że da znać o sobie. Czytał przeto, czytał tym gorliwiej, choć z coraz mniejszą nadzieją. Ryszard III zakrzyknął w tłoku bitwy: „Konia, królestwo za konia!". Adaś oddałby królestwo, gdyby je posiadał, za jednego Francuza, co miał jakikolwiek związek z tym domem. Wprawdzie wedle zuchwałej dewizy – „Bóg działa przez Franków"*, tego jednakże Francuza, co się plącze w dziejach tego domu, musiał nasłać czart.

Wszyscy już w domu usnęli, Adaś zaś czytał. Udawano się na spoczynek wedle następującego rytuału: najpierw zasypiały kury, potem dobra pani Gąsowska, po niej znużony całoroczną pracą pan profesor. Panna Wanda czytywała chyłkiem przy świecy, kiedy zaś ona ustępowała z placu, opuszczał go z tłumionym rykiem matematyk. Adaś zasypiał ostatni. Po nim zapadał w głęboki sen nocny stróż. Tej nocy spał już nawet „strażnik niezłomny", a Adaś jeszcze czuwał.

Było już dawno po północy, gdy stała się historia nadzwyczajna. Adaś miał wypieki na twarzy. Zapalił świecę i zaczął schodzić po stromych schodach. Świeca była zgoła zbędna, gdyż oczy chłopca płonęły.

Zdumiały się złośliwe babki na portretach, zdumiał się brodaty rycerz i jednooki szambelan, ujrzawszy podczas głuchej nocy młodzieniaszka, przemykającego się przez „bawialnię". Zdawało się, że jedna prababka, nieco wstydliwa, zasłoniła oczy powiekami, albowiem młodzian był niezupełnie odzian. On jednak szedł pośpiesznie, stąpając na palcach. Ani babki go nie obchodziły,

* „Bóg działa przez Franków" – (*Gesta Dei per Francos*), taki tytuł nadał Jacques Bongars (1554-1612), dyplomata i historyk francuski, opublikowanemu dwutomowemu zbiorowi kronik i dokumentów historycznych dotyczących wypraw krzyżowych. Tytuł dzieła zapożyczony został od jednej z zamieszczonych tam kronik, napisanej przez benedyktyna Guiberta z Nogent (1053-1124).

ani cały świat go nie obchodził. Zbliżył się cichutko do drzwi pokoju profesora i lekko zapukał. Ponieważ profesor gadał swoim zwyczajem przez sen, więc zapewne nie dosłyszał pukania. Adaś wszedł i po chwili wahania zatarmosił z możliwie największym szacunkiem czcigodnym ciałem.

– Ha! – krzyknął z nagła obudzony profesor. – Co się stało? Pali się?

Adaś położył palec na ustach.

– Ciszej, ciszej, panie profesorze... Wielka wiadomość! Mam Francuza!

Staruszek wyskoczył z legowiska, okazując zdumionemu światu chude, kosmate nogi.

– Trzymaj go! – zawołał zduszonym głosem. – Włamał się?

– Nie! – szepnął Adaś. – Mam, ale nie tego. Niech się pan profesor okryje... Przepraszam za obudzenie, ale nie mogłem wytrzymać... Proszę się położyć, a ja jutro wszystko opowiem.

– Za nic, za nic... – mówił profesor gorączkowo. – Do jutra daleko! Gadaj mi zaraz!

– Już po północy – szepnął Adaś.

Widać było, że się słabo broni, że ma niezmożoną ochotę podzielenia się „wielką wiadomością".

– Gdzie go wyłowiłeś? Siadaj, chłopcze... Ja się położę, a ty opowiadaj. Więc był jakiś Francuz w tym domu?

– Nawet dwóch! Jeden stąd wywędrował po krótkim pobycie, a drugi został.

– Został? Jak? Gdzie?

– Na cmentarzu. Umarł w tym domu...

– Wielkie nieba! Kiedy?

– W roku 1813 – rzekł Adaś z powagą.

– Żołnierz z Wielkiej Armii? – zapytał profesor z gorącym zdumieniem.

– Tak.

Staruszek uderzył się dłonią w czoło.

– O głowo, nikczemna głowo! – zawołał. – Gdy mnie pytałeś o nasze francuskie koligacje, coś mi się majaczyło, coś mi się przypominało. W tej chwili dopiero, kiedy mnie naprowadziłeś na wyraźny ślad, przypominam sobie jak przez mgłę, że mi ojciec pokazywał jakiś zapadły grób, w którym wedle legendy pochowano jakiegoś Francuza. Tak, tak!... Miałem jednak wtedy siedem czy osiem lat... Zapomniałem... Ale skąd tobie przyszło na myśl, że przez ten dom przewinął się Francuz?

– Bo i teraz pokazał się Francuz na widowni. Pomyślałem, że musi być w tym jakiś związek.

– I jest?

– Jeszcze nie wiem. Na razie to jest pewne, że w samym początku roku 1813 dwaj żołnierze napoleońscy, wlokący się od Moskwy, dotarli do tego domu. Znalazłem wśród papierów coś w rodzaju pamiętnika księdza Jana Koszyczka...

– Moja babka była z domu Koszyczkówna. Ha!

– Ksiądz ten rezydował zapewne na starość u krewnych. Wiem z jego pamiętnika, że robił tabakę i spisywał, co widział. Pisał piąte przez dziesiąte...

– *De omnibus rebus et quibusdam aliis...** Taka była moda... Zwało się to *silva rerum*, dosłownie „las rzeczy", a w wolnym przekładzie winno się zwać „groch z kapustą". Jest to równie zabawne, jak i pożyteczne. Gdybym miał taką brodę jak mój brat, naplułbym sobie w brodę, że jemu pozostawiłem te papiery, zamiast zabrać je ze sobą jak skarby. Gadaj dalej, chłopcze, co i jak.

* *De omnibus rebus et quibusdam aliis* (łac.) – o wszystkich rzeczach i o niektórych innych.

Adaś począł na swój sposób powtarzać relację wyczytaną w pożółkłych papierach. Niebo poszarzało i koguty piać zaczęły, a on gadał jeszcze.

OPOWIEŚĆ KSIĘDZA JANA KOSZYCZKA
nową modą pokrótce powtórzona

Wieś Gąsowskich zapadła na uboczu jak kuropatwa w ściernisku. Lasami odgrodzona była od tego wielkiego traktu, którym Wielka Armia toczyła się w złocistej, pysznej paradzie na zdobycie Moskwy. Zdawało się, że orły polatują nad nią, skwirząc, i zdyszane gonią za tym, co pędzi przed siebie jak gradowa chmura: za Cesarzem. Opowiadali ci, co go widzieli w Wilnie lub na popasach w zastrachanych wiejskich dworkach, że oczy zmienia w dwie szpady; że blady jest bladością marmuru, jak gdyby już za życia był posągiem własnej niezmierzonej chwały, huczącej rykiem armat. W odwiecznym domu łapczywie nasłuchiwano wieści o tym pochodzie, jakby nasłuchiwano odgłosów burzy, co się za lasami przewala. W duszach błękitniały nadzieje, w sercach rosły tęsknoty. Bóg wojny oczarował umysły, tchnął wiarę w zrozpaczonych i smutnych. Powtarzały to „dęby dębom, bukom buki", a ludzie ludziom: gdzie jest, co czyni, jakie raczył wypowiedzieć słowo, co się potem toczyło jak grzmot przez polskie ziemie. Gdy nieskończony wąż armii wczołgał się na niezmierzone przestrzenie, w ciszę zapadły wsie i zaścianki. Wojna krwawiła się gdzieś daleko, daleko... Czasem wieść, jak płomień ognisty, przeleciała powietrzem; ludzkie dusze stawały w ogniach. Łakome oczy wpatrywały się w gwiazdy, co drżały nad daleką północą, jak gdyby chciały dojrzeć, czy się zamgliły w krwawym oparze, czy świecą jaśniej jeszcze niźli dotąd. Latały gorące szepty o bitwach potężnych i krwawych, i zwycięskich; o nadludzkich czynach nieśmiertelnych pułków nieśmiertelnego

Cesarza; o Moskwie, pysznym mieście, malowanym złotem, co padła na struchlałą twarz i biła czołem przed Niezwyciężonym.

Skrzydlate wieści, jak gołębie, przelatywały ponad lasami do Gąsowskich. Pani Domicela Gąsowska leżała obłożnie chora i chociaż obce jej były wojenne sprawy, ostatnim niemal tchem wypytywała o te straszliwości, co się pławiły we krwi w samym sercu rosyjskiego państwa. Ksiądz Koszyczek – sam na pół przytomny od wzruszeń i ciekawości, chwytał wiadomości jak pajęczyny przez powietrze się snujące i znosił je do Bejgoły jako mąż świątobliwy i w nieustannym podniesieniu ducha żyjący – poczuł w sobie przedziwną moc prorokowania, więc wieścił wszystkim radośnie, że państwo cara Aleksandra runie z łoskotem i stoczy się w otchłanie. Jesień złociła się rumiana i ślicznie cicha, co proroczego ducha napełniało nieznaną błogością i mnożyło w nim tajemnicze moce. Ksiądz Koszyczek, siwy gołąb, czernią wybornej tabaki nieco tylko splamiony, oczekiwał w upojeniu na wieści ostateczne, co się oznajmią srebrnym graniem trąb.

Nie było ich jeszcze, gdy spadły pierwsze śniegi. Potem – widać – przebrnąć nie mogły, gdyż zaczęły hulać zawieje i zamiecie. Ziemia skostniała, a mrozy zwaliły się takie, że ptactwo martwiało w locie. Zima nastała straszna i wczesna. Jeszcze liście drżały na gałęziach, gdy ona nadleciała, przez Boreasza* wściekłego pędzona. Przez długie tygodnie nie wiedziano w starym domu Gąsowskich, co się dzieje za lasami. Pani Domicela Gąsowska dogorywała, lecz nie chciała puścić ducha. Jakże jej odchodzić ze świata, nie dowiedziawszy się, co się stało na dalekiej północy, gdzie zima jest okrutniejsza jeszcze? Wprawdzie ksiądz Koszyczek pocieszał ją ślicznie, że nawet żywioły muszą być posłuszne temu, co włada połową świata, była to jednakże pociecha więcej piękna niż rozum-

* Boreasz – w mitologii greckiej bóg wiatru północnego.

na. Wreszcie wieści przebrnęły przez śniegi. Wszystkim uczyniło się czarno przed oczami, bo wieści były czarne. Nie śpiewały graniem srebrnych trąb, lecz oznajmiały się krakaniem wron. Porażone śmiertelną trwogą serca nie chciały im dać wiary. Opowiadali ludzie (chyba szaleni!), że Cesarz, do wczoraj od rzymskich cezarów potężniejszy, dzisiaj nędzarz, zgryzotami pobity, pomknął chyłkiem ku Warszawie, ukrywszy swoją wielkość, na zimnie skostniałą i głodną, pod pożyczonym nazwiskiem mizernego jakiegoś sekretarza. Z każdej wieści toczyły się łzy i marzły na mrozie. Przybieżała wieść inna: straszliwa, skrwawiona jak ochłap, sina od bólu i rozpaczy, i opowiedziała czarnym szeptem, jak w bagnach Berezyny tonęły resztki potęgi, wlokącej się o kulach ku zachodowi.

Siwy gołąb, ksiądz Koszyczek, zapisał je wszystkie w swoim pamiętniku. Niektóre w nim słowa trudno odczytać, bo wyglądają jakby zblakłe i jakby niektóre litery pisane były nie atramentem, lecz wodą; nie woda to jednakże, miły czytelniku, lecz wielkie łzy księdza Koszyczka, niefortunnego proroka. Padał ci on na kolana i krzyżem leżał nocami, i szlochał, i modlił się, i Boga zaklinał rzewnymi głosy, aby się wszystko okazało ludzkim łgarstwem i ponurą bajką. Bóg jednakże wyroków swoich odmienić nie raczył, zezwolił jedynie w niezmiernej swojej mądrej łaskawości, by ksiądz Koszyczek łgarstwem pocieszył odchodzącą duszę. Łgał przeto ksiądz Koszyczek poczciwie i krewnej swojej, dogorywającej pani Domiceli, donosił – niby zdyszanym z radości głosem – że Cesarz uczynił sobie z carskiej stolicy zimowe gniazdo i stamtąd włada połową struchlałego świata. Stara jejmość patrzyła rozumnymi oczami w jego oczy od starości zblakłe i nic nie mówiła. Może dlatego, że jej wreszcie mowę odjęło, a i to być może, że umierający więcej wiedzą i ostrzej widzą, lub też – co jest wielce do prawdy podobne, że już obcują z duchami, co tego samego dnia mogły być w Moskwie i przelecieć do Bejgoły.

Kraczące wrony coraz to mniejsze zataczały koła, wreszcie poczęły krakać tuż nad starym domem Gąsowskich: o upiorach i żywych trupach, co odziane w strzępy świetnych przed pół rokiem mundurów wloką się jak wygłodniałe wilki odbite od stada. Maruderzy Wielkiej Armii, ostatnim tchem się wlokącej, rozleźli się po kraju jak żarłoczne robactwo. Na poły szaleni z głodu i udręki, zamienili się w bestie nielitościwe. Łupili i grabili, podchodząc chyłkiem i nocą jak szakale. Plądrowali kościoły, zdzierając złoto nawet z ołtarzów, a kiedy boskiego mienia zabrakło, zaczęli napastować gromadami ludzkie domy. Zadawali męczarnie, aby ze zrozpaczonych ludzi wydobyć wyznanie, gdzie ukryli złoto. Maruder-żołnierz, co utracił honor i w zabójcę się zmienił, stał się postrachem spokojnej wsi. Ksiądz Koszyczek, zasłyszawszy okropne opowieści o tym pochodzie ponurych straceńców, drżał z trwogi, aby ich zły duch nie skierował do Bejgoły. Mało to było prawdopodobne, wioska Gąsowskich oddalona była bowiem od wielkiego traktu i spała zimowym snem na uboczu. Stróżował nocami, modląc się cicho za lekką śmierć pani Domiceli, i nasłuchiwał czujnie, czy nagle nie usłyszy skowytu i wycia tych ludzi, bardziej podobnych od kościstej śmierci niż te figury, które malują na pogrzebowych chorągwiach.

Stało się! Przyszli… Przywlokło się dwóch… Bez jęków i skowytu. Podpełzli ku domowi, milczkiem brnąc w skisłym, rozmokłym śniegu. Zdążali od wielkiego lasu, za którym we dwóch milach wił się gościniec. Dziw to był, że się tak odbili od stada; mogłoby się wydawać, że uczynili to rozmyślnie. Ruch się uczynił w cichym domu; patrzano na nich pełnymi lęku oczami. Jeden był starszy, już prawie siwy, z twarzą tak udręczoną, że jedną wielką wyrażała boleść; zdawało się, że człowiek zamarzł na kość i że tylko oczy żyją w tej twarzy. Widmo odziane było jak zapustna maszkara; owite w szmaty różnej barwy, zarzucone miało na plecach zielony ornat popi, szyty złotem, złupiony w jakiejś cerkwi. Człowiek ten wyglądał jak ogromny owad z zielonym odwłokiem. Głowę owinął czymś kolorowym – zapewne kiecką kobiecą. Stąpał z wyraźnym trudem, tym większym, że dźwigał wydęty tobołek na rzemieniach na szyi zawieszony. Podpierał go młodszy i na oko silniejszy, choć też do trupa podobny. Stanęli przed domem i wyciągnęli ręce błagalnym żebraczym ruchem. Sami nie mówili nic, lecz oczy ich wyły strasznym głosem.

Zdrętwiała ze zgrozy dusza w siwym księdzu, zblakłe oczy napełniły się łzami na widok niewysłowionej nędzy. Nadbiegł pan Gąsowski znający francuską mowę i zaczął pytać, co i jak. Starszy nie mógł, widać, nawet mówić, odpowiadał mu przeto młodszy, że zeszli z traktu, iść już nie mogąc, bo jego towarzysz, oficer inżynierskiego pułku, ma nogi odmrożone i tak potwornie schorzałe, że chyba nie ma już dla niego ratunku. Błagają o pomoc, o kawał chleba i choćby wiązkę słomy; stajnia będzie dla nich pałacem, siano będzie edredońskim puchem*. Nie są maruderami, nie mają na sumieniu ani rozbojów, ani kradzieży. Oficer pochyleniem głowy zaświadczał prawdziwość każdego z tych słów, co tężały na mrozie jak łzy.

– To spokojni ludzie – szepnął ksiądz Koszyczek. – I nieszczęśliwi żołnierze... Ratujmy ich!

Pan Gąsowski szybko rozważał: we dworze umiera jego żona, więc trudno będzie ich tam pomieścić; w południowej stronie parku jest jednakże mały domek z dwiema izbami, w którym za dobrych czasów mieszkał ogrodnik... Domek jest miły i zaciszny. Niech go zajmą i siedzą w nim, jak długo zechcą. Zdyszanym krzykiem zwołał służbę, ciekawie patrzącą zza węgłów domu na srogie widma.

* Edredoński puch – cenny i doskonały puch, otrzymywany z kaczek edredonowych – specjalnego gatunku dzikich kaczek.

Wraz z księdzem Koszyczkiem ujął pod ramię słaniającego się oficera i wiedli go ostrożnie, powoli i z troską przez posypane śniegiem parkowe dróżki. Napalono w piecach tak, że huczało, i wszelkie nieszczęśliwym dano staranie. Ksiądz Koszyczek złapał się za głowę, ujrzawszy straszne nogi oficera: jedna to była rana, czarna, ponura i groźna. O medyku nie mogło być mowy. Radzili starzy ludzie gospodarscy, co i jak czynić należy, aby ratować nieszczęsne nogi, co zdeptały Europę i rosyjskie pustacie; pewien owczarz, bardzo w tych sprawach biegły, radził, aby odwiecznym zwyczajem leczyć je przykładaniem krowiego łajna, co taką zgrozą przejęło Francuza, że krzyknął przeraźliwie ze wstrętu i odrazy. Mniemali inni, że nogi należy odrąbać w krótkiej drodze.

Oficer zwał się Kamil de Berier; jego towarzysz, młody żołnierz, jakiś dług wdzięczności spłacając, nie opuścił go w rozpaczliwym nieszczęściu. Odpocząwszy i pożywiwszy się uczciwie, byłby dawno podążył ze srogiego kraju ku słonecznej Francji, dokąd już zapewne dotarli ci, co ocaleli, i gdzie już byli przy Cesarzu, co otrząsnąwszy z siebie śnieg i upiorne wspomnienie, przygasłe swoje znowu zapalał słońce. Oficer jednakże musiał użyć jakichś zaklęć, musiał go wielkimi ubłagać prośbami, aby zaczekał albo na niego, albo na jego śmierć. Ponieważ we dwa tygodnie później umarła w Bogu pani Domicela Gąsowska, odprowadzona do niebieskiej bramy modłami księdza Koszyczka, przeniesiono chorego oficera do dworu. Całymi dniami leżał w „bawialni" pod portretem brodatego rycerza i patrzył nieruchomym spojrzeniem na wiosenne słońce. Oczy miał mądre i dziwnie przenikliwe. Czasem przez czas długi nikt słowa jego nie usłyszał. Czasem zdawało się, że biedny człowiek szlocha wśród nocnej ciszy.

Dnia jednego ksiądz Koszyczek przyniósł panu Gąsowskiemu nieprawdopodobną wiadomość:

– Oficer z nadludzkim wysiłkiem wyszedł w nocy z domu.

– Niepodobna! – zawołał pan Gąsowski.

– Widziano go… Noc była księżycowa…

– Po cóż wychodził?

– Nie wiem, lecz wychodził.

– Chyba w malignie! – szepnął zdumiony pan Gąsowski.

– Nie wydaje mi się. Od dni kilku dziwnie jest podniecony i jakby mu sił przybyło. Coś nawet rysował na kawałku papieru i coś obliczał.

– Chyba testament pisze – odrzekł zamyślony pan Gąsowski. – Chociaż uparta siedzi w nim siła. Żaden z nas nie przeżyłby i połowy tego, co on przeżył i co on przetrzymał. A on żyje i rusza się i, jak ksiądz powiada, nocą wychodzi.

– Czołga się, nie chodzi – poprawił ksiądz. – Dajże mu, Panie Boże, aby się do Francji doczołgał. Może go zapytać o te nocne wyprawy?

Pan Gąsowski nie pozwolił. Niech czyni, co mu się podoba. Co komu do tego?

Oficer zachowywał się dziwnie. We dnie nigdy nie opuszczał „bawialni", jakby się trwożył o swoje żołnierskie mienie. Zawiniątko jego leżało pod łóżkiem, w ciemnym kątku. Coraz częściej jednakże zaczęto szeptać, że oficer wędruje po nocy jak taki, którego księżyc wodzi. Dnia jednego dziwnym wszystkich zdumiał pomysłem: nie pozwolił nikomu wejść do izby; wołał spoza drzwi, że mu niczego nie potrzeba i że pragnie jedynie spokoju. Dopiero nazajutrz – bardzo osłabł – prosił pana Gąsowskiego, aby go przeniesiono z powrotem do małego domku, do towarzysza. Spełniono, oczywiście, jego życzenie i przeniesiono go na wygodnym fotelu.

Ksiądz Koszyczek szepnął panu Gąsowskiemu:

– Gdzie jest jego zawiniątko?

Z sobą go nie zabrał do małego domku, pod łóżkiem go nie było.

Poczęli kręcić głowami, co mało jednakże pomaga w myśleniu. Pan Gąsowski, zatrwożony podejrzeniem, że w jego uczciwym domu mógł ktoś skrzywdzić chorego żołnierza, pośpieszył do małego domku, aby dowiedzieć się prawdy.

– Panie oficerze! – zapytał przez otwarte okno. – Czy nie zabrano panu tłumoczka?

– Mam go przy sobie! – odrzekł szybko oficer. – Dlaczego pan o to pyta?

Ksiądz Koszyczek, który wiedział nie tylko o tym, co się dzieje w niebie, lecz i o tym, co się odbywa na ziemi, spenetrował, że oficer coś pisze i odbywa długie rozmowy ze swym rodakiem. Kulawa Weronika, posługująca przy Francuzach, a przy księdzu pełniąca funkcję dyplomatycznego wywiadowcy, zdołała zauważyć, że oficer wręczył żołnierzowi sznurkiem związane i zalakowane pismo, które żołnierz starannie zaszył w kabacie.

Żołnierz, dobrze przez pana Gąsowskiego zaopatrzony, wyruszył w drogę do swojej dalekiej ojczyzny. Pożegnał się z oficerem bez rozczuleń i bez tkliwości: po męsku podali sobie ręce, a oficer szepnął krótko:

– Pamiętaj! Przysiągłeś!

– Tak, mój pułkowniku! – odrzekł żołnierz.

Oficer pozostał, aby wyzdrowieć lub umrzeć. Gwałtowne ożywienie i gorączkowa pobudliwość, co się w nim rozpaliły w ostatnich dniach, zgasły niespodzianie, jakby mocny wiatr zdmuchnął dwa mizerne płomyki. Zapadł się, wsiąkł cały w milczenie i martwotę; nie gadał z nikim i leżał nieruchomo, z oczami wbitymi w pułap. Ksiądz Koszyczek zaglądał ciekawie przez otwarte okno i pragnął zagadać do nieszczęsnego melancholika, leczby się to na nic nie zdało, ksiądz bowiem nie znał francuskiej mowy. Zamyślał przemówić do niego kuchenną łaciną, napoleoński oficer inżynierii nie byłby jej jednakże zrozumiał.

Coraz z nim zresztą było gorzej. Nogi, smarowane przedziwnymi maściami, sporządzanymi wedle domowych przepisów, były jedną czarną zgorzeliną. Źle zagojona rana na piersiach otwierała się podczas długiej słoty. Ten człowiek żył cudem boskim i własnym zawziętym uporem. Dnia jednego skinął z trudem na pana Gąsowskiego i szepnął:

– Jest pan dobrym człowiekiem... Dobrym szlachcicem... Dziękuję panu za wszystko...

– Mówić nie warto! – bronił się pan Gąsowski. – Czy trzeba panu czego?

– Tak... Jeszcze mam jedną prośbę, ostatnią... Panie Gąsowski! Niech się pan nade mną nachyli... Niech pan słucha: ja mam młodszego brata... Jest kapitanem w cesarskiej gwardii... Gdzie przebywa w tej chwili – nie wiem... Napisałem do niego list... Nikogo więcej nie mam z rodziny na tym świecie, pozostaliśmy my dwaj tylko...

– Bardzo się pan zmęczył, pułkowniku. Jutro mi pan powie resztę!

– Nie, nie! Muszę dzisiaj... Jutro? Mój Boże... Bóg wie, co będzie jutro... Panie! Może się zdarzyć, że mój brat zjawi się tutaj... Nie wiem kiedy – może za pół roku, może za rok... Na imię mu Armand... Niech mu pan pozwoli przebyć tutaj czas niejaki... Niech go pan umieści w tym pokoju... i niech pana nie zdziwi nic, co by uczynił. Czy może mi pan dać na to słowo szlachcica?

Pan Gąsowski, acz nieco zdziwiony, złożył uroczyste przyrzeczenie, że przyjmie radośnie pana Armanda de Berier i zezwoli na wszystko.

– To dobrze... To dobrze!... – szepnął gorąco oficer.

Panu Gąsowskiemu przyszło jednak coś na myśl.

– Panie oficerze – rzekł po dłuższej chwili. – Europa znowu w płomieniach, a brat pański jest żołnierzem... Wszystko się może zdarzyć... Czy ma pan jakieś polecenie na wypadek, gdyby brat pański nigdy się tu nie zjawił?

Śmiertelnie chory człowiek, znużony wysiłkiem rozmowy, wpatrzył się w niego nieprzytomnym wzrokiem, jak gdyby nie mógł pojąć zapytania lub jak gdyby w osłupienie wprawiła go ta słuszna wątpliwość. Musiał zrozumieć wreszcie, że pan Gąsowski stawia pytanie rozumne. Drgnął, sprężył się i z ostatecznym spoconym trudem wykrzyknął:

– Wtedy... wtedy... wszystko pańskie... Pan był dobry...

– Nie rozumiem! – szepnął zdumiony szlachcic.

– Te drzwi! – jęknął oficer. – Te drzwi! Niech pan patrzy...

I omdlał.

– Majaczy! – oświadczył smutno ksiądz Koszyczek, wysłuchawszy relacji pana Gąsowskiego.

– I ja tak myślę... Kazał mi patrzeć na drzwi...

– Bo ujrzał w nich śmierć. Dziwnym cudem trzyma się mizernego ciała ta cierpiąca, żołnierska dusza... Modlę się gorliwie, aby się Bóg nad nią zlitował!

Tej nocy zbudzono księdza Koszyczka, oficer bowiem toczył ostatni beznadziejny, nierówny bój ze śmiercią, co go goniła przez rosyjskie pustynie i wreszcie odnalazła w tym cichym ukryciu, więc go dopadła – zadyszana. Rzucał się nieprzytomnie na łożu i wydawał dzikie okrzyki, jakby oznajmiał komendę pośród wrzawy bitwy. Wreszcie krzyknął: „Niech żyje Cesarz!" – i jakby w tym okrzyku całe jego mieściło się życie, wykrzyknął z nim i duszę. Okrzyk ten był ostatnim wystrzałem rozpalonego do gorącości działa.

Ksiądz Koszyczek rzewnie błagał Boga, aby nieszczęsnej, udręczonej duszy dał spokój wiekuisty.

7

„Malarz – co ukradł, mówi, że znalazł"

Pan profesor i Adaś jedli spóźnione śniadanie. Chłopiec nie mógł usiedzieć i czekał niecierpliwie, kiedy staruszek skończy posiłek, staruszek jednakże nie śpieszył się. Ogarnęła go wielka zaduma. W pewnej chwili utkwił wzrok w szklance, napełnionej mlekiem, jak gdyby niesłychaną ujrzał nowość. Trudno przypuścić, aby o najtłustszym nawet mleku można było uczynić najchudszą filozoficzną uwagę, więc się Adaś zdumiał, gdy profesor wskazując palcem, rzekł cicho:

– Biedny Cesarz!

Widać było, że myślami lata dokoła ponurej nocnej opowieści, lecz co wspólnego ma mleko z Cesarzem? Adaś spojrzał na niego pytająco.

– Biedny Cesarz! – powtórzył smutno profesor. – Piszą w pamiętnikach, że gdy w grudniu 1812 roku pędził w saniach w stronę Warszawy, pognębiony i zrozpaczony, zatrzymał się przed mizerną karczmą w Oszmianie. Zziębnięty na kość, zażądał grzanego wina. Skąd tu wino? Ale jest mleko. Wtedy zawołał: „*Eh, bien! Donnez du mleko!*"*. Wyraźnie i po polsku powiedział „mleko!" Tak, tak,

* „Eh, bien! Donnez du (franc.) mleko!" – a więc, dajcie mleka!

Piotrusiu! Koza Amaltea wykarmiła swoim mlekiem Jowisza, a oszmiańska krowa miała zaszczyt... Zresztą nie mówmy o tym, bo mi się serce kraje... Jakie masz zamiary?

– Najpierw pragnąłbym opowiedzieć o wszystkim państwu Gąsowskim...

Profesor machnął ręką.

– Mój brat powie, że wszystko jest łgarstwem, a pani bratowa rozpłacze się, bo to smutne. Ale gadaj, skoro chcesz...

Wbrew przewidywaniu matematyk okazał żywe zajęcie.

– Pierwszy raz słyszę o tym! – zahuczał.

– Trudno było słyszeć, wygnawszy historię na strych – mruknął profesor. – Lecz co o tym myślisz?

– Myślę, że dwa a dwa jest cztery!

– Jest to wielkie matematyczne odkrycie, co jednak ma oznaczać?

– To, że Francuz pozostawił w naszym domu tajemnicę. Dodaj jego zachowanie się do wzmianki na temat drzwi, a będziesz miał rozwiązanie. Jedno z drugim dziwnie się łączy! Francuz z roku 1813 i ten Francuz z roku 1937 mają ze sobą coś wspólnego. Czy nasz młody przyjaciel jest również tego zdania?

– Nasz młody przyjaciel doszedł do tego wniosku już przed tygodniem.

– Pójdźmy obejrzeć te drzwi! – zawołał Adaś.

Domek w parku dogorywał i dawno już postanowił się rozlecieć. Jeśli tego jeszcze nie uczynił, to chyba z lenistwa. Przechowywano w nim ogrodnicze narzędzia, grabie i motyki. Adaś wpadł do wnętrza pierwszy, za nim Wandzia-wiatronoga.

– Nie ma drzwi! – krzyknął chłopiec z osłupieniem.

– A cóż się mogło stać z nimi? – zdumiał się matematyk.

Przystanęli wszyscy, patrząc bezradnie na zawiasy, z których zdjęto tajemnicze drzwi.

– Musiano je zdjąć już bardzo dawno – mówił Adaś w zamyśleniu i jakby sam do siebie. – Zawiasy są poczerniałe i pokryte warstwą kurzu. To nie jest nowa sprawka... Nieszczęście!... Nieszczęście!...

– Czy w tym strasznym domu nie ostoją się żadne drzwi? – zawołał profesor z goryczą.

– Ja ich nie zdjąłem! – huknął matematyk.

– A ja sobie teraz przypominam, że tutaj nigdy drzwi nie było – rzekła panienka z głębokim namysłem. – Przed kilku laty, kiedy w domu było pełno, mnie na kilka dni wsadzono do tego domku, mnie i tę ciocię, co miała jedną nogę krótszą.

– I już wtedy nie było drzwi? – pytał Adaś gorączkowo.

– Z wszelką pewnością ich nie było!

– Diabli ukradli drzwi... – rzekł matematyk basem tak czarnym i gęstym jak zawiesista smoła. – Wracajmy!

Rada była roztropna, bo nic innego nie było do zrobienia.

Koszmarne drzwi wzbudziły niepokój we wszystkich umysłach. Czyniono mnóstwo przypuszczeń, co się mogło stać z nimi i kiedy się mogło stać. Adaś siedział w ciemnym nastroju, ze zmarszczonym czołem, które czasem tarł ręką, jak gdyby je do usilnej przywoływał pracy. Już wiedział, które drzwi grają walną rolę w zawiłej historii, i właśnie tych drzwi nie ma na tym świecie. Jedno go znacznie pocieszyło: ów człowiek, co krąży jak wilk dokoła domu, nie ma o tych drzwiach najmniejszego pojęcia, gdyż usiłował zbadać drzwi we dworze. Na to mu teraz można już pozwolić, niech je sobie bada i niech traci czas. Owe drzwi w domku – „francuskie" drzwi – zostały zabrane zapewne przez kogoś, co nie wiedział o niczym, gdyby bowiem znał tajemnicę, byłby następnie uczynił coś, co musiało zostać zauważone. Z wszelką też pewnością zbędne było zabieranie drzwi z domku, aby na nich odczytać znaki, jeśli te znaki były na nich napisane. Człowiek, znający tajemnicę, byłby zatarł odczytane znaki, a same drzwi pozostawiłby na miejscu, aby niczyjej nie zwracać uwagi. Któż zresztą mógł wiedzieć, że te niepozorne drzwi są ważnymi drzwiami? Rękopis księdza Koszyczka leżał od wielu lat na strychu. Mogło istnieć wprawdzie inne źródło wiadomości o mrocznych zdarzeniach, w takim zaś wypadku sprawa byłaby stracona. Adasiowi nie wydawało się jednak, aby ktoś inny jeszcze opowiedział potomności o wiośnie 1813 roku, co kwitła w tym domu. Któż to bowiem mógł uczynić? Z poczciwej, załzawionej relacji poczciwego księdza wynika, że poza obydwoma Francuzami, poza domownikami i poza nim nikogo więcej w tym domu nie było. Sprawa przeto przedstawia się tak: oficer napisał list do brata i z tego to listu, co się niewiadomym sposobem przechował i niedawno chyba został odczytany, dowiedział się ów tajemniczy człowiek, napastujący dom, że w domu tym istnieją jakieś drzwi, co go objaśnią. Co i jak mógł napisać umierający oficer napoleoński? Nie chcąc zapewne powierzyć listowi znacznej jakiejś tajemnicy, a może nie dowierzając posłańcowi, wezwał brata, aby przybył do Bejgoły. Tu znajdzie znak. Znak wyryty będzie na drzwiach i zaprowadzi go do celu. Kto ma list, znajdzie drzwi, kto znajdzie drzwi, znajdzie – ale co? Nic innego, tylko to zawiniątko, z którym oficer się nie rozstawał. Co mogło być w tym zawiniątku?

Myśli Adasia poczęły krążyć szybko jak jaskółki u schyłku dnia. Zamknął oczy i starał się myśleć usilnie. Wtem obudził go głos Wandzi:

– Panie Adasiu! Mamy gościa! Czy pan spał w biały dzień?

– Nie, rozmyślałem... Głowa mi pęka, co się jej łatwo może zdarzyć, bo już jest nadpęknięta. Kto przyjechał?

– Wcale nie przyjechał, tylko przyszedł piechotą. Jakiś malarz... Wędruje po kraju i jest bardzo zmęczony. Prosił o gościnę na kilka dni. W tej chwili rozmawia z tatusiem. Może go pan Adaś zechce zobaczyć, bo to jakaś bardzo pocieszna kreatura.

Wędrujący malarz miał bystre i niespokojne oczy. Odziany był z pewną przesadą i dość dziwacznie, jak gdyby chciał cały świat zawiadomić o tym, że nie jest zwyczajnym człowiekiem, lecz wybitną indywidualnością artystyczną, odróżniającą się nawet strojem od zwyczajnych ludzkich łapserdaków i pospolitych „zjadaczów chleba". Przydźwigał na plecach obficie wydęty tłumok, sztalugi i ogromną kasetę z farbami. Adaś, od razu wszystko widzący, zauważył, że szanowny Apelles ma ręce bardzo niezgrabne i grubokościste. Przemawiał stylem bardzo ozdobnym, pełnym wyszukanych zawijasów, którymi stroił najprostsze odpowiedzi. Właśnie opowiadał ponuro spoglądającemu matematykowi, że w pogoni za pięknem malarskich motywów zabłąkał się w te śliczne strony i jeśli „pan dziedzic" nie ma nic przeciwko temu, odpocznie sobie w tych ślicznych stronach i odetchnie po włóczędze. Zapłaci, oczywiście, za pobyt...

– Myli się szanowny pan! – zahuczał matematyk. – U nas nikt jeszcze za ludzkiej pamięci nie płacił za gościnę.

Apelles stropił się cokolwiek i począł przepraszać, że bezwiednie obraził czcigodny dom.

Dano mu izbę, tuż za pokojem profesora, i oznajmiono, że wieczerzę podają zaraz po zachodzie słońca.

– Prawda, że to jakiś zabawny człowiek ten malarz? – rzekła Wandzia do Adama.

– Bardzo zabawny, a widziała pani jego ręce?

– Nie patrzyłam. A jakież on ma ręce?

– Jak goryl! – rzekł Adaś krótko.

Wieczorem przy stole rozmowa nie kleiła się; jedyną klejącą się rzeczą był kleik, pożerany w nadmiernych ilościach przez matematyka, który tej szpitalnej potrawie przypisywał wyborne właściwości, doskonale wpływające na substancje mózgowe. Malarz gadał mało, jakby onieśmielony, i bystrymi oczami przyglądał się zebranym. Po długiej i nudnej przygrywce pustych słów i takich genialnych spostrzeżeń, że ludzie żywiący się kwaśnym mlekiem mają skłonność do długowieczności, matematyk oznajmił:

– Trafił pan na zły dzień w tym domu, więc niech się pan nie dziwi, że wszyscy przypominamy kwaszone ogórki. Chociaż mnie osobiście wydaje się to raczej zabawne niż tragiczne.

– Zależy, z jakiego punktu widzenia patrzy się na życie – zauważył malarz. – Śmiem tak oświadczyć, chociaż nie wiem, co zaprzątnęło umysły szanownych państwa.

– Dziwna historia – zahuczały basem organy. – Czy pan uwierzy, że w tym domu wciąż nam kradną drzwi? A dzisiaj…

– Boże drogi! – wrzasnął Adaś i odwróciwszy się, spojrzał z przerażeniem w stronę okna. – Pali się!

– Gdzie?... Jak?... Co?!... – krzyknęła pani Gąsowska.

Porwali się wszyscy od stołu i biegli. Matematyk ryczał jak tur:

– Ludzie! Na ratunek!

Za drzwiami Adaś chwycił go za rękę i szepnął:

– Nigdzie się nie pali… Nie mogłem inaczej…

– Oszalałeś, chłopcze?

– Niech pan przed tym obcym nie mówi ani słowa o drzwiach z domku.

Ponieważ matematyk zaniemówił ze zdumienia, więc jego oczy zaczęły krzyczeć, też basem:

– Nie rozumiem!

– Nie dowierzam temu malarzowi… Błagam pana, aby pan nic nie mówił.

„Dziwne, dziwne!" – chciał rzec szeptem matematyk, ponieważ jednak nie umiał przemówić szeptem, przeto nic nie powiedział.

Uspokojono dobrą panią Gąsowską, która nadbiegła z dzbankiem zbawczej wody, a profesorowi dał Adaś porozumiewawczy znak. Panna Wanda patrzyła na Adasia z fiołkowym zdumieniem.

– Przywidziało mi się! – mówił Adaś do malarza z niepewnym uśmiechem. – Jakiś błysk światła w tej stronie, gdzie są stajnie, wziąłem za pożar. Bardzo wszystkich przepraszam, a pana szczególnie.

Malarz nie pobiegł wprawdzie na ratunek, lecz pilnie wyglądał przez okno, przy którym go zastano.

– Bardzo mnie ten alarm zaniepokoił – rzekł, siadając przy stole. – Dobrze, że się na niczym skończyło... Czy pan dziedzic będzie łaskaw i opowie, co się stało z tymi drzwiami? Bardzo to wszystko ciekawe.

Matematyk, nieumiejący niczego ukryć, spojrzał na niego ponuro.

– Wybaczy pan, ale tak się przejąłem tą awanturą z pożarem, że mnie odeszła ochota do gadania...

Rzekłszy to, skierował wzrok w stronę Adasia, jakby mu chciał rzec:

„Czy widziałeś, chłopcze, genialniejszego dyplomatę?".

Równocześnie spojrzał na Adasia i malarz. Zmrużył oczy i długo mu się przyglądał.

– Pan ma dziwne oczy – rzekł wreszcie.

– Czemu dziwne? Takie sobie... – zaśmiał się Adaś.

– Bo pan patrzył na ścianę, a pożar ujrzał pan przez okno za plecami. Dlatego powiedziałem, że pan ma dziwne oczy...

Mówił to powoli, nie ukrywając złośliwości. Adaś poczerwieniał cokolwiek i rzekł:

– Zdawało mi się, że coś jaskrawego mignęło na szkle obrazu... Niemądra halucynacja... Wszystko jedno zresztą, jak widziałem, całe szczęście, że naprawdę nie widziałem pożaru.

– Okłady na głowę, chłopcze, okłady na głowę! – zaśmiał się potężnie matematyk. – Od tego czasu, kiedy ci rozbito łeb, miewasz widzenia.

– Pana uderzył ktoś w głowę? – zapytał malarz z dziwnym pośpiechem.

– Koń mnie uderzył – odparł Adaś równie szybko. – Nie bardzo mocno zresztą.

– Co ty opowiadasz, chłopczyno? – rzekła pani Gąsowska z poczciwym zdumieniem. – Nam przecie mówiłeś…

Profesor, bacznie wszystkiemu się przysłuchujący, ku największemu wszystkich zdumieniu huknął pięścią w stół i zawołał:

– Na własne oczy widziałem, że koń… Dajcież mu spokój. Czy nie ma zresztą bardziej interesujących tematów, aby zabawić gościa? Ha!

To „ha" było ostrym cięciem miecza. Pani Gąsowska miała na obliczu wyraz niebotycznego zdumienia. Tylko gość się uśmiechał. Panna Wanda patrzyła uparcie w stół. Matematyk łypał oczami i niczego nie rozumiał, chociaż kleik zaostrzył mu rozum.

Chuda wieczerza zamieniła się w mroczną stypę bez nieboszczyka, który jednak musiał krążyć gdzieś w pobliżu, bo w izbie powiało cmentarnym mrozem i wszyscy umilkli. Gdy się zaczęto rozchodzić, wydawało się, że widzowie wychodzą z teatru z takiego przedstawienia, kiedy to wszystkich na scenie zakatrupiono i – jak złośliwcy mówili o „Balladynie" – „tylko sufler został żywy".

Profesor wszedł na palcach do izdebki Adasia i szepnął jak spiskowiec:

– Mój brat matematyk jako dyplomata zginąłby z głodu, przez wszystkich opuszczony. Teraz gadaj: w jakim celu wymyśliłeś pożar?

– Bo pan Gąsowski byłby się wygadał o drzwiach.

– Tak i ja rozumiałem. A dlaczego w głowę kopnął cię koń?

– Wie pan profesor dlaczego ? Bo trzech groszy nie dałbym za to, że to ten malarz rozbił mi głowę. Ten człowiek ma zbójeckie ręce… Zresztą: czego on tu chce? Po co tu przyszedł? Czemu przemawiał do mnie złośliwie i czemu mi się tak pilnie przyglądał? Pan Gąsowski źle zrobił, że się wygadał o mojej głowie, bardzo, bardzo źle.

– Powinno się dzisiaj w nocy udusić tego człowieka – rzekł głucho staruszek.

– Kogo? – z niepomiernym zdumieniem zawołał Adaś. – Pańskiego brata?

– Ech, nie! Mojemu bratu niech broda lekką będzie. Ale tamtego. Jeżeli to jest opryszek, będziemy mieli ciężkie życie. Jak myślisz?

– Myślę, żeby się przede wszystkim przekonać, czy się nie mylimy.

– A sposób?

– W bardzo łatwy sposób. Niech pan profesor poprosi go jutro, aby domalował oko pańskiemu pradziadkowi. Jeżeli to naprawdę malarz, uczyni to chętnie.

– Znakomicie!

– Poza tym – mówił Adaś ściszonym głosem – będziemy go pilnowali. Ale i on się będzie pilnował, jeżeli to figura podejrzana. Czy pan profesor może słyszeć, co się dzieje za drzwiami, w jego pokoju?

– Słyszeć tobym mógł, gdybym czuwał. Ale ja, podobno, gadam przez sen i sam sobie przeszkadzam. Czy mamy czuwać tej nocy?

– Szkoda snu. Pan profesor jest po wczorajszym naszym gadaniu niewyspany, a ten jegomość zabawi tu podobno kilka dni. Mamy czas!

– Mamy czas! – powtórzył staruszek czarnym głosem z brzucha, jakiego używają sprzysiężeni obradujący w podziemiach, aktorzy udający krwawych nędzników, brzuchomówcy, upiory straszące w starych zamkach i kolędnik z szopki, co odgrywa Heroda, mordercę niewinnych dziatek. – Lecz czuj duch! – dodał i podniósł ostrzegawczo palec. – W domu jest wróg!

Z zachowaniem całkowitego ceremoniału spiskowca, jakoby jeden ze stowarzyszenia „Braci z Ajaccio"*, których podobno lękał się sam Cesarz, wymknął się z izdebki Adasia i jak bezszelestny cień przemknął przez ciemne pokoje. Znalazłszy się w swoim *cubiculum**, przyłożył ucho do drzwi, za którymi wróg otrzymał mieszkanie. Wprawdzie panowała tam głęboka cisza, lecz pan profesor szepnął sam do siebie:

– Zdaje mi się, że zgrzyta zębami.

Położył się na łóżku, lecz postanowił czuwać. Wkrótce jednak śniło mu się, że wydoiwszy krowę ze złoconymi rogami, podaje na klęczkach Cesarzowi dzbanek burzącego się mleka, a wzruszony Cesarz zdejmuje z własnej piersi Krzyż Legii Honorowej, przypina go na piersi profesora i woła: „*Per Baccho! Voilà un brave Polonais!**. Potem zażył tabaki i kichnął tak potężnie, że pan profesor zbudził się w trwodze. Noc była głęboka i owita ciepłą, letnią ciszą.

„Coś musiało upaść" – pomyślał pan profesor.

Zaczął nasłuchiwać czujnie, lecz głos się nie powtórzył, dało się jednak słyszeć cichutkie, uporczywe chrobotanie i jakby skrobanie.

„Myszy odprawiają wesele – pomyślał staruszek. – Oby zagryzły tego draba..."

Z tym serdecznym życzeniem usnął i spał do promienistego rana. W pół godziny potem zjawił się u niego Adaś.

* Bracia z Ajaccio – mowa tu o czterech braciach Napoleona I (Ajaccio – miejsce urodzenia Napoleona i jego rodzeństwa).

* *Cubiculum* (łac.) – pokój sypialny.

* Per Baccho! (łac.) *Voilà un brave Polonais!* (franc.) – Na Bachusa! Oto dzielny Polak!

– Nic się nie działo w nocy, panie profesorze? – zapytał cicho.

– Nic nadzwyczajnego... Obudził mnie wprawdzie jakiś odgłos, ale może mi się tylko przyśniło. A potem harcowały myszy.

– Myszy? A może szczur?

– Szczur, powiadasz? Niby ten tam... Rozumiesz... Hamlet* posłyszał raz za obiciem podejrzany szelest i z okrzykiem: „Szczur, szczur, zabiłem szczura!" – przeszył szpadą intryganta. A czemuż by ten udawał szczura?

– Przekonamy się... Czy pan profesor pamięta o mojej prośbie?

– Pamiętam... Zagadnę go tak chytrze, że się nie połapie, w czym rzecz. Wstyd mi się do tego przyznać, ale mało kto dorówna mi w chytrości... Ale trudno. Trzeba czasem być wężem wśród złych ludzi. Ciekaw jestem, czy ten opryszek jest jeszcze u siebie?

– Wyszedł – rzekł Adaś, przypadkiem spojrzawszy w okno. – O, tam chodzi po ogrodzie!

Nagle się ożywił.

– Panie profesorze – mówił szybko. – Czy mi pan pozwoli wejść na chwilę do jego pokoju?

– Nie będzie to chyba zbrodnią – odrzekł pan Gąsowski po namyśle. – Ale czego tam będziesz szukał?

Adasia już nie było, lecz powrócił natychmiast.

– Zamknął drzwi na klucz! – powiedział z żalem.

– Przezorny jegomość. Teraz ja z nim pogadam.

Malarz okazał wielkie zadowolenie, usłyszawszy, że mu pan profesor chce pokazać galerię portretów w „bawialni". Szedł przodem, rzucając spojrzeniem na wszystkie strony.

– Oto moi przodkowie! – rzekł pan Gąsowski.

* Hamlet – legendarny królewicz duński, bohater tragedii Szekspira „Hamlet". Tu mowa o scenie, w której Hamlet przebija szpadą ukrytego za zasłoną i podsłuchującego Poloniusza.

W tej chwili pomyślał:

„Coś ty, bratku, pilniej patrzysz na drzwi niż na malowidła".

Udając, że wcale tego nie zauważył, wiódł go od obrazu do obrazu, aż wreszcie stanęli przed niedokończonym jednookim stworem.

– Ach! – zawołał staruszek. – Wie pan, co mi przyszło na myśl? Pan jest malarzem i ma pan ze sobą farby... Czy nie mógłby pan domalować oka temu zacnemu człowiekowi?

– Mógłbym... oczywiście... To przecie drobiazg... – odrzekł tamten. – Źle bym to jednak wykonał... Nie miałem nigdy do czynienia z portretami... Ja maluję krajobrazy.

– Wielka szkoda! – niemal radośnie rzekł profesor. – Wielka szkoda! Najbardziej zmartwi to mego pradziadka, co od stu lat czeka na drugie oko. Czy pan zechce obejrzeć sobie sam te portrety?

– Z przyjemnością!

– To doskonale! – zawołał staruszek, jak gdyby tylko na to czekał.

Pozostawił malarza w „bawialni" i czym prędzej pobiegł na poszukiwanie Adasia.

– Nie będziesz wcale oglądał moich babek, tylko drzwi – mówił sam do siebie. – Oglądaj, oglądaj, ile wlezie... Dużo na nich wyczytasz! Piotrusiu! – zawołał, ujrzawszy Adasia. – Zdarłem z niego maskę. Miałeś słuszność. To nie malarz. To opryszek.

Mówił to z taką gorącą zapalczywością, że się Adaś uśmiechnął.

– Ledwie wszedł – łyp jednym okiem na jedne drzwi, a drugim na drugie. Myślał, kretyn, że ja tego nie widzę. Wybornie to odgadłeś: to jeden z szajki. Czy my ścierpimy, aby się w uczciwym towarzystwie wałęsał zbrodzień i łamał się z nami chlebem? Mówię to, oczywiście, pod figurą, bo się wcale chlebem nie łamiemy, ale ja nie będę mógł siedzieć przy jednym stole z tym człowiekiem.

– Niech pan profesor wytrzyma, drogi panie profesorze! – prosił Adaś. – To niedługo chyba potrwa. On szybko spostrzeże, że niczego tutaj nie znajdzie, a może jego pobyt nam się na coś przyda.

– Dobrze! – rzekł staruszek z mocą. – Ty wiesz lepiej ode mnie, co należy czynić, ale zapowiadam ci, że mucha obok niego nie przeleci, abym ja o tym nie wiedział.

W domu było takie niepoliczone mnóstwo much, że się panu profesorowi szybko znudziło liczenie tych, co się wałęsały nad zbrodniczą głową. Fałszywiec nie dawał zresztą powodu do szczególnych podejrzeń: wałęsał się po domu, włóczył się po parku i zajrzał przez okno do rozpadającego się domku.

– Ciepło… ciepło… gorąco… – mówił Adaś do profesora, gdy z zacisznego zakątka obserwowali poczynania gościa.

– Spostrzegł, że w domku nie ma wewnątrz drzwi… Teraz pilnie ogląda drzwi u wejścia… Widzisz?

– Widzę… co on tam robi?

– Usiłuje je otworzyć, aby obejrzeć odwrotną stronę. Oho! Otworzył…

Przybysz pojawił się po chwili z zawiedzioną miną.

– *Nec locus, ubi Troia**… – mruknął profesor. – Słuchaj no, czy on może cokolwiek wiedzieć o tym domku?

– Z wszelką pewnością nie wie, gdyż gdyby w liście była o nim mowa, nie tracono by czasu na poszukiwania we dworze. Wyobrażam sobie, że oficer z ostrożności nie napisał niczego wyraźnie. Mógł napisać: „Szukaj na drzwiach w tej izbie, w której mieszkałem". Ci, co czynią poszukiwania, myślą tak: „Gdzie mógł mieszkać chory oficer w gościnnej polskiej wsi? Oczywiście, we dworze!". I tam szukają. Nie wiedzą o tym, o czym my wiemy: że we dworze umierała pani Gąsowska. Na myśl im nie przyszło, że oficer mógł

* *Nec locus, ubi Troia* (łac.) – Zniknął nawet ślad, gdzie była Troja.

przez czas pewien zajmować ten domek. Fałszywy malarz korzysta jedynie ze sposobności, aby niczego nie pominąć i obejrzeć każde drzwi. Ubiegłej nocy oskrobał drzwi w swoim pokoju, o co pan profesor oskarża niewinne myszy, dzisiaj we dnie obejrzał wszystkie inne i jest zrozpaczony. O co się pan profesor ze mną założy, że się z nami dzisiaj pożegna?

– Nigdy w życiu nie będę się już z tobą zakładał! – rzekł profesor. – Mam dość gorzkich doświadczeń, ty piekielny smyku!

Adaś uśmiechnął się niewinnie.

– Szkoda! – rzekł. – Może by i pan profesor raz wygrał zakład.

– Z tobą – nigdy! Ale, ale... Gdzie on się podziewa?

– Poszedł ku dworowi. O, niech pan patrzy, panie profesorze! Spotkał pannę Wandę i rozpoczął z nią rozmowę. Będzie się starał ją wybadać, chodźmy tam prędko!

– Bądź spokojny, Wandzia nie jest w ciemię bita!

Wzdrygnął się Adaś na samą myśl o tym, że ktoś mógłby grubą pałką bić w ciemię fiołkowooką.

– Udawajmy – mówił profesor – że nas jego rozmowy nie obchodzą. Niech sobie gada, ile chce.

Zbliżyli się, niby z leniwej powracając przechadzki. Fałszywy malarz spojrzał na Adasia spode łba, czołobitnie skłoniwszy się profesorowi. Zwróciwszy się do panny Wandy, rzekł powiewnie:

– Nigdzie nie widziałem tak pięknych chmur jak te, co w tej chwili lecą po niebie. Na przyszłe lato zjadę w tę okolicę, aby ją namalować.

– Chmury poczekają, oczywiście – mruknął profesor, wzruszając ramionami. A głośno dodał: – A czy pan już wyjeżdża?

– Jutro, panie profesorze. Odpocząłem znakomicie...

– A w nocy dobrze pan tutaj śpi? – zapytał ni stąd, ni zowąd Adaś.

– Dlaczego miałbym spać źle? – zapytał gość, patrząc na niego podejrzliwie.

– Bo nam myszy nie dają spać. Wciąż gryzą drzwi...

– Dlaczego właśnie drzwi?

– Myszy mają przedziwne upodobania – roześmiał się Adaś. – Niech pan uważa, aby nie zjadły pańskich farb.

– A co pana obchodzą moje farby? – zapytał malarz zaczepnie. – Dlaczego pana boli o to głowa? Czy mało panu było końskiego kopyta?

Ton tego przemówienia był tak zuchwale impertynencki, że w oczach panny Wandy zamigotało oburzenie, a pan profesor zacisnął pięści.

Adaś jednak uśmiechał się.

– Moja głowa wiele wytrzyma, ja mam żelazną głowę! – rzekł, bystrze patrząc tamtemu w oczu.

– Ale tylko jedną... Niech pan jej dobrze pilnuje! – odpowiedział malarz, zmrużywszy oczy.

– Dziękuję za radę – zaśmiał się Adaś. – Będę się wystrzegał złośliwych... – w tym miejscu uczynił pauzę – koni.

Malarz nagłym ruchem zerwał z głowy kapelusz i skłoniwszy się pannie Wandzie, odszedł bez słowa.

– Opryszek! – rzekł z pasją profesor.

– Ale niegrzeczny opryszek – mówił Adaś. – Nie umiał ukryć złości, że jego wyprawa spełzła na niczym, i tego też nie umiał ukryć, że to on, a nikt inny, rozbił mi łeb.

– Ależ on panu grozi, Adasiu! – zawołała z przestrachem dziewczyna.

– Ja wiem o tym – odrzekł Adaś z powagą. – Stracił panowanie nad sobą. I on, i jego wspólnicy zaczną teraz zapewne jakąś gwałtowną wojnę. Dowiedzieli się przez nieszczęśliwą wzmiankę ojca pani o mojej głowie, że ja w całej sprawie gram jakąś rolę, i zwrócą całą uwagę na mnie.

– O Boże! – szepnęła dziewczyna.

– Ale ja się będę strzegł! – rzekł Adaś z pośpiechem. – Ten jegomość jutro nas opuści, a do jutra nic się chyba nie zdarzy.

– Ale czemu nie odchodzi on już dzisiaj? – zapytał profesor.

– Nie wiem. Może będzie skrobał jeszcze jakieś drzwi. Niepokoją go zapewne jedyne, do których nie miał dotychczas dostępu: drzwi w pokoju pana Gąsowskiego, gdyż ojciec pani zamyka je na noc na klucz, a we dnie nie opuszcza swojej pracowni. Panie profesorze! Czy nie mógłby pan w tej chwili wywołać pana Gąsowskiego?

– Po co?

– Indywiduum jest w domu. Skoro ujrzy, że pan Gąsowski niespodzianie opuścił swój pokój, skorzysta z dobrej sposobności. Pomóżmy mu! Niech się przekona, że i tam też nic nie znajdzie!

– A czy nie lepiej utrzymać go w niepewności?

– Nie, bo znowu odwiedzą nas w nocy, aby obejrzeć tamte drzwi. Przy takich awanturach zawsze łatwo o nieszczęście, bo nad łóżkiem pana Gąsowskiego widziałem zawieszony rewolwer...

– Tak, tak... – mruknął profesor. – Rewolwer w ręce matematyka sam nie wie, kiedy wystrzeli. Wandziu, spróbuj wywabić ojca z jaskini!

Długie rozprawy, prowadzone przez otwarte okno, zdołały wreszcie przekonać matematyka, że powinien zwiedzić słoneczny boży świat, który pociemniał cokolwiek, skoro się na nim ukazała groźna chmura czarno malowanej brody.

– Panno Wando! – szepnął Adaś. – Niech pani teraz przemknie się do domu przez kuchnię i niech pani stara się dojrzeć, co zrobi malarz. My będziemy stali tutaj, aby nas miał na oku.

Wanda pobiegła dookoła przez ścieżki.

– Czemu przeszkadzacie mi w pracy? – zagrzmiał matematyk. – Co się stało?

– Właściwie to nic, proszę pana – zaczął mówić Adaś wesoło. – Rozmawiamy sobie z panem profesorem o tajemniczych właściwościach liczb.

– O, o! – zdumiał się radośnie matematyk. – O cóż idzie?

– Czemu na przykład liczbie siedem przypisuje się przedziwne właściwości?

Matematyk pogładził brodę i mówił z lubością:

– Jest to od najdawniejszych czasów liczba święta. Już Egipcjanie zwrócili na to uwagę. Siedem znali planet i siedem lat tworzyło u nich okres. Uchodziła za liczbę szczęśliwą i przynoszącą szczęście. Świeczniki wschodnich ludów były zawsze siedmioramienne. Siedem razy błogosławiono i siedem razy zaklinano. Wyliczano siedem cudów świata. Żydzi gadali o siedmiu diabłach, a Grecy poświęcili siódemkę Apollinowi i mieli siedmiu mędrców. Średniowiecze znało „siedem jędz", a Pismo Święte mówi o siedmiu braciach śpiących. Tydzień ma dni siedem. Głowa ma w sobie siedem otworów...

– Ja mam osiem! – zawołał Adaś. – Niedługo jednak ósmy otwór zagoi się i przestanę być fenomenem.

– Siedem grzechów śmiertelnych – wyliczał matematyk. – Siedem...

– Nasz dziadek miał siedem córek – przerwał mu pan profesor. – A wszystkie pono podobne były do grzechów śmiertelnych... Co cię tak zaniepokoiło, Piotrze?

Adaś, z którego twarzy znikł niefrasobliwy uśmiech, przysłonił ręką oczy, chroniąc je przed blaskiem słońca, i wpatrywał się uparcie w tę stronę, w której park łączył się z rzadkim lasem, odgrodzony od niego dość wysokim parkanem. Człowiek jakiś przesadził ów parkan i potykając się na nierównościach gruntu, biegł szybko. Jeszcze chwila, a zapadnie między drzewa.

– Malarz! – krzyknął Adaś. – Ale dlaczego ucieka?

Nie czekając, aż dwaj bracia odkrzykną mu słowami zdumienia, pobiegł ku dworowi, wołając z daleka:

– Panno Wando! Panno Wando!

– Jestem! – odezwała się dziewczyna z głębi domu.

– Gdzie on? – pytał Adaś zdyszany.

– Nie wiem... Tu go nie było!

– Więc to on... Uciekł... Nie wchodził z pewnością do pokoju ojca?

– Z wszelką pewnością. Słyszałam jego kroki, ale zdawało mi się, że schodził z góry.

– Z góry? Przecie na górze... Ach, głupcze! – wrzasnął niespodzianie.

Ponieważ z dwóch osób, wiodących ten zdyszany dialog, jedna tylko była rodzaju męskiego, przeto nie ulegało wątpliwości, że Adaś nazwał głupcem samego siebie.

– Głupcze! Głupcze! – powtarzał z gorącym uporem i pobiegł.

A panna Wanda za nim.

Wpadł do swojej izdebki i z rezygnacją oparł się o ścianę: porządnie złożone papiery były porozrzucane we wszystkie kąty, szafa na oścież otwarta. Adaś, oszołomiony, rozjaśnił się na jeden moment bladym uśmiechem nadziei. Jak żbik skoczył w stronę stolika, w którego szufladzie ukrył starannie owinięty w papier zbutwiały i żółty pamiętnik księdza Koszyczka.

Papiery znikły.

Adaś spojrzał na dziewczynę zrozpaczonym wzrokiem. Blady był i cały dygotał.

– Wart jestem stu batów – rzekł głucho. – Bij mnie, kto w Boga wierzy!

Panna Wanda pomyślała, że wierzy w Boga, ale za nic na świecie nie uderzyłaby biednego Adasia.

8

Umarli piszą listy

– On wiedział, że ja coś wiem – mówił Adaś na radzie gabinetowej pod przewodnictwem pana profesora. – Wywnioskował, że jakichkolwiek wieści należy szukać w moim pokoju. Ja pragnąłem schwytać Tatarzyna, a Tatarzyn był mądrzejszy. Panie profesorze! Jestem niepocieszony...

Rada gabinetowa, w której udział brała poza nimi tylko Wandzia, uchwaliła dwoma głosami, aby się jednak dał pocieszyć, nic bowiem groźnego się nie stało. Spokojnie rozważywszy, nie było powodu do niepokojów. Napastliwa szajka przeczyta łapczywie opowieść księdza Koszyczka i nie będzie mądrzejsza, niż była przedtem. Dowie się, oczywiście, że „francuska tajemnica" została powierzona drzwiom w domku ogrodnika, lecz gdzie są te drzwi? Tego nie wiedzą obie strony. Ta będzie na wierzchu, co je zdoła odnaleźć. Gdyby fałszywy malarz nie był zabrał rękopisu, rada gabinetowa rozporządzałaby dowolnym czasem na poszukiwania, podczas gdy tamci tłukliby się w ciemności. Teraz należy się śpieszyć, aby nie dać się ubiec. Byłoby lekkomyślnością liczenie na grubą niedomyślność wrogów: wzmianka o drzwiach w relacji księdza jest tak wyraźna, że im się rzuci w oczy. Już ten *quasi**-malarz dowiódł ogromnego sprytu, pogardziwszy stertą książek i papierów i chwyciwszy ten łup, który należało porwać. A porwał go jedynie dlatego, że był starannie owinięty, odłożony i ukryty w szufladzie. Tego właśnie Adaś nie mógł sobie przebaczyć. Znał doskonale głęboko mądrą i przenikliwą opowieść wielkiego pisarza amerykańskiego Edgara Allana Poego, w której wszyscy poszukują ważnego dokumentu, prująć meble, zrywając deski podłogi, zaglądając do najciemniejszych zakamarków, podczas gdy dokument sterczał na widoku, tak że należało jedynie sięgnąć ręką, ten bowiem, kto go chciał ukryć, wnioskował przemyślnie, że najtrudniej jest znaleźć coś, co nie jest ukryte. Powiedział jeden roztropny Chińczyk: „Najciemniej jest zawsze pod latarnią!". Gdyby rękopis księdza Koszyczka leżał na widoku, wśród sterty szpargałów, sterczałby tam do tej chwili. Opryszek byłby przetrząsnął szafę i stół, byłby może rozpruł poduszkę, nie byłoby mu jednak przyszło na myśl, że ważne papiery zostały niedbale porzucone.

– Należy się zastanowić – rozprawiał Adaś chmurnie – co oni teraz poczną?

– Dlaczego powiadasz: „oni"? – zapytał profesor.

– Rzecz jest jasna – odrzekł Adaś – że w tej awanturze bierze udział kilku. Głową jest ów Francuz, co się tu zjawił pierwszy. On trzyma w ręku początek czarnej nici. Próbował z początku sam, lecz mu się nie udało, i ponieważ zapewne nie zna języka, więc sobie dobrał wspólników. Musi to być gruba jakaś sprawa, skoro usiłował kupić wasz majątek i skoro nie waha się opłacać tych wspólników, którzy zapewne każą sobie płacić słono za narażanie się na niebezpieczeństwo. Stróż nocny opowiada, że ukradzione drzwi wynosiło z domu dwóch. Ze wszystkiego przeto wynika,

* *Quasi* (łac.) – jakoby, rzekomy.

że musi być ich kilku, dlatego mówię: „oni”. Więc co oni teraz poczną? Ja myślę tak: odczytają rękopis i albo Francuz, główny wspólnik, dowie się prawdy, albo się nie dowie...

– Dowie się, bo przeczyta...

– Bynajmniej! Sam nie przeczyta, bo nie rozumie, a wspólnicy mogą przed nim zataić wszystko, co zechcą, i zaczną działać na własną rękę. Być może, że go oszukują, co – sądząc z widoku fałszywego malarza – jest bliskie prawdy. Dotąd wynajęci wspólnicy wykonywali zapewne na ślepo jego zlecenia. Wątpię o tym, czy Francuz zwierzył się przed nimi, o co toczy się gra? Oświadczył im zapewne, że grubo zapłaci za odnalezienie drzwi, na których znajduje się jakiś napis lub znak. Być może, że ich objaśnił o starodawnym rodowodzie całej awantury i dlatego sprytny nasz gość porwał stary rękopis, pomyślawszy mgliście, że może on mieć jakiś związek ze sprawą.

– Ale i Francuz przecie nie wie, o co idzie?

– Może nie wie wszystkiego, lecz z wszelką pewnością wie więcej niż my z pamiętnika księdza. Ksiądz Koszyczek zapisał jedynie domysły, napoleoński oficer musiał jednakże w liście do brata napisać, choćby najostrożniej, dlaczego go wzywa do odbycia opętanej podróży przez połowę Europy. Musiał mu podać powód ważny, konieczny i warty ogromnego zachodu. Z Paryża do Wilna – daleka droga, a do tego droga przez wojnę, co się paliła wielkim pożarem. Ów Francuz coś wie... Jeżeli się teraz dowie od wspólników o tych drzwiach z małego domku, rzucą się wszyscy na poszukiwania. Jeżeli wiadomość tę przed nim zatają, porzucą Francuza i zaczną szukać sami, a wtedy może się zdarzyć rzecz najbardziej spodziewana.

– Jaka? Jaka?

– Może się bowiem zdarzyć, że opuszczony Francuz, zrozpaczony i bezradny, „od dworaków opuszczony”, przyjdzie pokornie do nas i zaofiaruje nam wspólne i zgodne poszukiwania. Może się to zdarzyć, może się jednak nie zdarzyć. Raczej nie niż tak. Rzecz w tym, co my mamy robić?

– Szukać drzwi! – zawołał profesor.

– Tak, szukać drzwi, oczywiście! Ale jak i gdzie? Czy te drzwi jeszcze istnieją? Jeżeli istnieją, mają już więcej niż sto dwadzieścia lat. Gdyby, jak im pan Bóg przykazał, wisiały na zawiasach, na których wisiały od pierwszego swego dnia, mogłyby łatwo przetrwać ten sędziwy wiek, jak go przetrwał cały domek. Ale to są pomylone jakieś drzwi! Same jednak nie wywędrowały, ktoś je wyniósł... Może je spalono podczas wielkich mrozów?

– Nie zdaje mi się – rzekł profesor. – Las rośnie dookoła, drzewa są w parku... Raczej by tu zresztą palono w piecu książkami, nie marnowano by jednak pożytecznych drzwi.

– Nie odgadniemy tego nigdy – rozmyślał Adaś głośno, mówiąc jak gdyby to sam do siebie. – Czysta rozpacz!

– A czy nie wydaje ci się, luby Piotrusiu...

– Adasiu... – poprawiła Wandzia.

– Można tak i można tak – mówił profesor, machnąwszy ręką. – Nie przeszkadzaj! Otóż czy ci się nie wydaje, że ta cała sprawa, tak na pozór tajemnicza, jest jakimś urojeniem, jakimś przywidzeniem? Oficer mógł porobić nieprzytomne historie, pisać listy, gadać o drzwiach, nawoływać brata, a wszystko dlatego, że był w malignie.

– W takim razie, gdzie jest zawiniątko, które niósł spod Moskwy? Zapytany o nie przez pańskiego pradziadka – skłamał. Dlaczego skłamał? A dlaczego wymykał się nocami z domu, chociaż bezsilny i chory?

Zamyślili się wszyscy, rozważając, co się mogło stać z zawiniątkiem. Rozmyślanie było w owym dniu ciężką pracą, gdyż upał lał się z nieba ciężką, srebrzystą strugą. Nawet w cienistym parku, w którym odbywali naradę, było gorąco.

Ciszę przerwał turkot wózka.

– Ktoś zajechał przed dom! – oznajmiła Wandzia.

– Francuz! – zawołał z najwyższym zdumieniem pan profesor.

„Francuz" jednakże zakrzyknął po polsku w stronę domu:

– Panie Gąsowski! Moje uszanowanie!

Adaś spojrzał ponuro.

– Czy państwo znają tego pana? – zapytał.

– Nie. Jakiś obcy...

– Czegóż on tutaj chce? Nie dowierzajmy obcym ludziom... Pójdźmy przyjrzeć mu się z bliska.

Przybysz z trudem wygramolił się z wózka, widać było bowiem, że jest znużony drogą, pełną upału i kurzu.

– Czy pan Gąsowski jest w domu? – zapytał uprzejmie, podnosząc rękę do kapelusza.

– Zdaje się, że go nie ma, bo niedawno poszedł w stronę lasu – odrzekła Wandzia.

– Poczekam! – oznajmił krótko przybysz.

Widać było, że coś go ubawiło, bo ze źle ukrywanym uśmieszkiem spojrzał na trzy oblicza, ponuro na niego spoglądające.

– Nigdzie mnie, proszę państwa, nie witają kantatą – rzekł im dobrodusznie. – Ale nie taki diabeł straszny... Czy mogę spocząć na ganeczku? Proszę mnie nie pilnować – dodał z głośnym śmiechem – bo nie zabiorę drzwi...

Pan profesor zatrząsł się i zapytał zduszonym głosem:

– Drzwi?! Pan, zdaje się, mówił coś o drzwiach... Co pana obchodzą drzwi? Piotrusiu, czujność, baczność! – dodał szeptem. – Jeszcze jeden!

– Drzwi nie obchodzą mnie wcale – odrzekł przybysz wesoło zdumiony. – Przynajmniej bardzo rzadko... Czasem muszę przybić na nich groźny papier. Mnie, proszę państwa, obchodzą konie, krowy, świnie i zboże. Prawdę mówiąc, przyjechałem, aby obejrzeć żywy i martwy inwentarz.

– Czy pan jest kupcem? – zapytał Adaś, spoglądając podejrzliwie.

– Jestem złym kupcem, młody panie... Zdaje mi się jednakże, że ta śliczna panienka widziała mnie tu już nie raz jeden... Jeśli się nie mylę: panna Wanda?

– Pan komornik! – zawołała cicho Wandzia, bacznie mu się przyjrzawszy.

– Do usług... – rzekł przybysz z wdzięcznym ukłonem.

Trzy serca jęknęły w jednej molowej tonacji*.

– Mamie znowu zrobi się słabo! – szepnęła dziewczyna i wbiegła do domu.

Domniemany zbójca oznajmił strapionemu panu profesorowi, że Bejgoła znajduje się u schyłku. Na majątęczku więcej wisi długów niż suszących się na płocie płacht; wedle pobieżnego obliczenia z żywego inwentarza można ocalić jedynie muchy wewnątrz domu i motyle na łąkach.

– Brat pański – mówiła urzędowa osoba, poznawszy, z kim ma do czynienia – jest najmilszym człowiekiem, a bratowa pańska jest świętą kobietą. Jej tylko możecie państwo zawdzięczać, że w waszym odwiecznym domu nie siedzą jeszcze obcy. Ja znam dobrze każdy dzień, każdą chwilę tego domu. Serdecznie mi żal pana Gąsowskiego. To podobno genialny człowiek, tylko że mało zna się na gospodarstwie.

– Z czym pan teraz przyjechał, szanowny panie? – pytał smutno profesor.

– Nie mam zamiaru ukrywać, że z wyrokiem śmierci. Odwlekałem, jak długo mogłem... Robiłem, co mogłem, nie da się jednak

* W molowej tonacji (z łac.) – miękko, smętnie (termin muzyczny).

dłużej. Jest źle, jest bardzo źle! Przepraszam, że to opowiadam przy młodym człowieku...

– To serdeczny przyjaciel – mówił profesor. – Panie kochany! Czy nie byłoby sposobu odwleczenia ostateczności?

Urzędnik zamyślił się.

– Gdyby brat pański zapłacił w tej chwili jakąś sumę...

– Powiedzcie mu, że mnie nie ma w domu! – huknął z wnętrza domu zawiesisty bas matematyka.

– Słyszy pan, panie profesorze? Brata pańskiego nie ma w domu... Niestety, jest jednakże dom, są stajnie i obory.

– Ale i ja jestem – rzekł staruszek z mocą. – Niech pan będzie tak dobry i pójdzie do mego pokoju. Piotrusiu, idź, uspokój Wandzię i jej matkę... Służę panu!

Podczas obiadu oznajmił matematyk zdumionej ziemi rodzinnej:

– Był tu podobno komornik... nudna figura... Ale odjechał, nic nie wskórawszy. Zdumiewającą jest rzeczą, jak ja onieśmielam tego człowieka!

Pani Gąsowska spojrzała w tej chwili na profesora oczami tak jeszcze mokrymi po niedawnych łzach jak niebo po gwałtownej burzy.

Adaś zaś miał serce pełne cichego smutku. Kochał tych wszystkich ludzi, prócz matematyka, co w nim dość niepewne budził uczucia. Z całej duszy polubił ten cichy, zapadający się dom, z którym go dziwaczna związała przygoda. Mieszkała w nim dobroć i uczciwość. I ten śmieszny, basem gadający brodacz jest dobrym człowiekiem, opętanym przez dyletancką manię. Jak twierdzi pan profesor, jest on nawet dobrym matematykiem, lecz pragnie być geniuszem i to jest jego nieszczęście.

Pan Gąsowski, który brata bardzo miłował, choć gorzkie na jego temat snuł żale, mówił:

– Mój brat cierpi na polską chorobę, taką samą jak wielu innych: na przerost urojeń. Za wiele talentów, za mało męskiego, twardego charakteru! Ot, w czym rzecz... Robimy często to, co do nas nie należy, i robimy źle, mogąc robić dobrze. Nudzi nas i niecierpliwi chodzenie po ziemi, więc chcemy latać po obłokach... Mnóstwo Jenialkiewiczów jest pośród nas... Jeszcześmy nie pojęli tej prostej prawdy, że jeden mocny, nieugięty i twardy charakter więcej wart niż rozwichrzone talenty; zresztą i najwybitniejszy, najprawdziwszy talent bez charakteru będzie zawsze bengalskim ogniem, co nie grzeje. Zawali się najświetniejszy dom, co nie posiada fundamentów. Tak, tak, miły chłopcze! Trudniej na tym świecie o niewzruszony dąb niż o trzciny, szumnie rozgadane na wietrze.

Pan profesor długo jeszcze rozprawiał z dobrotliwą goryczą i przerwał dopiero wtedy, gdy zauważył, że Adaś, niby uprzejmie słuchający jego wzniosłych nauk, myślami krąży gdzieś daleko.

Chłopak nad tym rozmyślał, że może przecenia sprytną przemyślność fałszywego malarza. Porwał on rękopis księdza Koszyczka nie dlatego, że o jego ważności wywnioskował ze starannego sposobu jego przechowania, lecz dlatego zapewne, że śledził dom. Wspiąwszy się nocą na jedno z drzew przed domem, musiał widzieć, jak Adaś zachłannie do późna czytał, jak potem z gorączkowym pośpiechem zbiegł ze swego poddasza do pokoju profesora. Wtedy też mógł dojrzeć przez oświetlone okno, jak się naradzają. Mógł się domyśleć łatwo, że Adaś wyczytał coś wielce ważnego, i wtedy „wziął na oko" ten rękopis.

Adaś zaniepokoił się. Wyjaśniwszy profesorowi, do jakich doszedł wniosków, powiedział:

– Panie profesorze! Nic nie będziemy mogli uczynić, jeżeli ci ludzie nas śledzą. My zaczniemy szukać drzwi, a oni ułatwią sobie robotę w ten sposób, że będą się za nami włóczyli jak cienie.

A w ostatniej chwili gotowi użyć przemocy. Nawet gdyby ten fałszywy malarz z łapami goryla był sam jeden, nie damy mu rady. Panny Wandy nie będziemy, rzecz prosta, zabierali na wojnę, a my obaj sromotnie zostaniemy pobici.

– Ho, ho! – zakrzyknął profesor.

Był to okrzyk bojowy, pełen zuchwałej wiary w zwycięstwo, którym drobna, zadzierzysta ptaszyna odstrasza krew pijącą kunę. Kuna jednakże, jak twierdzą wybitni naturaliści, mało na to zważa. Adaś skinął przeto głową z należytym uznaniem dla tej bojowej gotowości zacnego staruszka, lecz postanowił nie opierać na niej swoich planów.

– Ja myślę – rzekł w zamyśleniu – że należy ich uprzedzić. Ci panowie muszą mieć gdzieś niedaleko swoje siedlisko. Wątpię, aby mieszkali w lesie, więc albo rozbili obóz w karczmie w miasteczku, albo ukrywają się w jakimś ustronnym domu. Zróbmy tak: pan profesor pozostanie tutaj z rodziną, a ja pójdę na zwiady...

– Sam? Nigdy! – zawołał staruszek.

– Tylko sam. Będę udawał, że się w ogóle wyniosłem z tego domu i że was pożegnałem. Niech się pan profesor o mnie nie lęka. Nic mi się nie stanie! Będę miał oczy i uszy otwarte. Pochodzę sobie po okolicy i będę usiłował spełnić dwie roboty za jednym zamachem: będę szukał drzwi i będę szukał naszych prześladowców.

– Gdzież ty, u Boga Ojca, znajdziesz drzwi?

Nie wiem. Jeśli nie zostały spalone, muszą gdzieś tkwić. Nie ma ich tutaj, więc może są gdzie indziej.

– Chłopcze! Narażasz się straszliwie! Co powie twoja matka, skoro się dowie, że cię puściłem na burzliwe przygody?

– Moja matka wie o tym, że ma pierworodnego syna wiercipiętę i włóczykija. Nie może inaczej być, panie profesorze!

– Zakazuję ci!

– A razem ze mną pan profesor by poszedł?

– Oczywiście!

– A czy to wypada – zaśmiał się Adaś – aby taka szanowna osoba włóczyła się po okolicy jak taki, co sprzedaje grzebienie i mydełka? Na mnie jednego nikt nie zwróci uwagi. Pomyśli sobie, że pomylony sztubak łazi w czasie wakacji i zbija bąki. Ja się łatwiej ukryję, łatwiej ucieknę, łatwiej się nakarmię. A z panem profesorem naprawdę byłoby trudno. Niech mi pan profesor pozwoli. Za trzy, cztery dni będę z powrotem, cały i zdrów, tylko nieco zakurzony.

– A jeśli kark ci gdzie ukręcą? Ha!

– Wtedy poproszę o Anioł Pański i trzy Zdrowaś Maria. Ale niech się pan profesor nie obawia. Skoro będę sam, nie będę się wstydził uciekać, gdybym zaś był z panem, wstydzilibyśmy się obaj. Ja mam potężne nogi. Gdybym miał taką głowę, byłbym Sokratesem*.

Adaś musiał jednakże przez długie godziny przekonywać zatroskanego profesora, zanim zacny człowiek zgodził się na tę wyprawę. Raz się zgodziwszy, natychmiast odwoływał pozwolenie i trzeba było zaczynać na nowo.

– Idź! – zawołał wreszcie profesor. – Ale jeśli tu przyniosą twego trupa, wtedy będę dla ciebie bez litości.

– Zgoda! – zaśmiał się Adaś.

O zmierzchu żegnano Adasia przed gankiem z wielkim krzykiem i żałosnym rwetesem. Matematyk i pani Gąsowska przekonani byli, że chłopiec naprawdę ich opuszcza, lecz że może powróci. Panna Wanda była wtajemniczona, lecz grała swoją rolę znako-

* Sokrates (469-399 p.n.e.) – grecki filozof; utożsamiał dobro, szczęście, cnotę z prawdą; twórca pierwszych analitycznych definicji podstawowych pojęć etycznych.

micie. Miała odprowadzić Adasia na stację kolei, więc się teraz przyglądała rzewnym pożegnaniom. Walizę chłopca położono na koźle wózka obok woźnicy, wyrostka w rozchełstanej koszulinie, dzierżącego bat większy od niego.

Adaś, gramoląc się na wózek, spojrzał chyłkiem w zarośla przed domem, lecz nie dojrzał nikogo.

„Jeśli mnie pilnują – pomyślał – na myśl im nie przyjdzie, że to udany wyjazd. Na wszelki wypadek będą czekali powrotu Wandzi, aby się przekonać, że nie powróciłem".

Wieczór mocno zgęstniał, gdy jechali do stacji.

– Panno Wandeczko – szepnął Adaś. – Teraz ukryję walizkę na dnie wózka i pani z nią powróci. Niech jej tylko nie wnoszą do domu. Niech sobie zajedzie do jakiejś szopy i tam ją ukryjcie.

– A czy pan myśli, że teraz nikt nas nie śledzi?

– Musiałby przyjechać za nami, a za nami nikt nie jechał. Pociąg odchodzi za pięć minut... Przenocuję tu gdzieś w pobliżu, a jutro rano rozpocznę wędrowanie.

– Niech się pan strzeże, drogi panie Adasiu, niech się pan strzeże!

– Niebawem wrócę i wtedy...

– Co wtedy?

– Wtedy... pani... może coś powiem...

Panna Wanda otwarła dość szeroko fiołkowe oczy i cicho westchnąwszy, spojrzała w tę stronę, „skąd pierwsze gwiazdy na niebie zaświecą". W tym bowiem kierunku, wskazanym przez Słowackiego, spoglądają zawsze ci, którym jest smutno.

Pożegnali się pośpiesznie, bo pociąg, chory na sapiącą astmę, wtoczył się zziajany na małą stacyjkę, obok której w ogródku kwitło kilka czerwonych kwiatków, a przed nią zakwitł zawiadowca w czerwonej czapce. Adaś udał, że pobiegł w stronę pociągu. Jeszcze raz się odwrócił i skinął ręką, jakby dając znak dziewczynie, że może odjeżdżać; ruch ten powtórzył zawiadowca, dając znać pociągowi, że może uczynić to samo.

Adaś, unikając świateł na stacji reprezentowanych przez jedną latarnię, ledwie łypiącą okiem, przemknął się w mroku i wychynął dopiero w pustym polu. Wieczór był śliczny i ciepły; rosa padała gęsto jak jasne panieńskie łezki. Gdzieś w oddali zaszczekał barytonem jakiś stary kundel, oznajmiając światu, pełnemu kąśliwych pcheł, że czuwa i czuwać nie przestanie. Dwa świerszcze nawoływały się skrzypliwie i smutno.

Chłopiec szedł przed siebie w noc, nie śpiesząc się. Wlókł się obok toru kolejowego na zachód. Postanowił zatoczyć wielki krąg i minąwszy z daleka Bejgołę, dojść w te strony, gdzie spało miasteczko na wielkim trakcie. Wędrowanie po nocy po nieznanej okolicy nie miało wiele sensu, więc trzeba było utknąć gdzieś po drodze. Pogadał z nierozgarniętym pastuszkiem, stróżującym przy spętanych koniach, i dowiedział się, że mógłby spędzić noc niedaleko, u leśnika.

Gościnnie przyjęty, został zaprowadzony do wytwornej sypialni na stogu pachnącego siana i przysiągłszy uroczyście, że nie zaprószy ognia, usnął sprawiedliwym snem, pełnym miłych widzeń i niemiłych myszy, które w tym stogu musiały mieć swój bardzo ruchliwy cyrk. Zbudziło go rozkrzyczane blaskiem słońce i radośnie rozkrzyczana żona gajowego, oznajmiająca, że ludzie roztropni pożywiają się o tym czasie czarnym chlebem i białym mlekiem. Adaś, który po zdrowym śnie mógłby zjeść pół stogu siana, zajął się z entuzjazmem darami bożymi, dającymi siły, i po upływie godziny był już w drodze. Pouczono go, którędy ma iść, aby przez polne drogi dojść do miasteczka. Ogarnęła go rzeźwa, w porannych rosach wykąpana, słoneczna radość. Przystawał czasem i patrzył zachwyconym spojrzeniem, jak szara grudka ziemi przez jakieś czarodziejstwo odrywa się od bruzdy, dostaje skrzydeł i unosząc się coraz wyżej, coraz wyżej, wzbija się w błękit, śpiewając. Skowrończe głosy idą w niebiosy. Adaś słuchał w zalękłym podziwie, zdawało się bowiem, że niebieskiemu śpiewakowi musi z nadmiernego uniesienia pęknąć malutkie śpiewem bulgocące serce.

Mijał wsie, przytulone miłośnie do biednej, lecz ślicznej ziemi. Wiejskie kundle, śpiące w nagrzanym pyle drogi, oszczekiwały go wcale łagodnie, z psiego obowiązku, *ut aliquid fecisse videatur**. Jedynie młodsza psia generacja okazywała jaką taką gorliwość, stary wyga bowiem, wytrawny pchlarz, otwierał do połowy mądre, krwią nabiegłe oko, a spenetrowawszy, że wędrowiec niewart jest większego zachodu, zasypiał, uśmiechając się przez sen do potężnego widma kości pełnej szpiku.

Adaś szedł miedzami pól „malowanych zbożem rozmaitem", już dostatnio dojrzałym i złotym, groblami stawów, sennych i srebrzyście łuszczących się w jaskrawym blasku słońca, przez rzadkie laski brzozowe, pełne wykrotów, nalanych bagnistą wodą. Czasem zerwał się sprzed jego stóp zając-idiota, wielce nastroszony, i zapadał w kotlinie, aby znowu zasnąć lekkim snem, pełnym widm, kosmatych i szczekających.

Około południa usłyszał splątane krzyki i nawoływania. Orkiestra była diabelska i gdyby w pobliżu znajdował się cmentarz, ten i ów nieboszczyk, spać w tym zgiełku nie mogąc, byłby zabrał trumnę i przeniósł się w spokojniejszą okolicę. Nad śliczną wodą odprawiała krzykliwe igrzyska liczna banda urwipołciów pod przewodem zuchowatej dziewczyny-jenerała. Szczególnie śmieszny był długonogi jakiś dryblas, piegowaty jak indycze jajo. Po dwóch stronach wody bieliły się dwa obszerne domy, a jeden z nich dźwigał na sobie garb niewysokiej wieży.

* *Ut aliquid fecisse videatur* (łac.) – aby się zdawało, że coś się robi.

Banda ujrzawszy przybysza, umilkła, co pozwoliło ogłuchłemu światu odetchnąć na krótką chwilę.

– Czuwaj! – zawołał Adaś.

– Czuwaj! – odkrzyknęli mołojcy i otoczyli go kołem.

– Czy wolno mi tu odpocząć?

– Bardzo prosimy! – rzekła z uśmiechem dziewczyna. – Skąd prowadzą bogowie?

– Ani bogowie tego nie wiedzą, ani ja nie wiem – zaśmiał się Adaś. – Jestem taki Marek, co idzie na jarmarek. Chodzę, aby nie siedzieć.

Panna-jenerał skinęła przyjaźnie głową na znak, że jeszcze jeden wesoły rzezimieszek przyda się na tym radosnym świecie. Adaś oznajmił, że się zwie Cisowski, co zapewne nikomu nie będzie wadziło, więc i oni wymienili z kolei swoje nazwiska.

– Niemczewscy?... Gilewicz?... Kropka?... – zdumiał się Adaś. – Zaraz, zaraz. Coś mi się zdaje, szlachetni mężowie, i ty, dostojna pani, że ja już gdzieś słyszałem te świetne nazwiska, kiedyś i teraz, bardzo niedawno... Za pozwoleniem! Czy ten dwór na prawo to Głodowce, a ten na lewo – Wiliszki?

– Tak jest! – rzekła panna z odrapanymi kolanami. – Wszystkie te nazwiska zna pan zapewne z książki Makuszyńskiego „Złamany miecz".

– Prawda! – zawołał Adaś.

– Użył sobie na nas pan Makuszyński, użył... – mówiła panienka. – Powypisywał nieprawdopodobne historie o naszych rodach.

– Więc to wszystko nieprawda?

– Trochę prawdy w tym jest, ale po co zaraz o tym pisać? Od roku wszyscy się z nas śmieją... Żebyśmy go tak dostali w swoje ręce!

– Niech go Bóg strzeże! – zaśmiał się Adaś. – Ile was tu jest?

– Siedmioro! – z dumą rzekła panienka.

– Za pozwoleniem – rzekł żywo Adaś. – Czy tu gdzieś w okolicy nie mieszkają państwo Gąsowscy?

– Owszem. Niedaleko stąd. Kolega ich zna?

– Słyszałem o nich. Jest tam jakaś panna, podobno śliczna?

– E, zaraz śliczna! Podobna do ludzi, ale nic nadzwyczajnego. Nigdy tu u nas nie była, bo zadziera nosa. I jakiś sztubak podobno przyjechał do nich na wakacje... Ignaś widział go na stacji i mówi, że to hebes.

– A co to znaczy „hebes"?

– W dzień małpa, a w nocy kretyn. Zresztą niech go kaczka kopnie! Kolega zje u nas obiad?

– Jeżeli będzie można...

– A jutro u nas – wtrącił milczący dotąd, bardzo miły chłopiec.

– Kolega Adam Gilewicz, jeśli się nie mylę? – zapytał Adaś uprzejmie. – Bardzo serdecznie dziękuję, lecz jutro będę już daleko.

Ponieważ wieś była smutna, więc należało schwytać miłego gościa chociaż na jeden dzień. Banda otoczywszy go, wiodła w triumfie do Wiliszek. Dwóch wiatronogich gońców pobiegło przodem, aby go oznajmić, pora obiadowa była bowiem bliska. Po krótkiej chwili można było zauważyć krzykliwy rozruch w kurniku, niespodziany bowiem gość na wsi przychodzi razem ze śmiercią niewinnego kurczęcia. Dziw to był zresztą, że w tym domu w ogóle było jeszcze cokolwiek do zjedzenia; uczeni obliczyli ściśle, że w skali żarłoczności dwóch drapichrustów dorównuje jednemu rekinowi, w Wiliszkach było tego tałatajstwa pięcioro, bo i powiewną panienkę z wszelką słusznością należało wpisać do rejestrów bandy.

Pani Niemczewska, właścicielka Wiliszek, mile przyjęła gościa, nie zadając mu żadnych pytań: a skąd? a po co? Był młody i młodość go przyprowadziła. Żadne inne racje nie były potrzebne. Poprosiła go serdecznie, aby zanocował przed dalszą drogą i po obiedzie odwiedził Głodowce, gdzie pozna szlachetnego człowieka, znanego mu zresztą ze „Złamanego miecza" – pana Rozbickiego.

– Zaprowadzimy go tam po południu – rzekła panienka.

– Nie, Irenko! – powiedziała pani Niemczewska. – Niech oni go zaprowadzą. Ty zostaniesz w domu.

– Ależ, mamusiu! Ta robota poczeka...

– Czeka już od wczoraj, a miała być gotowa dzisiaj.

– To obrzydliwe – mówiła panienka z rozpaczą. – Jak można w czasie wakacji męczyć porządnego człowieka? Proszę sobie wyobrazić – rzekła, zwróciwszy się do Adasia: – że mi każą tłumaczyć jakiś francuski list...

– Francuski list? – zapytał Adaś dziwnym głosem.

– Tak. I do tego pisany jakąś niemożliwą, starą francuszczyzną.

– Starą francuszczyzną?... A któż teraz pisze takie listy?

– Ten list nie jest napisany teraz. To jakaś stara, odwieczna epistoła... Tu niedaleko, w Żywotówce, mieszkają jacyś obcy i wczoraj jeden z nich przyniósł do nas ten list i zaczął błagać, aby mu go przetłumaczono. Powiedział, że to bardzo ważny dla niego dokument, że sam nie rozumie francuskiego języka i nie zna nikogo w okolicy, co by mu ten list przełożył. Ponieważ przypuszczał, że ktoś u nas w domu będzie mógł to uczynić, więc prosił i prosił, a mamusia nie umie nigdy odmówić, więc nieszczęście spadło na mnie.

– A kiedy ten obcy ma przyjść po odpowiedź? – spytał Adaś, pilnie bacząc, aby nie zdradzić niepokoju.

– Wieczorem – odpowiedziała pani Niemczewska.

Adaś rozmyślał gwałtownie, po czym rzekł:

– Proszę pani, czy ja nie mógłbym pani pomóc?

– Och! – zawołała panienka. – Z nieba pan spadł.

– Pan jest zmęczony – mówiła pani Niemczewska. – Możesz to zrobić sama. List jest krótki.

– Tym prędzej go przetłumaczymy! – rzekł Adaś z gorączkowym pośpiechem. – Ja znam dość dobrze język francuski, a czego ze starego języka nie zdołamy przetłumaczyć, tego się we dwoje domyślimy. Namiętnie zresztą lubię stare szpargały.

Nie mógł się doczekać końca obiadu: przestał jeść, jak gdyby się lękał, że wszystko wypadnie mu z drżących rąk. Ponieważ przy stole panował rejwach, więc nie był zmuszony do brania udziału w rozmowie. Miał czas na rozważania.

„Więc tak się stało, jak myślałem: opryszki wyłudziły list od Francuza albo zabrały go przemocą. Nie może to być list inny. Ale co zrobili z nim samym? Co za przypadek, co za szczęśliwy przypadek... Och, kiedyż skończy się ten obiad?"

Obiad długo nie chciał się skończyć, tym bardziej że omal nie przyszło do bitki pomiędzy piegowatym dryblasem i małym, zadzierzystym chłopaczkiem, który wołał siedmioma głosami, że został nikczemnie skrzywdzony przy podziale leguminy, porwanej przez zachłannego dryblasa. Krzyki umilkły wtedy dopiero, gdy naturalne źródło opętanego wrzasku – gęba chłopaczka – zostało wypełnione, jak otwór w murze cementem, słodką i lepką substancją. Wreszcie zbójecka kongregacja rozbiegła się na dziesięć stron świata (bo czterech dla tak licznego zespołu byłoby za mało), panna westchnęła w poczuciu bezmiernej krzywdy i powiodła Adasia do swego pokoju.

– O, tu jest ten szpargał – rzekła niechętnie.

Adaś ujął drżącymi rękami stary, pożółkły i pomięty papier. Podszedł z nim do okna, aby ukryć wzruszenie. Rzucił okiem na podpis: „Kamil de Berier". Tak, to ten list... Ten ważny list, o którym pisał ksiądz Koszyczek. Jakimiż drogami krążył ten kawałek papieru, aby po stu dwudziestu czterech latach wrócić w zakątki, skąd został wysłany przez umierającego człowieka! *Habend sua fata libelli!** – mówili Rzymianie o dziwnych losach książek. Mogliby rzec: *Habend sua fata epistulae!**. Śmierć pisała tę epistołę, a ruchliwe życie podawało ją z rąk do rąk. Litery zblakły, papier przybrał żółtą barwę zgryzoty i troski, umarł człowiek, który ten list pisał, nie ma już dawno na świecie tego, do którego był pisany. A słowa listu, jak śpiące węże, obudziły się ze snu i zaczęły kąsać ludzkie serca. Przeszłość wychynęła z mogiły, wyszła o północy na nowy świat i poczęła straszyć jakimś krwawym wspomnieniem. Tajemniczą rzeczą jest list: może – na wszystko obojętny – zadać śmierć, zranić serce, strącić duszę w otchłań rozpaczy lub podpalić ją jasnym płomieniem radości, a serce uleczyć najcudowniejszym lekarstwem, znanym nieszczęsnemu człowiekowi – nadzieją.

Adaś patrzył na list zamglonym spojrzeniem.

– Czy to się da przetłumaczyć? – spytała panienka.

– Tak, tak... z pewnością... – odpowiedział bezwiednie. Nagle, jakby się ocknął, rzekł: – Proszę pani! Jestem cokolwiek znużony i nigdzie nie pójdę, z całą natomiast przyjemnością przełożę ten list w samotności. A pani niech sobie idzie...

– A czy ja tak mogę? – spytała niepewnie panienka.

– Ależ oczywiście! We dwoje będziemy sobie tylko przeszkadzali. Niech pani powróci za godzinę. Myślę, że za godzinę rzecz będzie gotowa. Czy pani ma słownik francusko-polski?

– Tu leży, przygotowany...

– Wszystko w porządku. Niech pani idzie, bo pani armia potopi się bez opieki.

Panienka zmrużyła oko i wedle wszelkich reguł powinna była w tym momencie zacytować słowa Czepca z „Wesela" Wyspiańskiego: „Pon

* *Habend sua fata libelli* (łac.) – I książki mają swoje własne losy.
* *Habend sua fata epistulae* (łac.) – Listy mają swoje własne losy.

mi razy dwa nie powi", lecz że panienki nie cytują w czasie wakacji słynnych powiedzeń, użyła przeto słów z własnego repertuaru:

– Strasznie panu dziękuję!

Śmignęła jak kozica na tatrzańskiej skale i zniknęła „jak sen jaki złoty", co łazi po drzewach jak małpa i ma podrapane kolana.

Adaś przytknął list do piersi, jak gdyby chciał uspokoić mocno bijące serce. Trzeba go przeczytać, przeczytać czym prędzej.

Zaczął przebiegać oczami litery mozolnie stawiane przez bezsilnego człowieka; zdawało się, że pragnie odczytać jednym spojrzeniem całą treść listu. Nie było to takie łatwe; francuszczyzna Adasia była dostateczna, gdyż w latach cielęcych miał bonę Francuzkę, lecz bystrość wspaniała. Obok leżał słownik. Choćby miał pracować przez wiele godzin, musi dokonać przekładu. Wygładził list dłonią, oparł głowę na rękach i czytał: dwa, trzy, dziesięć razy. Niektóre słowa wyblakły tak, że pozostał po nich jedynie ledwie widoczny zarys lister. Na szczęście list był krótki: ciężko chory człowiek nie miał sił na obszerne pisanie.

Po długim, długim wpatrywaniu się w to pismo spoza grobu Adaś poczuł, że czoło ma zroszone potem z nadmiernego wysiłku. Chwytał pióro i odkładał je znowu. Przez otwarte okno wpatrywał się w niebo, jak gdyby krążący po nim napoleoński oficer, ujrzawszy udrękę nieszczęsnego tłumacza, mógł mu przyjść z pomocą.

Adaś napisał wreszcie pierwsze słowa:

Bracie mój, bardzo ukochany!

„Zgadza się! – pomyślał. – Oficer nie był w malignie, kiedy mówił, że pisze do brata. Dalej, dalej! Co dalej?"

...Ten, co ci odda list, jest towarzyszem mej niedoli, co mi pomógł, rannemu i bardzo choremu, wyrwać się z piekła. Nagrodzić go będzie

twoim obowiązkiem, ja bowiem tutaj uczynić tego nie mogę. Zaopatrzyłem go na drogę, aby jak najprędzej... (słowo nieczytelne)... *do ciebie. Przysiągł, że cię odszuka. Wtedy ci wszystko opowie. Ja nie mam na to siły. Będziesz wiedział, co i gdzie przeżyłem. A teraz na...* (słowa zatarte)... *zaklinam, abyś niezwłocznie...* (słowo znikło)... *urlop i jak można najprędzej wybrał w drogę. Będę własną duszę trzymał za gardło, aby mnie nie opuściła, zanim przybędziesz. Bracie mój! Śpiesz się! Śmierć chodzi za oknami. Każdej nocy...* (słowo zbladłe)... *koło mnie. Gdybyś jednak nie zastał mnie żywego, pamiętaj, że musisz uczynić, co ci nakazuję w imię starszeństwa i w imię śmierci. Jeżeli spełnisz wszystko dokładnie, uradujesz mnie poza grobem. Jesteśmy ostatni z rodu, ale niedługo ty jeden będziesz ostatni i sam. Wiesz dobrze o dawnej naszego rodu świetności i o tym, że dzisiaj na żołnierską skazani jesteśmy dolę. Wiedz przeto, że mi się udało ze śmiertelnym trudem unieść z pogromu coś, co tobie, a potem rodowi naszemu, odrodzonemu w twoich dzieciach, starą pozwoli przywrócić świetność. Pomyśl, a zrozumiesz...*

– Ja już rozumiem – szepnął Adaś. – Bogactwo... Oficer przywlókł się spod Moskwy z jakimś bezcennym łupem... Co dalej?

...Dokładnie... (tu znowu słowo zamarło)... *nie mogę. Niech ci pomocy udzieli twoja bystrość. Idzie o wielkie rzeczy. Nie wahaj się ani jednej chwili. A teraz czytaj uważnie. Te słowa są moim testamentem:*

Przybędziesz do wsi Bejgoły nieopodal Wilna. Właściciel nazywa się Gonsowsky. Jeżeli będę żył, przyprowadzi cię do mnie. Jeżeli mnie już nie będzie, zażądaj, aby ci pokazał pokój, w którym czekałem na śmierć lub na ciebie. Stań w milczeniu i rozważ. Przed wyjazdem przeczytaj uważnie, a po przybyciu na miejsce przypomnij dokładnie.

Dan. Al. Inf. C. III. 10-11.

Wiesz, o czym myślę, bo razem czytaliśmy tę księgę, ucząc się włoskiego języka. To cię zawiedzie tam, gdzie należy. Nie wychodź z izby i czytaj. Reszta będzie łatwa, chociaż będziesz musiał utrudzić umysł. Nie mogę jednak pisać jasno. Musiałem skryć w gąszczach drogę do Sezamu i wytyczyć błędne szlaki. Znam twój geniusz bystrości i wiem, że odgadniesz. Listowi nie powierzę tajemnicy. Szukaj. Pilnie szukaj. A list zniszcz natychmiast, wyrywszy go sobie w pamięci jak w granicie, aby pisma tego nie przeczytał nikt inny na świecie. Ludzie są mądrzy i co ty potrafisz odgadnąć, i oni odgadnąć mogą. Będę czekał, żywy lub umarły. Oby żywy. Raz jeszcze rozkazuję ci: porzuć wszystko, choćbyś miał lecieć jak ptak.

Kocham cię, bracie mój...

Podpis wyraźny był i staranny.

Dwie godziny minęły, a Adaś siedział pochylony nad listem. Rozmyślał uważnie, z czujnym trudem:

„Rzecz jest dziwna. W liście nie ma najmniejszej wzmianki o drzwiach. Dlaczego tedy szukano drzwi? Jedna jest tylko możliwość, że ci, co ten list po stu latach dostali w ręce, wyczytali coś w znakach. Co oznaczają te skrócone słowa i te cyfry? Oficer pisze, że wyjęte są z jakiejś włoskiej księgi: »Dan. Al. Inf.« Co to znaczy? Co znaczy »C. III. 10-11«? Zaraz, zaraz, spokojnie!".

Przymknął oczy i trwał w zadumie, nie słysząc nawet roztrzepanej gadaniny niezliczonych wróbli. Przypomniał sobie mozolnie wszystkie znane sobie nazwiska, wszystkie jednak świeżej były daty.

„Księga, o której mowa, musiała być już na świecie przed półtora wiekiem. I nie lada jaka musiała to być księga, skoro zawędrowała z Włoch do Francji. Jakaś powszechnie znana i szanowana. Jaka jest włoska księga znana i szanowana?"

Myślał, przypominał, szukał. Nagle wrzasnął:

– Ośle ośmiokątny! Dante! Przecież to Dante Alighieri – „Dan. Al." – Danta „Boska Komedia" – niebotyczny poemat o piekle, czyśćcu i raju. Ależ tak, tak!

Uradował się jak spragniony Beduin, co w pustyni ujrzał zieloną palmę, wkrótce jednak znowu się zasępił.

– Dante napisał „Boską Komedię" i „Nowy Żywot". Pierwsze dzieło zwie się po włosku „La divina commedia", drugie „Vita nuova". Cóż może tedy oznaczać niedokończone słówko „Inf."? Pomyślmy! Oznacza zapewne tytuł, lecz żaden z tamtych dwóch... Pomyślmy, pomyślmy! Brat oficera musiał myśleć wedle tej samej metody. Nie ulega wątpliwości, że idzie o Danta, więc niech on mnie objaśni. To słówko „Inf." musi być jakimś naczelnym słówkiem. Zajmę się najpierw „Boską Komedią". Składa się ona z trzech części: „Piekło" – „Czyściec" – „Raj". Jak się nazywa po włosku piekło? Nie wiem... Nie umiem po włosku, ale język włoski zbudowany jest na fundamencie łacińskim. Jak się po łacinie nazywa czeluść, mająca oznaczać to, co później nazwaliśmy piekłem? *Infernum*. Mam, mam: *infernum* po włosku zapewne inferno. O Boże! Przecie to jasne jak dzień: Przeczytaj Danta Alighieri „Piekło". A które miejsce – C. III. Co oznacza C? Jeżeli oficer chciał się wyrazić po francusku, oznacza to zapewne *chant* – „pieśń", a jeżeli po włosku, to *canto* – również „pieśń". Znam to włoskie słowo. „Kantata" to śpiew uroczysty, więc *cantare* znaczy śpiewać... Szukaj w pieśni trzeciej, wiersz dziesiąty i jedenasty.

Rozpierała go radosna duma, że ze szczątków i gruzów zbudował zrozumiałe zdanie. Teraz należy jedynie odczytać odpowiedni wiersz z Danta, aby pojąć resztę. Skąd tu jednak wziąć w Wiliszkach posępne dzieło posępnego poety, którego współcześni wskazywali palcami, mówiąc: „Patrzcie, patrzcie, oto człowiek, który był w piekle!". Łatwiej mu było jednak zstąpić do piekła, niż wędrować do Wiliszek.

Adaś spojrzawszy przez okno, ujrzał poważną postać Ignasia Niemczewskiego, który w nieznanym celu wlókł za sobą grabie z wyszczerzonymi zębami.

– Kochany kolego! – zawołał Adaś przez okno. – Czy mógłbym prosić na chwileczkę?

Tamten zdumiał się cokolwiek, ujrzawszy Adasia w pokoju zamiast nad wodą, i zjawił się natychmiast.

– „Boską Komedię"? – zapytał. – Zdaje się, że tak dostojnego towaru u nas nie ma. Mogę służyć Kraszewskim.

– Cześć Kraszewskiemu, ale mnie w tej chwili trzeba Danta.

– Zaraz, teraz, w tej chwili? O piątej po południu? – śmiał się Ignaś, patrząc wesoło na dziwnego gościa, co nie ma podczas wakacji innych zmartwień.

– Naprawdę mi potrzeba! – rzekł Adaś gorącym głosem.

– Kopę raków mógłbym ci przynieść w tej chwili – mówił Ignaś. – Ale zaraz, zaraz! My tu mamy pod bokiem poetę, co mieszka u Gilewiczów, po drugiej stronie wody.

– Wiem. Pana Rozbickiego... Czy on może mieć „Boską Komedię"?

– On ma wszystko, co jest pisane górnie, chmurnie i rymami. Zaraz wyślę sztafetę i za dziesięć minut sztafeta powróci.

– Książki mi nie potrzeba, tylko dwóch wierszy z tej książki.

– Napisz kolega na karteczce.

Adaś nagryzmolił szybko: „Jak brzmi dziesiąty i jedenasty wiersz z III pieśni »Piekła« Danta?". Ignaś wychylił się przez okno i wrzasnął przeraźliwie:

– Ratunku! Na pomoc!

– Co się stało? – zdumiał się Adaś.

– Nic! Ale inaczej banda nie przybędzie.

– Ale matka się przestraszy...

– Mamy nie ma, gdyż poszła na grzyby. O, już któregoś przyniosło...

Zjawił się kuzyn piegowaty na gębie.

– Hej, ty, Merkury*! – zawołał Ignaś. – Pędź do pana Rozbickiego z tą karteczką i przynieś odpowiedź.

– A jeżeli nie popędzę?

– Mama jeszcze nie wie, kto zakatrupił kamieniem indyczkę, ale dowie się wieczorem.

– Lecę! – wrzasnął piegowaty. – Ale to jest wymuszenie.

Nie minęło pół godziny, a piegowaty był już z powrotem. Ponieważ nie chciało mu się trudzić, więc owinąwszy kamień papierem, cisnął go przez okno do pokoju.

Adaś czytał szybko odpowiedź uczonego męża:

Pozdrowienie czytającemu. Wiersz dziesiąty i jedenasty III pieśni „Piekła" boskiego Danta brzmi w polskim przekładzie Porębowicza:

...Na odrzwiach bramy ten się napis czyta...
O treści memu duchowi kryjomej...

Sługa
A. Rozbicki

– Czy kolega zadowolony? – zapytał Ignaś.

– Strasznie, strasznie! – odrzekł Adaś z gorącą wdzięcznością.

– Ale moja siostra jest małpa zielona... Jak można gościa zaprzęgać do roboty! Czy dużo jeszcze tej pisaniny?

– Już niewiele! – zaśmiał się Adaś. – Za pół godziny przyjdę nad wodę.

* Merkury – w mitologii rzymskiej posłaniec bogów, a także bóg handlu, przemysłu i złodziei.

Został sam w pokoju i w tej chwili chciało mu się tańczyć.

– Mam i drzwi! – gadał sam do siebie. – *Na odrzwiach bramy ten się napis czyta*. Bardzo zręcznie pomyślane, bardzo zręcznie. A słowa listu: *Nie wychodź z izby i czytaj*, są wyborną wskazówką. Oficer powiada bratu: „To, co ci mam wyjawić, napisane jest na bramie, a ponieważ nie wolno ci wyjść z izby, a w izbie nie ma bramy, tylko drzwi, więc szukaj napisu na drzwiach". Dlatego szukano tych drzwi. Ten, co odnalazł drzwi, bystrze myślał i dobrze wnioskował. To ten Francuz, podobny do szczura. W tej chwili najważniejszą jest rzeczą, czego z tłumaczenia tego listu dowiedzą się jego wspólnicy, którzy mu zapewne list wydarli. Dowiedzą się przede wszystkim o tym, co nie jest trudne do odgadnięcia, że oficer pozostawił coś, co ma wznowić zbiedzoną świetność de Berierów, więc że zostawił wielki majątek. Dotąd mogli czynić po omacku najrozmaitsze przypuszczenia, teraz jednak dowiedziawszy się, że można zdobyć bogactwo, zechcą rzucić się na łup jak tygrysy. I uderzą głową o ścianę. Gdzie jest to bogactwo? Szukaj wiatru w polu i napisu na drzwiach, których nie ma.

– Trzeba się jednak śpieszyć, trzeba się bardzo śpieszyć! – rzekł głośno sam do siebie.

Posłyszawszy kroki, ukrył sporządzoną dla siebie kopię przekładu, aby ją pokazać profesorowi.

– Udało się? – zapytała zdyszana panienka.

– Myślę, że się udało.

– To dobrze, to dobrze! Bardzo serdecznie panu dziękuję. Czy to ciekawe?

– Nudne – odrzekł Adaś. – Nic nadzwyczajnego.

Panienka włożyła oryginał i tłumaczenie do koperty i nie interesując się treścią listu, zalepiła ją ku wielkiej radości Adasia, który pomyślał, że gdyby ujrzała w starym liście nazwę Bejgoła i nazwisko sąsiadów Gąsowskich, długie musiałoby się zacząć gadanie.

Przy wczesnej wieczerzy Adaś dał koncert wesołości i niestworzone opowiadał historie. Z serdeczną wdzięcznością patrzono na tego miłego chłopca, co przyszedł znikąd i napełnia cały dom radosnym śmiechem.

Nagle mu przerwano, gdyż ktoś wszedł z oznajmieniem, że ów nieznajomy, co mieszka w Żywotówce, czeka w kuchni.

– Ach, to po ten list! – rzekła panienka i wyszła z pokoju.

– Muszę i ja zobaczyć, dla kogo pracowałem – zaśmiał się Adaś jakoś nieszczerze i poszedł za nią.

Skradając się pod ścianami, zajrzał przez otwarte drzwi wiodące do kuchni. Stał tam człowiek, który gorąco dziękował panience.

„Malarz! Fałszywy malarz!" – zawołał Adaś bez słów.

Rozmyślał przez chwilę, potem jednym kocim skokiem był za drzwiami wiodącymi na obejście.

Niezmierne zdumienie i serdeczny niepokój ogarnął cały dom: gość, miły, wesoły gość, przepadł tego wieczora jak kamień w wodzie.

9

„Nie pchaj palców między drzwi!"

Adaś przemykał się wśród tysiąca ostrożności przez zarośla, starając się nie spuścić z oczów stąpającego powoli „malarza". Zmierzał on w stronę gościńca. Szedł z pochyloną głową, jakby głęboko zamyślony. Noc była jasna, bo połowa księżyca, jak połowa bochenka chleba, siedziała wśród gwiazd.

Oddaliwszy się od dworu, nieznajomy obejrzał się bacznie, potem usiadłszy pod drzewem, wydobył list i elektryczną latarkę. Osłonił ją dłonią i zaczął czytać, nisko pochylony.

„Gdyby on wiedział, że to ja pisałem własną ręką!" – pomyślał Adaś.

Ukryty za gęstym krzakiem pachnącego jałowca, patrzył wprost na pochmurną twarz czytającego. „Malarz" czytał z głęboką uwagą, zdaje się raz i drugi. Pokręcił głową i westchnął głośno.

„Natrafił na Danta i zęby go rozbolały – pomyślał Adaś. – Nie ugryziesz, bratku".

Widać nieznajomy spodziewał się, że wyczyta w liście niesłychane jakieś wieści, gdyż nie mógł ukryć zawodu. Zgasił latarkę, ukrył list starannie w kieszeni i podniósł się bez pośpiechu. Zaczął iść szybciej, spojrzawszy na niebo. Adaś ruszył w drogę, przemykając się głębokim rowem jakby strzeleckim okopem. Postanowił iść w tropy za nieznajomym z większą ostrożnością niż owego wieczora, kiedy to podchodził go niebacznie, co się boleśnie odbiło na jego głowie. Wiedział już, że tajemniczy ludzie mają schronienie w pustym domu w Żywotówce. Trzeba to jednak sprawdzić i dowiedzieć się przy dobrej sposobności, co się dzieje w tym podejrzanym przybytku, ilu ich tam jest i co zamierzają w najbliższej przyszłości? Pewny był, że coś się tam musiało stać z owym Francuzem, co pierwszy myszkował w Bejgole. Kiepskich ów Francuz dobrał sobie wspólników. Nie ulegało wątpliwości, że tego listu nie oddał im z dobrowoli. Używał ich jako posłusznych robotów, roboty jednak przejrzawszy, że gra idzie o wielką stawkę, musiały się zbuntować i teraz miotają się w zniecierpliwionym i zdyszanym pośpiechu. Sądząc jednak po tym, co ma grube łapy i bystre spojrzenie, są to chytre gbury, na wszystko gotowe. Należy być niezmiernie ostrożnym.

„Raz mi się udało – myślał Adaś – i tylko nadwerężono mi mądrą głowę. Drugi raz może się nie udać i ukręcą mi łeb jak młodej wronie".

Myśl o tej niezłożonej operacji objawiła się na zewnątrz zimnym dreszczem, chociaż wieczór był ciepły i pachnący sianem.

„Państwo Niemczewscy będą przekonani, że wpadłem do stawu, aby młodzieńczym ciałem nakarmić raki. Uciekłem po nocy jak widmo... Trzeba będzie napisać jak najprędzej i uspokoić poczciwych ludzi... Oho, mój jegomość skręca..."

Nieznajomy zszedł z gościńca na boczną polną drogę, dobrze widną w miesięcznym świetle; wiła się ona wśród bezdrzewnych połaci łąk, z których podniosły się białe opary zapowiadające pogodę. Adaś przystanął, lękając się, że zostanie odkryty na pustej przestrzeni. Bał się wkroczyć na zamglone łąki, aby nie natrafić na trzęsawisko lub strumień i nie zdradzić się chlupotem wody. Trzeba było przeczekać, aż się nieznajomy znacznie oddali, i wtedy dopiero próbować przemknąć się wśród niskich, rzadkich mgieł. Fałszywy malarz podąża w stronę lasu, bo ta zbita masa, co się ciemni na widnokręgu, musi chyba być lasem.

Przytulony do pnia drzewa, co stało na granicy łąk, jak nieruchomy żołnierz na warcie, przeczekał czas niejaki, potem ostrożnie, bacząc na każdy szelest i na każdy swój ruch, zaczął iść wpółzgięty. Stawiał wielkie kroki, jak gdyby przeskakiwał rowy, skradając się brzegiem z wolna pełzającej mgły. Nie mógł dojrzeć nieznajomego, więc podwoił czujność. Przystawał, usłyszawszy szelest; zatrzymał się, posłyszawszy ciężki odgłos.

„Ta żaba ćwiczy się do skoku w dal!" – pomyślał.

Podążał wytrwale, polną drogę mając za przewodnika. Idący przed nim pewnie z niej nie zszedł, bo i po co? Po obu stronach muszą kisnąć jakieś mokradła, co oddychają mgłami. Las już niedaleko. Z bliska widać, że to nie żaden las, tylko szeroko rozsiadły zagajnik, że to biedne pokurcza, a nie szanowne drzewa.

Jakiś błysk rozjaskrawił się w niewielkim oddaleniu.

„Zapalił latarkę! – pomyślał Adaś, patrząc z ostrym wysiłkiem. – Ciemno mu tam..."

Po chwili usłyszał trzask gałązek pod ciężkimi stopami nieznajomego i niedbałe jego gwizdanie.

Drożyna wpływała do lasu jak strumień i wiła się wśród chaszczów. Przejście przez nie było sprawą trudną i niebezpieczną; dość było nadepnąć nieostrożnie suchą gałąź. Rozsądniej było przeczekać, aż się nieznajomy znowu zacznie oddalać. W zagajniku było ciemno; tu i ówdzie siał się księżyc przez rzadkie gałęzie jak przez przetak. Adaś przebrnął wreszcie do skraju zarośli i przystanął, patrząc w zachwyconym zdumieniu: w niebieskiej poświacie widać było rozległą wodę, na której dnie leżało zatopione odbicie księżyca. Na niewielkim wzniesieniu nad wodą majaczył biały zarys niewielkiego domu, przed którym wyniosłe rosły drzewa. W jakimś oknie migotało czerwone światełko. Nad wszystkim wisiała gęsta, miesiącem przetykana cisza, dobra, słodka i pachnąca. Woda srebrzyła się jak ogromna ryba.

Nieznajomy, zmierzający ku domowi na wzgórku, przystanął i patrzył na cicho śpiącą wodę łaszącą się pieszczotliwie do księżyca.

„Nawet taki musi być wzruszony!" – pomyślał Adaś, przypadłszy do zroszonej ziemi wśród bujnej trawy.

W tej chwili cisza zaczęła się chwiać jak miękka, ciężka zasłona, lekko dotknięta. Przez srebrną wodę jak przez srebrny most poczęły płynąć niewyraźne głosy, tak polatujące jak zapachy od łąk. Adaś wstrzymał oddech i cały zmienił się w słuch: głosy były dalekie, niewyraźne, jakby uroczyste.

„Dziwne! Jakiś chór śpiewa..." – pomyślał.

Spojrzał w tę stronę, z której przylatywały owe głosy, tak cicho lecące jak puszyste sowy, i ujrzał zarumieniony odblask ogniska.

– Ach, to jakiś harcerski obóz! – ucieszył się. – Dobre sobie wybrali miejsce... Jest im tu wesoło, tylko rybom nie będzie bezpiecznie.

Na wodzie słychać było srebrzysty szelest. Po drugiej stronie zamajaczyła łódka, powoli w księżycu płynąca, cicha jak Charonowy prom*, ci bowiem, co w niej płynęli, milczeli, oczarowani zapewne czarodziejstwem ślicznej nocy. Zdawało się, że będą łowić

* Charonowy prom – w mitologii greckiej Charon, syn Nocy, za opłatą jednego obola przewoził dusze zmarłych na drugi brzeg Styksu, do krainy umarłych.

sieciami księżyc odbity w wodzie, więc nie chcą głosami spłoszyć tej złotej ryby z okrągłym łbem.

Adaś nie mógł długo patrzeć na nocne przedstawienie w zaczarowanym teatrze, musiał bowiem uważać pilnie na to, co czyni „czarny charakter" tego teatru, czający się za kulisami.

„Czarny charakter", napatrzywszy się przez chwilę wodzie, ruszył powoli w stronę domu, a Adaś za nim. Nieznajomy podjął jakąś gałąź i trzykrotnie zapukał nią w oświetlone okno. Ukazał się w nim chiński cień wysokiej ludzkiej postaci i zniknął. Po chwili skrzypnęły drzwi i zostały zatrzaśnięte.

„Co robić?" – rozważał Adaś.

Bał się zbliżyć ku domowi. Nie znał terenu i mógł w zwodniczym świetle księżyca wpaść w jaki dół lub zdradzić się w inny sposób. Nie wiedział, czy tu gdzie nie ma jakich czuwających w mroku ludzi. Dom stał wprawdzie w odosobnieniu, za drzewami jednak bieliły się inne zabudowania, skąd mógł ktoś nadejść niespodziewanie. Trzeba było, poczynając sobie najostrożniej, dowiedzieć się, jak wygląda ten drugi, co się niewyraźnym cieniem zaczernił na szybach. Być może, że jest tam ktoś jeszcze. Po niedługim namyśle Adaś postanowił nie dowierzać nocy i z wszelkim działaniem zaczekać do świtu, kiedy będzie mógł w dziennym świetle zapoznać się dokładnie z terenem. Teraz może ważyć się na jedno: może się wspiąć na drzewo i zajrzeć do wnętrza domu, aby ich przynajmniej policzyć i dowiedzieć się, czy Francuz, którego pozna z opisu – niepozorny, z małym wąsikiem, szczurzy wyraz twarzy – jest jeszcze z nimi. Byłaby to wiadomość cenna: czy wspólnicy działają już na własną, mocno niezgrabną rękę, czy też dowodzi nimi sprytny człowiek, co umiał odgadnąć skróty tajemniczych znaków z listu napoleońskiego oficera?

Podpełznął, jak tylko mógł najbliżej, ku domowi, i upatrzywszy sobie odpowiednie drzewo rosnące tuż naprzeciw okna, wdrapał się na niewielką wysokość. Siadł okrakiem na najniższym konarze i ostrożnie rozgarnął gałęzie, z których księżycowa poświata opadła jak srebrna rosa.

W izbie siedziało dwóch ludzi przy trzech świecach.

„Indywidua nie pochodzą z tych stron – pomyślał Adaś z uśmiechem. – Tutejsi ludzie nie odważyliby się przenigdy palić trzech świec równocześnie, gdyż ktoś wtedy musi umrzeć. Zobaczymy, kto to taki? Aha! »Malarz«, oczywiście... Tego drugiego nie widziałem nigdy".

Ten drugi był ludzkim szkieletem, chudym i kościstym; gdyby nie skóra i odzienie, mógłby bez charakteryzacji udawać śmierć w szopce. Widać było wyraźnie, jak mu się porusza grdyka, tak ostro w przód wysunięta jak kość na piersi ptaka. Przysłuchiwał się pilnie temu, o czym z gwałtownymi ruchami rąk opowiadał fałszywy malarz. Widać było, jak ten wyjmuje z kieszeni papier z pismem Adasia i jak powoli czyta. Musiał dobrnąć do ustępu z tajemniczymi znakami, gdyż przerwawszy czytanie, pokazał papier chudeuszowi, któremu Romeo z dramatu Szekspira byłby rzucił pieniądz z okrzykiem: „Masz, idź, ubierz się w mięso!". Szkielet z latającą grdyką wziął papier w ręce, zbliżył go do świecy i patrzył w niego baranim spojrzeniem.

– Nie dacie rady, robaczki! – szepnął Adaś. – Aha! Chudy rozkłada ręce, jak gdyby chciał rzec jak Faust u Goethego: *Da steh ich nun, ich armer Tor, und bin so klug, als wiezuvor!* – „Tkwię tu, nieszczęsny głupiec, tak samo mądry teraz, jak i wprzódy!". O, malarz wściekł się... Tłucze ręką o stół... A co będzie teraz?... Chudy oddał mu list, bierze świecę ze stołu i coś gada... Wychodzą... Malarz nie schował listu do kieszeni, lecz trzyma go w ręce, jak gdyby go miał komuś jeszcze pokazać. Ale komu? Francuzowi oczywiście. Więc Francuz tu jest, ale w odosobnieniu... Być może, że w przykrym odosobnieniu.

W tej chwili jedna myśl zaniepokoiła Adasia.

„Jeżeli idą gadać z Francuzem, a pewne jest, że francuskiego języka nie znają, po jakiemu będą z nim rozmawiali i po jakiemu rozmawiali z nim do tej chwili? To ciekawe".

Miał czas, aby się nad tym zastanawiać, gdyż obaj wspólnicy wyszli z izby ze świecą. Ponieważ jej światło nie wędrowało po domu i nie ukazało się w żadnym innym oknie, musieli pójść na tyły domu lub wyjść do jakichś bezokiennych zakamarków. Adaś czekał. Wrócą przecie, aby pogasić dwie świece pozostawione na stole. Czekał długo, może pół godziny, zanim wrócili. Na twarzy chudzielca, co niósł świecę, widać było w jej blasku wzburzenie i rozpacz. Znowu usiedli za stołem w milczeniu i jakby w rozmyślaniach; wreszcie szkieletowaty brat śmierci zaczął coś mówić gwałtownie i z gorącym zniecierpliwieniem, drugi słuchał uważnie, potakując od czasu do czasu. Przyjrzał się raz jeszcze uważnie listowi, po czym złożył go starannie i ukrył w kieszeni na piersiach. Chudy podniósł się, ziewnął i przemówił do towarzysza, na co tamten skinął głową.

„Idą spać!" – pomyślał Adaś.

Tak było. Zdmuchnęli jedną świecę, potem każdy z nich wziął inną i wyszli. Teraz światła zaczęły wędrować, rozbłyskując w coraz to innym oknie, wreszcie jedna przystanęła niedaleko, druga poszła nieco dalej. Po krótkiej chwili obie oddały nocy świetlistego ducha.

Adaś zsunął się z drzewa bez szelestu. Znużony był i przemokły od obfitych ros.

– Skoro opryszki śpią, powinien i człowiek uczciwy złożyć do snu głowę – rzekł do siebie. – Ale gdzie?

Najlepiej byłoby pójść do harcerskiego obozu i poprosić o gościnę, zameldowawszy się u tego żurawia, co pełni straż u wejścia do obozu. Nie trafi tam jednak po nocy, tym bardziej że księżyc posrebrzywszy szarość świata, usiadł na wędrującej chmurze i zapadł gdzieś za lasami. Czuwanie przez całą noc nie miało wielkiego sensu, dom bowiem z opryszkami nie ucieknie. Adasiowi kleiły się oczy. Dzień był mocno pracowity, a wieczór, połączony z utrudnionym wędrowaniem, jeszcze pracowitszy. Siedemnaście młodych lat zachłannie łaknie snu. Rzymianie pozostawili receptę dla młodego wieku: *Septem horas dormire puero sat est...* – „Wystarczy chłopcu siedem godzin snu". Adaś nie miał nawet takich wymagań; wystarczyłyby mu trzy, cztery godziny, byle miał jakie takie uczciwe schronienie. Hotelu Europejskiego nie było w pobliżu. Trzeba będzie albo znaleźć sobie legowisko w rozwidleniu konarów na rozłożystym drzewie, jak nasi przodkowie z epoki kamiennej, albo zaszyć się w zarośla i przespać noc na posłaniu z liści, co się zwykle długo pamięta, taka noc bowiem przypomina się w przyszłości wesołym łamaniem w kościach, co może być użyte jako podręczny barometr.

Adaś patrzył długo bezradnym wzrokiem, wreszcie oddaliwszy się cokolwiek od domu, ujrzał na wpół rozwaloną budkę: na kilku wykrzywionych patykach rozmierzwiony i przez wiatr pokąsany daszek ze zbutwiałej słomy. Wewnątrz leżało nieco steranego siana. Na dłuższy pobyt przybytek ten nie zdałby się i psu, na kilka godzin jednakże letniej, ciepłej nocy był wystarczający. Wczesny świt wejdzie w ten pałac z promienistym krzykiem i wcieknie przez dziurawy daszek, nie ma przeto obawy, aby Adaś zaspał na kamień. Bez namysłu wczołgał się do zamokłego hotelu i legł na ziemi, znacznie się tym pocieszywszy, że fakirzy hinduscy z niepojętą przyjemnością śpią na wyszczerzonych gwoździach. Przez otwory w daszku widać było gwiazdy, a przez „wejście" poszarzałą śpiącą wodę. Jakaś zawzięta żaba, nie mogąc usnąć, nadmiernie tęsknym rozkwakanym głosem nawoływała księżyc; czasem wodny ptak zabuczał w sitowiu, gdy mu się przyśniła ryba. Adaś przez niedługą chwilę nasłuchiwał tych głosów, potem głowę jego mołojecką sen owinął w czarne miękkie chusty.

Zdawało mu się, że spał króciutko, gdy go opadły złe i charczące głosy. Zerwał się, przerażony, z grubym potem na czole.

„Psy!" – pomyślał z rozpaczą.

Dokoła budy skakały konwulsyjnie trzy ogromne psiska, rozżarte i opętane, czyniąc wrzask okropny i zajadły. Ogarnęła go bolesna rozpacz; nie miał czym się bronić, bał się poruszyć. Uciec nie można było, bo ledwie wyskoczy z budy, zostanie rozerwany na strzępy, nie może wołać pomocy, bo wywoła nie pomoc, lecz jakąś okropność. Zaczął dygotać z trwogi i rozpaczy. Czuł, że łzy napływają mu do oczów. Otarł je szybko i zacisnąwszy szczęki, rozmyślał gorączkowo nad sposobami ratunku. Co może zdziałać przeciwko trzem brytanom, dotąd zapewne zamkniętym, a niedawno spuszczonym na noc z łańcucha? W rozdygotanym przerażeniu wyrwał z ziemi patyk, podtrzymujący dach budy, i wysunął go przez otwór jak kopię. Najsroższy z psów chwycił go z zajadłością i strzaskał zębami. Z kością ludzkiej nogi uczyni to samo.

W Adasiu zmartwiało serce.

– Jezus Maria... Jezus Maria... – szeptał gorączkowo

Po głowie zaczęły mu latać myśli tak czerwone, jakby były okrwawione.

„Zerwę dach z budy... Nim się okryję... Skoczę do wody... Zanim dotrę do wody, poranią mnie, ale może nie zagryzą... Ratuj mnie, Matko Boska!"

Z nagłym, jakby stężałym spokojem, z ponurą, czujną zawziętością gotował się do wykonania beznadziejnego planu, gdy wtem usłyszał pomieszane liczne głosy i zniecierpliwione nawoływania. Pomyślał z rozpaczą, że nie wiadomo, co teraz będzie gorsze: psy czy ludzie?

Zwierzęta posłyszawszy znany sobie krzyk, pofolgowały z rozwścieklonej złości. Jakiś człowiek nadbiegł pośpiesznie, wołając psy po imieniu.

„To ktoś inny! – pomyślał Adaś z ulgą. – To nie oni!"

Nie śmiał jednak zagadać.

Niski, garbaty mężczyzna odpędził psy ogromnym kijem i zajrzał ciekawie do wnętrza budy, a ujrzawszy skuloną postać, zdumiał się niepomiernie.

– A ty co tu robisz, kawalerze? – zapytał podejrzliwie.

– Spałem – odrzekł szeptem Adaś. – Niech pan uspokoi psy, a ja sobie stąd pójdę.

Usiłował wygramolić się z budy. Psy na widok człowieka warknęły groźnie i zaczęły zbliżać się podstępnie.

– Panie! – zawołał Adaś niemal ze łzami. – Niech je pan odpędzi.

– Psy nie wyrządzą kawalerowi żadnej krzywdy! – mówił garbaty człowiek posępnie. – A czemu kawaler spał w tej budzie?

– Bo zabłądziłem...

– Czy kawaler jest z obozu?

Adaś zawahał się, nie wiedząc, co odpowiedzieć. Skłamać nie chciał.

– A... więc nie z obozu – mówił tamten, jak gdyby sam do siebie. – W obozie mają inne odzienie...

– Czy ja mogę pójść sobie? – zapytał Adaś szybko.

– Pójść? A dokąd? Teraz, po nocy?

Widać było, że gada, żeby gadać, ale myśli o czymś innym i jakby na coś czeka.

W tej chwili obejrzał się, a w Adasiu dusza zamarła: drzwi domu skrzypnęły i dwie z nich wyszły postacie.

– Tutaj, tutaj! – zakrzyknął garbus.

W porywie rozpaczy Adaś wydobył się z budy i uskoczył w bok, lecz usłyszawszy wysoki, nagły skowyt psów, znieruchomiał. Czuł, jak w nim serce omdlewa. Zacisnął zęby i czekał, blady, z grubymi kroplami potu na czole. Osłabnął tak, że już by nie mógł uczynić kroku: trwoga podstępnie podpełznąwszy, chwyciła go za gardło, w którym poczuł nieznośną, dręczącą, drewnianą suchość.

– Co się tu dzieje? – spytał cichym głosem chudy człowiek podobny do śmierci.

– Nic nadzwyczajnego! – odrzekł pogromca psów. – Ten przyjemny młodzieniec spał w budzie i psy go wytropiły.

– I nas zbudziły. Niech młodzieniec idzie do stu diabłów, a my chodźmy spać.

– Za pozwoleniem! – zakrzyknął z radością fałszywy malarz. – Młodzieniec pójdzie do stu diabłów, ale jeszcze nie teraz... Ja znam tego ptaszka.

Pochylił się ku tamtym i coś im szepnął. Oni spojrzeli na chłopca z niezmiernym zdumieniem.

– Jakież miłe spotkanie! – krzyknął człowiek tak chudy, że mógłby być swoim własnym cieniem. – Witamy, witamy, szanownego pana! Spokojnie, młodzieńcze – rzekł ostrzegawczo, dostrzegłszy podejrzany ruch Adasia. – Psy dogonią cię, zanim uczynisz dwa kroki. I dokądże to będziesz gonił wśród ciemnej nocy? Nie wypada, aby przyjemny człowiek spał w lesie albo w rozwalonej budzie... Prosimy cię najuprzejmiej, abyś spędził noc w naszym zacisznym domu.

Słów tych nie wypowiedział ludzkim głosem, lecz je wysyczał jak żmija. Naigrawał się. Zbliżywszy się, spojrzał Adasiowi w twarz, jakby się chciał nacieszyć jej bladym, zrozpaczonym przerażeniem.

– Bierz go! – krzyknął zduszonym głosem fałszywy malarz. Adaś zwinął się jak stalowa sprężyna i rozprężył się w błyskawicznym ruchu, lecz już długie ręce chudzielca owinęły się dokoła niego jak liany. Chłopiec poczuł, że ten ludzki cień posiada ogromną, żylastą, nieugiętą siłę; nie zdając sobie nawet sprawy z tego, że wołanie o ratunek będzie głosem wołającego na puszczy, zakrzyknął bezwiednie głosem ogromnym, zrozpaczonym i przejmującym:

– Ratunku! Ratunku! Na pomoc! Na po...

Już nie mógł dokończyć słowa, bo ciężka goryla łapa fałszywego malarza zamknęła mu usta.

Trzech ludzi stłamsiło go i zgniotło. Odbyło się to wszystko pośród ciszy, jakby walczyły z sobą mocne bezszelestne widma.

Adaś czuł, że go niosą. W głowie mu szumiało, serce jego waliło jak młot. Nie mógł wydać głosu, bo ciężka łapa leżała wciąż na jego twarzy. Posłyszał skrzypnięcie drzwi i stukot nóg na podłodze. Po chwili postawiono go przemocą na nogi. Któryś trzymał go za kark, inny zapalał świecę.

– Zabierz psy i wynoś się! – rzekł chudy człowiek do garbatego. – Ktoś mógł usłyszeć wrzask tego panicza. My się tu nim zajmiemy... A ty zasłoń okno.

Fałszywy malarz ściągnął ze stołu jakąś tkaninę i rozwiesił ją pośpiesznie na oknie.

– A teraz pogadamy, rozkoszny kawalerze... – mówił niskim, dygocącym z irytacji głosem. – Jeśli się ruszysz, będzie to twój ostatni ruch... Jak tu trafiłeś?

Adaś stał blady i na wszystko gotów.

– Przypadkiem – odrzekł po chwili namysłu. – Zabłądziłem...

– Czy i wtedy zabłądziłeś – wtrącił chudy – kiedyś usiłował podejść tego pana? Kiedy ci ten pan zostawił na łbie upominek?... Nie wyglądasz tak, przyjacielu, jak gdybyś łatwo mylił drogę. O, nie! Gadaj prawdę, po coś tu przylazł?

– Zabłądziłem – twierdził Adaś uparcie.

Nie mógł w oszołomieniu wymyślić niczego lepszego.

– Właśnie w te strony! – zaśmiał się nieprzyjemnie chudy.

Nagle urwał ten śmiech, przyjrzał się chłopcu zmrużonymi oczami i rzekł zdławionym głosem:

– Siadaj! A ty stań poza nim... Jeżeli się ruszy, zdziel go po głowie.

Adaś usiadł chętnie, gdyż nogi pod nim dygotały. Rozmyślał z rozpaczliwym pośpiechem nad tym, co im powie.

– Chłopcze! – mówiło chude widmo. – Bylibyśmy cię dostali w nasze ręce, nawet gdybyś nie był taki głupi i gdybyś nie przyszedł tu sam. Słuchaj! Możemy z tobą tak postąpić, że ślad po tobie nie pozostanie... Woda niedaleko. Ale my mamy czułe serca... Żal nam tak wybitnej młodości... Możemy zrobić interes. Przyrzekamy ci, że puścimy cię wolno – nie od razu, oczywiście – jeżeli bez żadnego krętactwa powiesz nam wszystko, o czym wiesz.

– Ja nie wiem o niczym... – odrzekł słabym głosem Adaś.

– Nie wiesz o niczym? Doskonale... A to znasz?

Podszedł do łóżka i wydobył spod siennika rękopis księdza Koszyczka.

– Znam... To są stare bajki.

– I dlatego czytałeś je długo w nocy?

Adaś wzruszył ramionami.

– Czytałem, lecz nic z tego nie rozumiem.

– To się jeszcze pokaże. Zresztą rzecz jest obojętna... Idzie o co innego. Daj mi list! – zwrócił się do drugiej figury. – Ja chłopaczka nie spuszczę z oczów. Posłuchaj, kawalerze! – mówił z udanym przymileniem. – Ty masz rozum... Coś cię musiało ogłupić, żeś tutaj zalazł, ale każdemu może się zdarzyć, że zbaranieje. Widzisz to pismo?

– Widzę...

– Jest w nim jeden niejasny ustęp. Jakieś znaki... Jeżeli je wytłumaczysz, puścimy cię z Panem Bogiem.

Mówiąc to, tak złożył papier z własnym pismem Adasia, aby chłopiec nie mógł odczytać treści listu, i pokazał mu tylko skróty: Dan. Al. Inf. C. III 10-11.

– Czy możesz wytłumaczyć, co oznaczają te litery?

Adaś spojrzał z udaną uwagą i długo się przyglądał. Odczytał je półgłosem raz, drugi i trzeci.

– Nie rozumiem – rzekł. – To musi być szyfr.

– Szyfr? Co to znaczy?

– Tajemne, umówione pismo. Odczytać potrafi je tylko ten, co zna do niego klucz.

– A ty nie znasz tego klucza?

– Skąd? To przecie stare pismo – rzekł Adaś nieopatrznie.

Fałszywy malarz, dotąd milczący, drgnął i spojrzał na niego złośliwie.

– A skąd ty, panie Adamie, wiesz, że to „stare" pismo? Jak możesz o tym wiedzieć, skoro atrament jest jeszcze świeży, bo ten list został napisany przed dziesięcioma godzinami? Wiem, że jesteś sprytnym chłopaczkiem, bo ujrzałeś pożar, którego nie było, właśnie w tej chwili, w której brodaty pan Gąsowski zaczął mówić o drzwiach, a teraz od razu poznałeś, że to stare pismo. Węchem poznałeś? Ho! ho! chłopczyno... Będziesz ty jeszcze śpiewał!

– O niczym nie wiem! – krzyknął Adaś. – Czego wy ode mnie chcecie?

– Abyś powiedział wszystko, o czym wiesz, bo ty wiesz. Ja ci się dobrze przyjrzałem. Niby zawracałeś oczami do panienki, a pilnowałeś mnie. Ach, ty żółtodziobie! Myślałeś, że nie widzę? Ty Sherlocku Holmesie od czternastu boleści! Ty chcesz nas podejść, nas? Musiałbyś żyć jeszcze sto lat, zanim cię się to uda. Będziesz gadał czy nie?

– Nic nie wiem...

– Zaraz będziesz wiedział... Skończmy te żarty. Mów, w jaki sposób tutaj doszedłeś. Jak się dowiedziałeś, że my tu mieszkamy?

– Ludzie opowiadali...

– Co opowiadali?

– Że w Żywotówce osiedli jacyś obcy... Mówili, że Francuzi.

Wspólnicy spojrzeli po sobie znacząco.

– Tutaj nie było i nie ma żadnego Francuza – rzekł chudy. – Co dalej?

– Więc przyszedłem tutaj, aby odnaleźć pana... – mówił Adaś.

– Mnie? Z tęsknoty? – zaśmiał się fałszywy malarz.

– Nie tęskniłem za panem – odrzekł Adaś. – Chciałem zażądać zwrotu tego rękopisu, który pan zabrał.

– Aha! A dlaczego nie przyszedłeś do domu, tylko czaiłeś się w budzie? Rozumiem... Rozumiem... Czekałeś okazji, aby się zakraść do domu. Przeszkodziły ci poczciwe pieski. Przypuśćmy, że to prawda... Słuchaj no, panie Adamie! Rękopis ten jest nam potrzebny chyba do chrzanu... Możesz go mieć. Ale te znaki nam wyjaśnisz, słyszysz? Będziesz tu siedział tak długo, aż ci łeb uschnie, ale wyjaśnisz.

– Nie potrafię...

– O, ty wszystko potrafisz! Uczony młodzieniec, mądry młodzieniec... A my prości, poczciwi ludzie... Musielibyśmy pisać do Wilna albo do Warszawy i tracić czas. Co to dla ciebie? Pomyślisz, pomyślisz i odgadniesz... Poczekamy! Teraz, chłopaczku, pójdziemy spać, a ty z nami. Zwiąże się kawalerowi nóżęta, aby nie wędrował, bo znowu zabłądzi tam, gdzie nie trzeba.

Chudy nachylił się i coś szepnął towarzyszowi do ucha, a towarzysz skinął głową potakująco.

– Podnieś się, chłopczyno – rzekł z jadowitą słodyczą. – Musimy zbadać, czy nie masz przy sobie broni lub ostrych narzędzi w rodzaju scyzoryka.

– To gwałt! – krzyknął Adaś.

– Z pewnością nie pieszczoty! – zaśmiał się opryszek.

Niespodziewanym ruchem chwycił ręce chłopca i wykręcił je w tył.

– Obszukaj go! – rzekł do chudeusza.

Człowiek-szkielet z latającą grdyką przebiegł ze zdumiewającą wprawą palcami po całym ciele Adasia i mówił tak, jakby wyliczał:

– Ołówek... notes... scyzoryk... mały kluczyk...

– Od walizki! – objaśnił fałszywy malarz. – Walizka wróciła do Bejgoły. Czy myślisz, luby Adasiu, żeśmy o tym nie wiedzieli?

– Portmonetka... chustka do nosa... jakiś papier...

– Papier? Pokaż no, przyjacielu! Papiery tego pana są zwykle bardzo zajmujące.

Adaś patrzył zrozpaczonym wzrokiem, jak malarz rozwija uważnie kopię tego listu, którą sporządził dla profesora.

– I cóż to takiego? – zapytał chudy.

Tamten nie odpowiedział, lecz powoli, bardzo powoli przeniósł spojrzenie z papieru na Adasia. Szczęki zadrgały mu z wściekłości, oczy zaświeciły jak u wilka. W przypływie nagłej furii nie mógł mówić. Zdawało się, że tak się skurczył i sprężył jak dziki zwierz przed skokiem.

„O mamo... o mamusiu!" – krzyknął w duszy Adaś, co miał już siedemnaście lat.

Fałszywy malarz błyskawicznym ruchem chwycił go za gardło.

– Puść go! – wielkim głosem wrzasnął chudy.

Równocześnie mocnym uderzeniem odtrącił ciężką łapę malarza.

– Puść go! – powtórzył już ciszej. – Zadusić go łatwo, lecz co potem? Nie pora na uroczyste pogrzeby. Zresztą ten młodzieniec nie zawsze będzie taki uparty i zapewne da się przekonać, że nie warto urządzać niemądrych awantur. Prawda, młody człowieku?

Młody człowiek, śmiertelnie blady, nie odpowiedział, myśląc z przestrachem o tym, że jeśli czułe palce chudeusza zaczną raz jeszcze poszukiwania, odnajdą i liścik pana Rozbickiego z wytłumaczeniem znaków. Wspólnicy nie dowiedzieliby się z nich więcej nad to, o czym już wiedzieli z poczciwej gadaniny księdza Koszyczka; byłoby jednak stokroć lepiej, gdyby czas dłuższy oddawali się ich wyjaśnieniu i wietrzyli głęboką niby-tajemnicę w tych znakach zamknioną. Człowiek-cień zaprzestał jednakże poszukiwań. Uspokoiwszy rozwścieczonego wspólnika, rozwalił się w leniwej pozie na krześle, zapalił fajkę i usiłował wieść rozmowę tak swobodną, jak gdyby Adaś należał do zażyłej kompanii.

– Widzisz, młodzieńcze, że z moim przyjacielem nie ma żartów, a ty do niego nie masz szczęścia. Mogło się skończyć morderstwem, chociaż nic łatwiejszego, żeby skończyło się zgodą. Wśród rozsądnych ludzi zgoda jest zawsze możliwa. Po co ta głupia wojna? Zróbmy uczciwy układ: ty coś wiesz i my coś wiemy; ty czegoś szukasz i my czegoś szukamy. Prawda? Szukajmy razem. Nie znajdziemy – trudno. Ale jeśli znajdziemy, podzielimy się po bratersku. Dobrze o tym wiesz, że ten oficer sprzed stu lat ukrył jakieś wielkie bogactwa, bo napisał o tym w swoim liście. Trzeba tylko do nich trafić. Nie ma takiej zagadki, której by nie można rozwiązać, więc i my ją kiedyś rozwiążemy, ale nie mamy czasu. Nam się śpieszy... Więc zróbmy tak: my pomożemy tobie, a ty pomożesz nam. Nas jest trzech, ściślej mówiąc: dwóch, jeden się nie liczy – ten, którego widziałeś z psami, bo on nam tylko prowadzi gospodarstwo... Ale i ja, i ten pan, który tak świetnie udawał malarza, ważymy się na wszystko. No i jakże? Przystąpiłbyś do spółki?

Adaś patrzył spode łba i nic nie odpowiadał.

– Nie chcesz? – mówił chudy, sącząc powoli słowa. – Trudno... Ale ja sądzę, że się namyślisz. Na upór są sposoby, najpierw łagodne i przyjacielskie, a później nieco nieprzyjemne. Zostaniesz tu, bracie, u nas, abyś miał czas zastanowić się nad uczciwą propozycją.

– Będą mnie szukali... – rzekł Adaś niepewnie.

– Być może, ale cię nie znajdą – zaśmiał się chudzielec.

– Dadzą znać policji...

– Cóż robić? Nie każdemu jest miło mieć do czynienia z policją, ale na jakiej podstawie policja ma cię szukać tutaj u nas, u spokojnych ludzi, co sobie na lato wynajęli letni domek i zbierają grzyby? Jakim zresztą sposobem mógłbyś się znajdować tutaj, skoro jesteś w Warszawie?

– Jak to w Warszawie?

– Przed dwoma dniami o godzinie dziewiątej wieczorem wyjechałeś pociągiem do Warszawy, co pod przysięgą zaświadczy ten woźnica, co ciebie i panienkę woził na stację. Strasznie byłeś chytry i wpadłeś w kabałę.

– Widziano mnie w Wiliszkach, tam gdzie ten pan przychodził po tłumaczenie francuskiego listu...

– Aa! To ty i tam byłeś?

– Byłem...

– Rozumiem... Idąc śladem mojego przyjaciela, zabrnąłeś aż tutaj. Stąd ta uroczysta wizyta. Sprytny jesteś, chłopaczku, cokolwiek za sprytny.

Spojrzał na Adasia z wesołym uznaniem i zamyślił się.

– Przyjacielu! – rzekł po chwili, zwracając się do wspólnika. – Przynieś pióro, atrament i papier listowy. Nasz miły gość będzie tak miły i napisze list...

Adaś zaniepokoił się.

– Nie mam do kogo pisać... – rzekł cicho.

– Przybory do pisania przydadzą się w każdym razie – rzekł chudy. – Jeżeli nie zechcesz napisać listu, napiszesz testament. Siadaj! – krzyknął z niespodzianą złością. – Nie spoglądaj w okno, bo zamknięte i tędy nie uciekniesz. Tutaj siadaj. Tyłem do okna. Masz dziesięć minut czasu na pisanie. Napisz list do swoich przyjaciół. Krótko i bez wykrętów. Napiszesz, żeby się nikt o ciebie nie troszczył, bo jesteś bezpieczny, i że wrócisz za kilka dni. Zrozumiałeś?

– A jeżeli tego nie uczynię? – zapytał Adaś, patrząc ponuro.

– Mówiłem ci już: napiszesz testament. Zabłądzisz w nocy w nieznanej okolicy, wpadniesz do wody i utoniesz. Nikt nigdy nie dojdzie, że stało się to z uprzejmą cudzą pomocą. Więc napiszesz?

Adaś rozważał przez krótką chwilę i usiadł przy stole.

– Do kogo mam napisać?

– Osoba jest obojętna... I tak ten list będą wszyscy czytali.

Adaś nerwowym ruchem przysunął świecę i pomyślawszy chwilę, zaczął pisać bardzo uważnie i z namysłem. Chudy z fajką w zębach siedział naprzeciwko niego, fałszywy malarz stał za nim, czujny na każdy jego ruch.

Po upływie kwadransa Adaś rzucił pióro na stół. Chudy wziął bez pośpiechu zapisaną kartkę papieru i odczytywał głośno:

Serdecznie ukochany panie profesorze!
Trzeba było takiego jak ja wariata, aby nie znając okolicy,
ruszyć na daleką wędrówkę. Takim jednak szczęście sprzyja.
Ziemie okoliczne są bardzo piękne, lecz
Ejgoła piękniejsza.
Żal mi jedynie, że pana tu ze mną nie ma.

Cały jestem i zdrów. Znalazłem miłe towarzystwo i dlatego nie wiem dobrze, kiedy wreszcie powrócę do Ejgoły. Bądźcie jednakże o mnie spokojni, choćbym nawet długo nie powracał.

Ogromnie mi tęskno za panem, panie profesorze, za panią Marią i panną Wandeczką. Ściskam wszystkich i łączę ukłony dla całego domu. Wdzięczny Adaś.

– Jak ci się podoba ten list, przyjacielu? – zapytał towarzysza.

– Głupia gadanina, ale wystarczy.

– Wcale nie taka głupia. Czy nie zauważyłeś, że pan Adam znalazł „miłe towarzystwo"? „Miłe towarzystwo" – to my. Bardzo to pięknie z twojej strony, młodzieńcze... A kto to jest pani Maria?

– Pani Gąsowska... – odrzekł Adaś szybko.

– Aha! Wobec tego wszystko w porządku. Pan profesor jutro otrzyma twój list i będzie się cieszył, że ci jest dobrze. Nie będzie ci aż zbyt dobrze, ale to twoja własna wina. Czego te psy tak ujadają? – zaniepokoił się nagle. – Wyjrzyj no poza drzwi.

– Ktoś się po nocy rozbija łódką po wodzie – oznajmił towarzysz z machnięciem ręki. – Te małpy z obozu...

– I małpy powinny już spać. Ale i na nas czas, bo to już dawno po północy. Kawaler musi być bardzo znużony, tym więcej że go omal nie udusili, ale kawaler będzie mógł wyspać się przez cały jutrzejszy dzień. Zostaniesz, chłopczyku, sam, bo jeden z nas powędruje z twoim listem, a my będziemy mieli niecierpiące zwłoki zajęcie. Będziesz spał albo będziesz myślał, a jutro w nocy pogadamy sobie na rozum.

Podniósł się powoli, ziewając, i skinął na wspólnika.

Wspólnik z łapami goryla trącił Adasia niespodzianym ruchem i przewrócił go na łóżko. Wtedy chudy usiadł szybko na jego nogach, a fałszywy malarz, dobywszy spod łóżka wiązkę sznurów, zaczął wiązać Adasia z niebywałą wprawą.

– Teraz nogi! – komenderował chudy. – To konieczne, chłopaczku, bo jesteś za mądry, a nawet najmądrzejszy człowiek niczym nie różni się od barana, skoro jest dokładnie związany. Sam go udźwigniesz czy mam ci pomóc?

– Pomóż... – mruknął wspólnik.

Owiniętego szczelnie grubą, szorstką derką nieśli przez ciemne izby, potem przez obszerne podwórze. Na chwilę złożyli go na wilgotnej ziemi; skrzypnęły jakieś ciężkie drzwi i Adaś poczuł zgniły, ciężki zapach stęchlizny.

10

Na dnie piwnicy i rozpaczy

Niecierpliwym ruchem zrzuciwszy z twarzy róg derki, usiłował Adaś rozejrzeć się i zrozumieć, gdzie się znajduje. Ciemno było jak w piekle, kiedy diabli śpią. Ciemno, duszno i zimno tym najgorszym zimnem, co kapie stęchłą wilgocią i pokryte jest zielonymi liszajami pleśni. Dobrze, że mu dali tę derkę. Zimno dręczyło jego ciało, ale i dusza w nim na poły skostniała. Zabrnął w awanturę ponurą i złą; przygoda, co miała być romantyczna i bogata, haniebnie pociemniała, gdy się na nocnej scenie ukazali niecni ludzie. Jeszcze ten chudy, z latającą grdyką, jest jaki taki: złośliwy, sprytny, lecz nie zbójca. Fałszywy malarz natomiast jest grubołapym zwierzem, kąśliwym i złym. Co oni z nim zrobią? Być może, że „Latająca Grdyka" nie dopuści do ostateczności, lecz pociecha jest złudna. W każdym razie trzeba będzie mocno pocierpieć o głodzie i chłodzie. O, gdyby panna Wanda mogła zobaczyć w tej chwili, co się odbywa w tej stęchłej ciemnicy!... Zamgliłyby się fiołkowe oczy...

Zimne, dręczące znużenie zaczęło mącić myśli Adasia. Leżał na boku, dotykając głową muru lub ziemi. Nie umiał sobie z tego zdać sprawy. Nogi miał związane ciasno. Cieszył się, że mu rąk nie wyłamano i nie związano na plecach. Nie mógł nimi poruszać, poruszał jedynie palcami, które ścierpły.

– Nic nie wymyślę – rzekł sobie z rozpaczą.

Zamknął oczy i starał się usnąć. W tej chwili dopiero poczuł, jak jest śmiertelnie znużony; więcej go umęczyła rozmowa z tymi obwiesiami niż wszystko inne. A jutro historia się powtórzy. Obwiesie będą węszyli przez cały dzień, lecz niczego nie wywęszą i będą się starali wydrzeć cokolwiek z niego, choćby rozpalonymi obcęgami.

– Spać... spać... – mówił do siebie. – Do jutra daleko...

Przez chwil kilka walczył z widzeniami, co go zaczęły nachodzić tłumnie i roiły się w gęstej, zawiesistej ciemnicy, wreszcie jednak usnął niezdrowym, męczącym snem. Leżał na jakiejś słomie. Wstrząsały nim dreszcze, biegające po zdrętwiałych nogach. Musiał jednak spać przez kilka godzin, kiedy bowiem otworzył oczy, ujrzał od razu, że na wysokości człowieka, w pewnym oddaleniu przecieka przez jakąś szparę blade światło, jak woda, co się sączy przez szczelinę w kadzi.

„Tam muszą być drzwi! – pomyślał. – Szpara jest pod drzwiami... Kiedy mnie tu nieśli, wydawało mi się, że schodzą po kilku schodkach, więc drzwi są wyżej, a ja leżę w jakiejś piwnicy. Piwnica, a może lodownia, znajdować się musi poza domem, bo niesiono mnie przez wolną przestrzeń... Pachnie tutaj zgnilizną starej kapusty... Dobrze, że nie ma szczurów. Och, jak mi ręce zdrętwiały!"

Usiłował przewrócić się na prawy bok, uczynił to jednak tak niezręcznie, że aż krzyknął z bólu.

W tym momencie wzdrygnął się i poczuł, że zimny pot oblał jego czoło: zdawało mu się, że usłyszał jęk. Wstrzymał oddech i zaczął nasłuchiwać.

– Kto tam? – zapytał zdławionym głosem.

Odpowiedział mu nowy jęk, już bardzo wyraźny, z mrocznego pobliża.

– Na Boga! Kto tam? – powtórzył gorączkowo.

Zaszemrały jakieś ciche słowa, jakby z największym wymówione trudem.

Adaś skupił się w sobie, rzucił się gwałtownie całym ciałem jak wyjęta z wody ryba i uderzył głową zapewne o pustą beczkę, bo zadudniło. Głos szemrał za tą beczką. Trzeba było poczołgać się cokolwiek dalej, aby go zrozumieć. Wreszcie Adaś usłyszał słowa jakby obolałe:

– Kto do mnie mówi?

– Francuz! – zaszeptał Adaś ze zdumieniem.

Widmo w mroku przemówiło po francusku.

Adaś zaczął szeptać gorączkowo:

– Mówi więzień... Taki sam jak pan... Będę mówił pańskim językiem, chociaż zapewne źle... Wiem o panu wszystko... Czy pan nie słyszał, jak mnie tu w nocy przynieśli?

– Nie... Ja mam gorączkę... Jestem bardzo chory... Mam zwichniętą rękę.

– Jak długo pan tu jest?

– Nie wiem... Może dwa, może trzy dni...

– O łotry! – mówił Adaś zdławionym głosem. – Czy karmią pana?

– Tak... codziennie... Ale ja chcę pić, pić.

– Nie mogę pana poratować, bo jestem związany...

– Kim pan jest? – pytał Francuz raczej jękiem niż słowami.

– Jestem młodym człowiekiem, który jest wplątany w awanturę z listem Kamila de Berier...

W mrocznym kącie zaległa cisza. Nie było słychać nawet jęku. Francuz, widać, stał się nagle ostrożny i mógł myśleć, że to zasadzka.

– Przysięgam panu, że mówię prawdę! – rzekł Adaś gorąco. – Wiem o panu, ale pan zapewne wie coś i o mnie. Przyjechałem niedawno do Bejgoły.

– Z tą młodą panną i siwym człowiekiem? – spytał ciemny szept. – Tak... Widziałem pana... To pan chciał ująć w lesie mego... mego...

– Tak, to ja.

– Teraz oni ujęli pana... W jaki sposób?

– Wszystko jedno. Niech pan raczej mówi o sobie.

– Przekleństwo! – jęknął Francuz i zamilkł.

Adaś namyślał się przez chwilę, po czym zaczął mówić powoli, najprostszymi zdaniami, aby go tamten w pełni rozumiał.

– Ponieważ panu trudno mówić, więc ja będę mówił za pana. A pan niech sprostuje nieścisłości. Pan wie, że w domu Gąsowskich znajduje się coś, co zostawił napoleoński oficer. Chciał pan kupić dom, ale go nie sprzedano. Pan źle zrobił, że się pan z nimi nie porozumiał. Czy pan słyszy?

– Słyszę... Proszę mówić dalej.

– Wynalazł pan tych ludzi, aby panu pomogli. Pomagali panu dopóty, dopóki nie dowiedzieli się, że to nie jakaś marna robota, lecz poszukiwanie bogactwa. Czy tak?

– Tak, nie mogę pojąć, w jaki sposób się dowiedzieli?

– Jeden z nich porwał podstępnie stary pamiętnik, w którym jest o tym mowa.

– Ach! – wykrzyknął Francuz. – Teraz rozumiem... Teraz rozumiem...

– Co z panem uczynili?

– Napadli mnie nocą podczas snu i odebrali mi list Kamila de Berier.

– Pan się bronił?

– Tak... Wyłamali mi ręce... Jedną zwichnęli... Związali...

– Kim są ci ludzie?

– Męty. Wynająłem ich.

– W jakim języku porozumiewał się pan z nimi?

– Po rosyjsku. Ja znam jako tako rosyjski język, bo robiłem w Rosji handlowe interesy. Bywałem kiedyś dawno w Łodzi... Jeszcze przed wojną... Znałem tego chudego, bo był lokajem u mojego przyjaciela. Ten chudy przyprowadził mi swoich dwóch przyjaciół... Przeklinam ten dzień... Och, przeklinam ten dzień!...

Francuz umilkł, jak gdyby gryzł swoją własną rozpacz. Adaś słyszał ciężki oddech nieszczęśliwego człowieka i zamilknął również, nie chcąc go męczyć pytaniami.

„Awanturnik... – myślał Adaś. – Awanturnik, który ciężko za to zapłaci. Ale to jeszcze chyba nie koniec. Nie będą go tu trzymali związanego... Ani jego, ani mnie... Potrzymają czas jakiś, aby im nie przeszkadzano w poszukiwaniach. Jeżeli znajdą, wypuszczą nas... Jeżeli jednak nie znajdą? – Zimny dreszcz przemknął po nim. – Jeżeli nie znajdą, gotowi zemścić się w ten sposób, że sami odjadą, a nas tutaj zostawią. Wreszcie nas tu ktoś odnajdzie, ale kiedy i kto? Dom stoi pustką... Ktoś się nim pewnie opiekuje i zajmie się domem, lecz na myśl mu nie przyjdzie, aby zajść do opuszczonego lochu. Może zresztą tutaj zabłądzi, ale wtedy znajdzie... – Groza przejęła Adasia na myśl, co znajdzie. – Trzeba się będzie ratować, ratować za wszelką cenę. Ale jak? Co począć ze związanymi rękami i związanymi nogami? A przecie trzeba będzie ocalić tego biedaka, co tam leży za pustą beczką. Czy ten długo wytrzyma w tej udręce?"

– Panie! – szepnął Adaś. – Niech mi pan powie...

Natężył słuch w tej chwili i ostrzegł go przejmującym głosem:

– Niech pan nic nie mówi... Cicho! Ktoś tu idzie!

Uczyniła się cisza, bo obaj wstrzymali oddech.

Adaś, udając, że śpi, patrzył zachłannym spojrzeniem w tę stronę, w której sączyło się światełko. Drzwi zaskrzypiały ochrypłym skrzypieniem, jakby wzięte na tortury, i wielkie światło pogodnego dnia wlało się do piwnicy. Adaś obejrzał ją jednym spojrzeniem: był to loch, wygrzebany w ziemi, bardzo ciasny i głęboki; sterczało w nim kilka spleśniałych beczek i leżała zbutwiała słoma.

W ramach drzwi ujrzał zarys ludzkich kształtów.

„Chudy człowiek! – przemknęło mu przez myśl. – Może go ruszyło sumienie? Czemu on takie zachowuje ostrożności?"

Żywy szkielet wyjrzał bacznie poza drzwi, przymknął je i bez szelestu zszedł do piwnicy.

– Dzień dobry ci, młodzieńcze! – rzekł bardzo cicho. – Żyjesz?

– Żyję – rzekł Adaś krótko.

– To dobrze. Nie mam wiele czasu... Śpieszę się. Powiem ci szybko, o co idzie, a ty natychmiast odpowiedz. Przyszedłem tu do ciebie w tajemnicy przed tamtymi. Ja mam dobre serce. Pamiętasz, że to ja cię ocaliłem, kiedy cię chciano udusić?

– Pamiętam.

– Więc powinieneś mi być wdzięczny... I powinieneś z samej wdzięczności zaprzestać uporu. Słuchaj! Ja cię natychmiast wypuszczę, byleś mi powiedział o wszystkim, co wiesz. Tamci nawet nie będą o tym wiedzieli. To źli ludzie!

„Aha! – pomyślał Adaś. – Zdrajca wśród zdrajców!"

– Mój towarzysz – mówił chudy gorączkowym szeptem – pojechał z listem do Wilna i powróci dopiero jutro.

– A ten drugi, garbaty? – zapytał Adaś z udanym przejęciem.

– W tej chwili jest dość daleko stąd, na folwarku, gdzie trzyma psy. Niedługo tu się zjawi, aby cię nakarmić. A potem pójdzie z twoim listem do twoich przyjaciół. Zrobilibyśmy tak: ja rozluźnię więzy i zostawię drzwi otwarte... Umkniesz wieczorem... Mnie tu też przez cały dzień nie będzie i umyślnie wrócę późno w nocy. Co o tym myślisz?

Adaś milczał przez dłuższą chwilę.

– A co będzie z Francuzem? – zapytał.

– Z Francuzem? Z jakim Francuzem?

– Był przecie z wami jakiś obcy...

Chudy rzucił niespokojnym spojrzeniem w mroczny kąt, skąd nie dochodził żaden szmer, po czym spojrzał uważnie na Adasia.

„Jest przekonany, że Francuz umarł... – pomyślał Adaś. – Och, co za opryszek!"

– Istotnie... Był z nami pewien Francuz, ale odjechał – rzekł żywy szkielet. – Co cię zresztą obchodzi Francuz? Dbaj o własną skórę. Gadaj prędko: powiesz czy nie powiesz?

– A jeżeli nie powiem?

– Zginiesz marnie. Jeżeli jednak powiesz, daję ci słowo uczciwego człowieka...

– Rozumiem. Dobrze... powiem panu o wszystkim, o czym wiem sam. Czy naprawdę mnie pan wypuści?

– Tak... tak... wieczorem... – mówił tamten z radością, której nie mógł ukryć. – Na razie rozwiążę ci nogi i trochę rozluźnię więzy na rękach, aby nie zwrócić uwagi. Wieczorem drzwi będą otwarte. Mów, mów prędko!

Adaś namyślił się głęboko i rzekł:

– Wierzę panu. Niech pan rozluźni sznury!

Chudy człowiek uczynił to bez namysłu. Adaś poczuł z niezmierną ulgą, jak krew zaczyna krążyć po zdrętwiałych nogach.

– Och! – westchnął z radością.

– Teraz gadaj!

– Gadać nie będę... Niech pan sięgnie ręką do lewej kieszeni na moich piersiach. Znalazł pan?

– Tak! – szepnął tamten zdumiony. – Kartka... Jak ja mogłem jej nie zauważyć? Co jest na niej napisane?

– Wyjaśnienie znaków z francuskiego listu. Pański towarzysz pojechał szukać tego rozwiązania w Wilnie. A pan już je ma! – mówił Adaś i dodał w myśli: „Ale mądrzejszy z tego nie będziesz, nieboszczyku na urlopie".

Człowiek złożony ze skóry i kości zbliżył się do drzwi i uważnie odczytał kartkę.

– Co to znaczy? – zapytał ostrym szeptem.

– Tego jeszcze sam nie wiem. W tym cała tajemnica...

– Znowu o drzwiach? – mówił tamten, patrząc podejrzliwie. – Kto to jest ten pan Rozbicki tutaj podpisany?

– Mądry człowiek, co mi te znaki wyjaśnił...

– Ach, a ty nie wiesz, jaki w tym jest sens?

– Gdybym wiedział, nie byłoby mnie tutaj – odrzekł Adaś znowu zaniepokojony.

– Rozumiem... rozumiem... Mądry jesteś ptaszek. Umiałeś jednak znaleźć wyjaśnienie półsłówek z francuskiego listu, potrafisz pewnie odgadnąć, w jakim celu zostały napisane. Ty wiesz, gdzie są owe drzwi.

– Nie wiem! – krzyknął Adaś.

– Nie wiesz? W takim razie jeszcze nie wiesz, ale będziesz wiedział. I wtedy powiesz mnie, tylko mnie...

– Pan mnie nie wypuści?

– Posiedź tu, robaczku, posiedź! I myśl. Ty umiesz myśleć... W nocy cię odwiedzę...

– Pan dał słowo uczciwego człowieka...

– A któż ci, żółtodziobie, powiedział, że ja jestem uczciwym człowiekiem? – zaśmiał się tamten.

Nieoczekiwanie rzucił się na Adasia i skrępował mu nogi.

– Bądź zdrów i myśl! – rzekł, wstępując na schody.

– Panie! – zawołał Adaś. – Niech mnie pan przynajmniej oprze o ścianę.

– To mogę zrobić. Chcesz siedzieć? I owszem, i owszem, będziesz lepiej myślał. Patrz wciąż na te drzwi, może odgadniesz, gdzie są tamte.

Adaś oparty o zimną ścianę, zapadł w milczenie. Zły był na siebie, że mógł chociaż przez chwilę łudzić się jakąś nadzieją i wierzyć temu chudzielcowi.

– Czego on chciał? – zaszemrał głos spoza beczki.

– Zdradził wspólników i chce szukać na własną rękę.

– Znajdzie? – zapytał Francuz z niepokojem.

– Niczego nie znajdzie. Ani pan, ani ja, ani on – mówił Adaś niecierpliwie.

– Ja już nie będę szukał... Mam dość...

– I słusznie. Wie pan o tym, że tajemnica zapisana była na drzwiach. Pan nawet nie wiedział, na których. Na drzwiach z małego domku, w którym umarł de Berier.

– Och, och!

– Tak. Ja dowiedziałem się o tym i oni wiedzą, ale drzwi nie ma. Zniknęły.

– Teraz?

– Nie, nie teraz... Zapewne bardzo dawno, sądząc po śladach. Czy pan sobie wyobraża, że je będzie można odnaleźć po stu kilkunastu latach?

– List się jednak znalazł...

– List łatwiej przechować. A jak go pan znalazł?

– Przypadkiem... W starej książce kupionej u antykwariusza. Wyobrażam sobie, jak się odbywała jego wędrówka. Sprawdziłem, że brat Kamila de Berier padł pod Waterloo. Żołnierz, który przyniósł list, szukał go na próżno. Nie wiedząc, co począć z listem, szukał zapewne jakichś krewnych de Berierów, ale oficer nie miał krewnych. Żołnierz zachował list jako drogą pamiątkę. List wetknięty za jakiś obraz, potem w książkę, przeleżał przeszło sto lat. Zwyczajna historia... Znalazłem go i pomyślałem, że można będzie zdobyć majątek... Jak już panu powiedziałem, przeklinam ten dzień... Straciłem wiele pieniędzy i nie wiem jeszcze, czy nie stracę życia. Chciwość mnie zgubiła... Czy ten chudy człowiek mówił co o mnie?

– Mówił, że pan odjechał.

– Łotr! O, gdybym ja mógł odjechać... Mój przyjacielu, czy nie mógłby mi pan podać wody? Przy mnie stoi dzbanek...

– Spróbuję! – rzekł Adaś ze współczuciem. – Och! Znowu ktoś idzie.

– Myślę, że nas nakarmią... Niech się pan teraz nie rusza... Tak, to on...

Garbaty człowiek zszedł do lochu, niosąc dzbanek z mlekiem i chleb. Drzwi pozostawił na ścieżaj otwarte, więc się w piwnicy uczyniło widno.

Spojrzał z litością na chłopca i rzekł:

– Jeżeli nie będziesz próbował robić żadnych awantur, rozwiążę ci ręce, abyś mógł jeść sam.

– Niech pan najpierw da pić tamtemu – poprosił Adaś błagalnym głosem. – Tamten umiera z pragnienia.

– Wszystko mi jedno, od którego zacznę.

Po chwili słychać było, jak nieszczęśliwy Francuz chłepce mleko.

– *Encore! Encore!* – zawołał.

– Czego on chce?

– Prosi, aby mu dać jeszcze – objaśnił Adaś szybko.

– Dla ciebie zabraknie.

– Mnie może pan dać wody...

Dzbanek jednakże był brzuchaty i mleka wystarczyło.

– Pan jest, jak mi się zdaje, dobrym człowiekiem – mówił Adaś przymilnie. – Niech pan przez jakiś czas nie zamyka drzwi. Tutaj się można udusić.

– Mogę nie zamykać... Usiądę na progu...

– A czy mógłby pan tamtemu człowiekowi dać pod głowę moją derkę?

– A ty czym się okryjesz?

– Ja jestem młody.

– Jak chcesz...

Francuz westchnął głośno.

– Dziękuję... – szepnął. – Bardzo dziękuję...

Garbus usiadł na progu i stróżował.

– Wieczorem was się wyprowadzi – rzekł po chwili. – Ale wtedy spuszczę psy. Czekaj, chłopcze, cierpliwie wieczora... Możesz poruszać palcami i podniesiesz chleb do ust, więc z głodu nie umrzesz.

– A on? Co z nim?

– On nie chce jeść, tylko pić. Naleję mu wody na miskę, aby jej mógł dosięgnąć... Trudno... Ale ja już muszę iść.

– A kiedy pan wróci?

– Mówiłem ci już – późnym wieczorem.

Kiedy drzwi zamknięto, rzekł Adaś:

– To jakiś niezły człowiek. Kim on jest?

– Nie wiem dobrze – odrzekł rzeźwiejszym głosem Francuz. – Prowadził nam gospodarstwo. Oni go z sobą przywiedli... Czy dowiedział się pan czego?

– Niczego się nie dowiedziałem, bo to jakiś podrzędniejszy diabeł.

– I nie ma pan żadnych nadziei?

– Prawdę mówiąc, żadnych...

– Nie wydostaniemy się stąd?

– Chyba cudem… Pan nie może się poruszyć, ja jestem związany, a drzwi zaparte mocno.

– Pan może krzyczeć…

– To się na nic nie zda. Kto mnie usłyszy? Nie ma co! Wybrał pan doskonałą miejscowość na swoją główną wojenną kwaterę. Czy tu nikt w pobliżu nie mieszka?

– W tym domu nikt. Dzierżawca tej ziemi mieszka daleko stąd, obok wsi… Za kościołem… Dom był opuszczony i wynajmowano go tylko na lato.

– A ze wsi nikt tu nie przychodzi?

– Boją się psów.

– Doskonale się wszystko składa! – zawołał Adaś z goryczą. – Będziemy dziękowali Bogu, jeśli ujdziemy z życiem.

– A może im wszystko wyjawić i za tę cenę…

– Ale co wyjawić? Gdzie są skarby? Może pan o tym wie, bo ja nie wiem…

– Nieszczęście… nieszczęście… Żeby ktoś dał znać policji… Ale to złudna nadzieja… Niech ich pan prosi! Niech im pan powie, że wyrzekam się wszystkiego i ucieknę stąd pierwszym pociągiem.

– Pieniędzy panu nie zabrali?

– Zabrali, ale niewiele. Mam pieniądze zaszyte w kołnierzu i czeki na warszawski bank.

– A te czeki panu zostawili?

– Nie wiedzą o nich, bo ukryte są w domu. W sieni na półce stoi jakiś garnek… W tym garnku je ukryłem wraz z dokumentami.

– To też wyborny schowek – mruknął Adaś. Po chwili jednak dodał miękkim głosem: – Bardzo pana przepraszam za moje rozdrażnienie… Niech mi pan przebaczy… I niech pan źle o mnie nie myśli…

– Ja nie tylko źle nie myślę – rzekł łagodnie Francuz. – Ja pana podziwiam, młody człowieku... A tej derki nigdy panu nie zapomnę. Uczynił mi pan wielkie dobrodziejstwo. To przecie pańskie okrycie?

– Nie – odrzekł Adaś cicho. – To ten człowiek przyniósł...

– Być może... być może... Ja niczego z polskiej mowy nie rozumiem, ale wiele potrafię odgadnąć...

Zamilkli obaj, gdyż obaj byli wyczerpani.

Adaś zamknął oczy i trwał nieruchomo. Nie spał, lecz nawiedziły go senne widzenia, co się z ciężkiego uprzędły mroku. Zdawało mu się, że pan profesor Gąsowski wciąż wygląda przez okno zatroskany i marszczy w zgryzocie pięknie sklepione czoło; że panna Wanda krąży po domu niespokojna i szuka, wciąż kogoś szuka... Ach! Cóż to? Skąd się w Bejgole wzięła jego matka? Widzi ją wyraźnie, jak załamuje ręce, jak podnosi je potem ku górze zrozpaczonym ruchem i zaczyna szlochać. Wzdrygnął się i otworzył oczy.

„Coś mi się majaczy... – pomyślał. – Przecie nie mam gorączki... Mama jest nad morzem i o niczym nie wie. Gdyby się dowiedziała, załamałaby naprawdę ręce".

Nie wiedział, która godzina, i nie mógł tego dojść w żaden sposób; sądząc po wyzłoconej smużce światła, co pełzła pod drzwiami, dzień słoneczni się jeszcze w całej okazałości.

„A ten śpi – pomyślał, pochwyciwszy słuchem ciężki i nierówny oddech. – To zresztą najrozsądniejsze zajęcie. Spróbujmy jednak zająć się czym innym".

Usiłował sięgnąć zgrabiałymi palcami do więzów na przegubie nóg. Poczuł pod palcami sznurek, lecz węzeł był zmotany tak mocno, że marzyć nie było można o jego rozplątaniu.

„Aleksander Macedoński, który przeciął mieczem węzeł gordyjski, nie byłby w tym położeniu dowcipniejszy ode mnie.

Och, Adamie! Nie jesteś w tej chwili mądrzejszy niż praojciec Adam w pierwszym dniu stworzenia. Tylko że w raju nie pachniało skisłą kapustą, a tu straszliwie pachnie... A może to nie kapusta? Może to moja kapuściana głowa? Zaraz... zaraz... Jak to mówią u Moliera? Nie mogę sobie przypomnieć... Ten Francuz by wiedział, ale śpi... Pomyślałby, że oszalałem ze strachu, gdybym zaczął mówić o Molierze... Ach, już wiem: »A lichoż mi kazało na ten statek włazić! Przygoda – piękna rzecz! Wyborna rzecz!« Pod warunkiem, że bandyci są uprzejmi i nie rwą się do duszenia. Będę miał dość przygód na długi czas... I ja, i ten biedaczysko, Francuz... To jakaś pomylona okolica, w której się dzieją przedziwne awantury. Gilewicze wiedli boje z Niemczewskimi o kawał starego żelaza, a Gąsowscy mają utrapienie ze skarbem".

W tej chwili Francuz westchnął ciężko i boleśnie.

„Pewnie mu się przyśniła Francja... Nieszczęśliwa figura! Ja siedzę tu zaledwie parę godzin i mam dość, a on siedzi ze trzy dni. Dobrze, że głos ludzki usłyszał... Która to może być godzina? Myślę, że już południe... Do nocy daleko, a noc będzie zajmująca".

Zajmował umysł dziesiątkami pytań, na które szukał odpowiedzi. Wreszcie i to go znużyło, więc się skulił jak młody psiak i trwał w bezmyślnej nieruchomości. Odrętwiał na młodym ciele i na młodej duszy. Miał wrażenie, że wolna jego dusza wyleciała na boży świat przez szparkę pod drzwiami, a on został – sierota! – na wszystko nieczuły. Nie słyszał nawet sennych westchnień towarzysza.

Jakieś zmącone głosy obudziły go z odrętwienia: wielkie, jednostajne szumy, po których – jak po moście – dudniły zwaliste, potężne poryki.

Otrząsnął z siebie resztki snu na jawie i spojrzał przytomniej w stronę drzwi.

„Światło zgasło? – pomyślał. – Co to się dzieje?"

Szpara pod drzwiami rozbłysła nagłym, oślepiającym blaskiem, a zaraz potem głuchy grzmot oznajmił się światu, jak lew oznajmia rykiem, że wychodzi na łowy.

„Burza… Zdaje się, że grad wali o drzwi… Czy to tak od burzy pociemniało, czy też zapadł już wieczór?"

– Co się stało? – zapytał Francuz.

– Pioruny biją… Żadnemu jednak nie przyjdzie na myśl, aby rozwalić te przeklęte drzwi. Jakaś straszna burza… Cieszmy się jednakże! Mamy dach nad głową.

Zaczęli nasłuchiwać szumnych, jednostajnych pogłosów, z których od czasu do czasu wystrzelał piorun ognistą fontanną. Ulewa musiała być niezwykła, gdyż nawet w tej podziemnej, zacisznej kryjówce słychać było ogromne jej pluskanie. Znowu błysnęło potężnie.

– Oho! – zawołał Adaś strwożony. – Będzie nam mokro… Woda podpływa szczeliną pod drzwiami.

Zaczęła się sączyć najpierw cienkimi strużkami, jakby ktoś sobie rzewnie popłakiwał, potem coraz pośpieszniej i obficiej. Uczynił się z niej mały ponik, co zaczął kaskadą toczyć się po schodach i rozlał się po ubitej ziemi w lochu.

– Jeszcze tego tylko brakowało… – mruknął Adaś. – Panie! – zawołał. – Woda nas zalewa!

– Nic nie czuję – odrzekł Francuz.

– Bo pan leży w kącie! Zaraz pan poczuje! Ależ leje!

O takiej straszliwej awanturze na niebiosach opowiadają w „kraju białej róży", w Finlandii: „Oho! Starsi z nieba wyszli, a dzieci się bawią!". Zabawa zaczynała być straszna. Każda błyskawica oświetlała mętną kałużę w piwnicy, coraz to szybciej rosnącą. Adaś przegiąwszy się, dotknął palcami ziemi i poczuł wodę. Równocześnie krzyknął Francuz:

– Woda! Co robić?

– Nic… Czekać… Czy pan może wstać?

– W żaden sposób.

– Niech się pan przynajmniej oprze o ścianę… Och! Piorun uderzył gdzieś w pobliżu.

Burza ryknęła wszystkimi głosami, zbełtanymi i splątanymi. Szumy i poszumy, świsty i poświsty, bulgotania i mlaskania słychać było razem i na przemiany. Wiatr nie huczał, lecz jadowicie chichotał, radując się zniszczeniem. A ponad wszystkimi głosami górowało jakby bolesne wycie. Jak mówi Słowacki:

„I słychać jęk szatanów w sosen szumie".

„Jeżeli to tak długo potrwa, potopimy się jak szczury w norze…" – pomyślał Adaś zaniepokojony.

Zdawało się jednak, że wściekłość nawałnicy zelżała odrobinę. Tylko ulewa huczała nieprzerwanym, mokrym hukiem.

W tej chwili zadygotało w Adasiu serce: czy to ludzkie głosy słychać za drzwiami?

Wstrzymał oddech i zaczął nasłuchiwać. Ktoś uderzał gwałtownie we drzwi. Równocześnie ktoś krzyknął donośnie:

– Hej! Czy jest tam kto?

Głos obcy, świczy i donośny.

Adaś chciał się zerwać, lecz nie mógł tego uczynić, więc się tylko sprężył, zachwycił powietrza i począł wrzeszczeć:

– Jest! Jest! Na pomoc! Ratunku!

– Co się stało? – zawołał Francuz.

– Ludzie… Jacyś ludzie… Niech pan woła ratunku… Niech pan pomoże…

Francuz zaczął krzyczeć bez dalszych pytań.

Za drzwiami musiano ich usłyszeć, gdyż jakieś głosy poczęły gadać z gorączkowym pośpiechem.

– Rozbijcie drzwi! – wrzasnął Adaś.

Zdaje się, że tamci wpadli sami na ten pomysł, gdyż nie upłynęło dziesięć minut, a grube drzwi wyleciały z należytym trzaskiem.

Najpierw rozchlapaną strugą wlała się do piwnicy woda, potem zbiegło do niej kilka postaci, ociekających deszczem.

– Kto tu?! – krzyknęła jedna z nich.

– Więźniowie! – zawył Adaś w obłędzie radości. – Prędko, prędko!

Ciemno było na burzliwym świecie i ciemno było w lochu, więc ten, co szedł na przedzie, zapalił elektryczną latarkę i błysnął nią po całej piwnicy.

I nagle wydał wrzask: przerażenia, zdumienia, radości, trwogi, zachwytu, oszołomienia. Nie był to głos ludzki ani zwierzęcy. Przyroda nie słyszała do tej chwili takiego głosu. I nikt by go nie zdołał powtórzyć. Największy muzyk nie mógłby go odtworzyć. Głos ten, schwytany na płytę, rozsadziłby ją z hukiem. Potrzaskałby wszystkie aparaty, gdyby go nadano przez radio.

– Adaś! – zdumiał się ten straszliwy głos.

– Jezus Maria! – odkrzyknął Adaś. – Kto mówi?

– Burski! Staszek Burski! – zawyła figura, oświetlając własną gębę, aby ją Adaś mógł ujrzeć i uwierzyć. – Co to znaczy?

– Dowiesz się... Pan Bóg cię tu przysłał... – mówił Adaś, śmiejąc się i płacząc równocześnie. – Prędko, prędko! Tnij więzy!

Cztery postacie, co spadły wraz z burzą, oniemiały na chwilę, gdyż radosne zdumienie odebrało im głos. Teraz zawyły wdzięcznie wszystkie razem.

– Co się stało? – zawołał drżącym głosem Francuz.

– Jesteśmy ocaleni! – zakrzyknął Adaś. – Tam jest jeszcze jeden... Staszek, prędko, u Boga Ojca! Uwolnij tamtego!

Ponieważ jednej latarki było za mało, więc usłużne błyskawice raz po raz oświetlały mokrą norę.

Po pięciu minutach było po wszystkim. Burski otoczył ramieniem słaniającego się Adasia i prowadził go po schodach.

– Co z tamtym? – cichszym i ostrożnym głosem pytał Adaś.

– Nie może iść! – odpowiedziano mu z kąta. – Trzeba go będzie nieść... Może są gdzie jakie nosze?

– Nie wiem! Nie ma czasu na szukanie... Prędko, prędko! Weźcie go, jak możecie, i nieście. Staszek! Ja muszę na chwilę do tego domu... Pomożesz mi?

– O przyjacielu! – zdławionym z radości głosem odrzekł Staszek Burski, ten, co w szkole siedział z Adasiem na jednej ławce i raz jeden miał piękne pismo.

Cichym głosem wydał jakieś polecenie swoim towarzyszom i ręką wskazał im kierunek.

– Dogonimy was! – szepnął. – Jazda... W nogi!

Czterech dorodnych dryblasów chwyciło Francuza na ramiona i wilczym krokiem pobiegłszy, zapadli w mrocznym gąszczu.

– Śpieszmy się... Boję się psów... – mówił Adaś, zadyszany. – Podtrzymaj mnie, bo jeszcze nie czuję nóg. O Staszku, o drogi Staszku! Sam nie wiesz... Ale o tym potem...

Podpełznęli ku tylnym drzwiom głuchego i milczącego domu.

– Pchnij te drzwi!

Burski rozpędził się i uderzył ramieniem w mizerne drzwi, które rozwarły się szeroko jak ziewająca gęba.

– Latarkę! – szepnął Adaś. – Ja nie mogę, szukaj ty... Czekaj no... Tu powinien sterczeć jakiś garnek. Jest! Sięgnij ręką do środka. Znalazłeś co?

– Tak... Małe zawiniątko... Zdaje się, że papiery...

– Dawaj! Teraz prędko do tej izby na lewo... Szukaj na łóżku pod siennikiem. Czujesz ręką papiery?

– Są!

– Dawaj, bracie! – szepnął Adaś.

Ukrył w zanadrzu sponiewierany rękopis księdza Koszyczka.

– Nic więcej? – szepnął Burski.

– Już wszystko! Teraz uciekajmy. Ale dokąd?

– Do nas, do obozu.

– To wy tu macie obóz?

– Za wodą.

– Ach, to wy! Boże drogi!... Dobrze, na razie do obozu... Czy to daleko?

– Mamy łódź.

– Łódź? Cudownie!... Prowadź, Stasiu. W łodzi cię uściskam. Oj, nie zajdę daleko...

Staszek Burski chwycił jego lewą rękę i zarzucił ją sobie na szyję. Prawą swoją ręką objął go mocno i tak wlókł po trosze, a potem niósł.

– Do wody niedaleko... Oni tam już są... Tylko czy łódź wytrzyma?... – mówił zdyszanym głosem.

Nagle Adaś zatrzymał się i zaczął nasłuchiwać.

– O Boże! – jęknął. – Psy!... Prędko... Prędko, jeśli nam życie miłe!

11

„Choć burza huczy wkoło nas...”

Łódź, odepchnięta rozpaczliwym ruchem, wlokła się ciężko, zanurzona aż po burty. Woda była wzburzona i rozruszana przez tabun wichrów. Rozhulał się nowy deszcz. Przez szklane jego strugi widać było krążące nad brzegiem trzy widma: trzy ogromne psy.

– Nie wypływajmy na środek wody – rzekł Adaś gorączkowo. – Lepiej, żeby nas nie widziano. Można przecie okrążyć tę wodę?

– Oczywiście! – rzekł Burski. – Tylko że to dłużej potrwa, ale za to będzie bezpieczniej. I tak się boję o łódź! Strasznie rzuca... I o obóz się boję, czy nie popłynął. Zostawiliśmy jednego na straży, ale nie wiem, czy sobie da radę. Ach, prawda! Adasiu... Czy wiesz, kto tam został?

– Skąd mogę wiedzieć?

– Szostak!

– A któż to jest Szostak?

– Boże miły! Ten, w którego księgach nitka udawała setkę.

– Nie może być! Jakbyście się zmówili... Chłopcy, bez gwałtownych ruchów!... A teraz gadaj, Stasieńku, skąd wam przyszło do głowy szukać mnie w lochu?

– Nikt niczego o tobie nie wiedział. Przekonani byliśmy, że jesteś nad morzem. Mieliśmy jednakże od pewnego czasu oko na ten dom. Wiedzieliśmy, że ktoś w nim mieszka, ale nie wiedzieliśmy kto. Nie mieliśmy zresztą żadnych interesów po tej stronie wody. Przed trzema jednakże dniami zwróciliśmy na to uwagę, że się w tym domu dzieje coś niezwykłego. Pewnej cichej nocy odbyła się tam jakaś gruba awantura. Słyszeliśmy rozpaczliwe krzyki.

– To ten Francuz musiał wołać o pomoc! – rzekł Adaś, wskazując ruchem głowy bladą marę, co leżała w łodzi z głową opartą na kolanach jednego z rycerskiego hufca.

– Aha! Strasznie krzyczał... Potem wszystko ucichło... Dwóch z nas zrobiło wywiad, ale, zdaje się, dom opustoszał. Tymczasem wczorajszej nocy przed północą usłyszeliśmy rozpaczliwe wołanie o ratunek, a po wodzie głos bardzo niesie...

– To ja wrzeszczałem – oznajmił Adaś.

– Doskonale to zrobiłeś – rzekł Burski z gorącym uznaniem. – Musiano cię słyszeć na dwie mile dookoła. Powiedzieliśmy sobie: „Czuj duch! Tam się odbywają nieczyste historie!". Nie śmieliśmy jednak zrobić wyprawy w biały dzień. Aż tu nagle wali się pod wieczór ta burza! Więc my do łodzi i jazda... Dom ciemny i pusty... Zajrzeliśmy we wszystkie kąty i już chcieliśmy wiać z powrotem, bo niemiłosiernie lało, lecz mnie jakby coś tknęło. W świetle błyskawicy dojrzałem loszek, zamknięty na potężną kłódkę. Pomyślałem sobie tak: dom jest ledwie i jako tako zamknięty, a głupia piwnica zamknięta jest na amen. Coś tam musi być w tej piwniczce!

– Sokrates jest wobec ciebie bałwan, miły Stasiu. Ocaliłeś mnie i tego biedaka. Nigdy ci tego nie zapomnę!

– Ja tobie też nigdy rozmaitych rzeczy nie zapomnę – odrzekł Burski głębokim głosem.

Milczeli przez chwilę, ostrożnie i pracowicie przedzierając się przez zbełtane wody. Łódź posuwała się coraz ciężej. I w niej było mnóstwo wody, którą czerpali dłońmi i czapkami.

– Daleko jeszcze? – spytał Adaś.

– Nie bardzo, możemy jednak nie dopłynąć... Ale tutaj płytko... Może by brzegiem...

– Francuz nie dojdzie – mruknął Adaś.

– Kto to taki? – spytał Burski bardzo cicho.

– Wszystko ci opowiem, ale nie teraz. Musimy go dostawić w jakieś bezpieczne miejsce.

– Będą go szukali?

– Z pewnością. I jego, i mnie. Ja się rozwieję w dym, ale on jest chory. Trzeba go będzie schować na kilka dni, a potem sobie odjedzie.

– Ty, oczywiście, zapadniesz u nas w obozie?

– Nie – odrzekł Adaś po namyśle. – Jeśli gdzie będą szukali, to u was, Stasiu! Kto tu dowodzi?

– Ja!

– A czy wam jest wszystko jedno, gdzie rozbijecie namioty?

– Cały świat należy do nas.

– To pięknie! W takim razie zabierzcie swoje namioty i chodźcie za mną tam, dokąd ja muszę pójść.

– Będzie jaka awantura? – zapytał Burski szybko.

– Będzie! – odrzekł Adaś ponuro.

– Zrobione! Należy przedtem wykonać dwie rzeczy: nie utopić się i ukryć tego pana. Jeśli pierwsze zadanie się nie uda, nie będzie potrzeby kłopotania się drugim. Chłopcy – zapytał cicho – dobrniemy?

– Jeśli się woda uspokoi... – odrzekł spoconym i zdyszanym głosem harcerz od steru. – Już bardzo ciemno! Może by spróbować na przełaj?

– W imię Ojca i Syna! – zawołał Adaś. – Wal, bracie, prosto!

Łódź obróciła się ciężko i zaczęła posuwać się z trudem.

– Woda się ucisza – szepnął Burski drżącym głosem. – Może się uda. Uwaga! Spokój i uwaga... Równo!

Wiosłowali z tysiącem ostrożności; zacisnęli zęby i nikt nie wymówił słowa. Błyskawice dawno już pogasły i mokra otaczała ich ciemność.

– Szostak macha latarką! – oznajmił z radością Burski. Nie może nas widzieć, ale daje znaki. Machaj, machaj, chłopaczku, bo nie wiesz, kogo powitasz. Uda się, uda się! Adasiu, strasznie cię kocham! – krzyknął ni stąd, ni zowąd.

Adaś uścisnął mu rękę w ciemności.

I jego rozpierała radość. Wspaniałym jelenim skokiem przeskoczył – któż to wie? – może własny grób. Wydobył się z grząskiego sopotu* rozpaczy, w którym ugrzązł po szyję; jest wolny i wśród dobrych towarzyszów, z których jeden skoczy dla niego do zbełtanej wody, a drugi, ten, co tam na brzegu udaje morską latarnię, skoczy dla odmiany w ogień. Awantura wprawdzie nie skończyła się jeszcze i teraz dopiero stać się może prawdziwie groźna. Nie ulega wątpliwości, że „towarzystwo" z Żywotówki wpadnie w zrozumiałą wściekłość, zastawszy puste gniazdo po nim i po Francuzie. Zaczną tropić i wytropią; Francuzowi należy przeto wytłumaczyć, aby uciekał czym prędzej, co zapewne uczyni bez wahania, a samemu trzeba będzie otoczyć się gwardią mołojecką, złożoną z tego świetnego zastępu dzielnych chłopców.

– Co się stało? – krzyknął Adaś, przerwawszy rozmyślania.

– Nieszczęście! – zdławionym głosem odkrzyknął Burski. – Już po nas!

* Sopot – wytrysk wody, zdrój; tu użyty mylnie w znaczeniu: grzęzawisko, bagno.

Łódź, ponad wszelką możliwość obciążona, przy nagłym uderzeniu fali przechyliła się nieznośnie i nabrawszy wody, zaczęła tonąć.

– Ratuj się pan! – wrzasnął Adaś po francusku. – Może pan dopłynie!

– Do brzegu niedaleko! – zawył Staszek jakimś bolesnym głosem. – Do wody, chłopcy!

Francuz zerwał się z wielkim trudem i ogarnąwszy jednym spojrzeniem położenie, zaczął szukać wzrokiem brzegu. Dotąd leżał z głową opartą na kolanach maleńkiego chłopczyny, co miał ze czternaście lat i był „praktykantem" wśród „starych" wygów. Chłopak krzyknął z bolesną rozpaczą. Francuz spojrzał na niego dziwnym wzrokiem i bez namysłu chwyciwszy go wpół, runął z nim do wody. Musiał cierpieć straszliwie, gdyż twarz miał wykręconą konwulsyjnie. Omdlewał, lecz nie puścił chłopca. Utrzymywał go ponad topielą lewą, wykręconą ręką, prawą bił wodę spazmatycznymi ruchami. Fala zalała go raz i drugi raz, lecz on, w jakiejś oszalałej zawziętości, wygrzebywał się spod niej i bełkocąc niezrozumiałe słowa, płynął.

Na wodzie uczynił się rozruch i zamęt. Płynęli wszyscy z rozpaczliwym wysiłkiem, drapieżnie chwytając się życia jak urwistego brzegu. Już niedaleko... Już niedaleko... Szostak macha wciąż latarką... Woda kipi i gotuje się, lecz coraz więcej na niej białych, zmąconych pian, więc tu już zapewne płytsza. Wreszcie któryś z topielców zatrzymał się i musiał sięgnąć nogami dna, gdyż wynurzył się z wody do pasa.

– Tutaj! Tutaj! – darł się wielkim głosem.

Podpłynął do niego Adaś i również stanął na nogach.

– Gdzie Francuz? Gdzie Francuz? – pytał gorączkowo, wylewając słowa z ust razem z wodą.

– O, tam, tam... niedaleko... Dźwiga chłopca!

„Bohaterski człowiek!" – pomyślał Adaś i zaczerpnąwszy oddechu, rzucił się raz jeszcze na głębszą wodę, wołając: – Niech się pan trzyma!

Po chwili ujrzał przed sobą trupio bladą twarz Francuza tulącego małego chłopczynę. Podał mu rękę i ciągnął na płyciznę.

– Są wszyscy? – wołał Burski.

– Wszyscy!... Wszyscy!

– Pomóżcie mi! – krzyknął Adaś.

Dzielnego Francuza wyniesiono na brzeg.

Stężała dotąd jego twarz rozprężyła się, gasnącym spojrzeniem uśmiechnął się do chłopczyny, którego ocalił, i zemdlał z wyczerpania.

– Morowy chłop! – rzekł Burski. – Daj mu, Boże, zdrowie! Do obozu, prędko do obozu! O, Szostak pędzi…

Szostak pomyślał w pierwszej chwili, że jeden z tych piorunów, co wyrżnęły w ziemię podczas niedawnej burzy, musiał uderzyć w jego głowę, czego on przez dziwne roztargnienie nie zauważył. Zdawało mu się bowiem w tej chwili, że zwariował z kretesem i bez żadnej nadziei na poprawę. Ujrzawszy Adasia, chwycił się za głowę i wykonał skok tak wspaniały, jakiego nie widuje się często nawet wśród pcheł. Potem wydał z siebie wysoki skowyt: najwyższy ton nagłego i przeraźliwego szczęścia. Wpadł w otwarte ramiona Adasia i zaczął płakać jak dziecko.

– Jak się masz, jak się masz? – mruczał Adaś wzruszony. – Jak ci się powodzi, Czarna Nitko? Już dobrze, już dobrze… Au! – krzyknął niespodzianie, poczuwszy na szyi gorąco. – Przysmażyłeś mnie latarką!

Wszyscy gadali w ogromnym podnieceniu, na które władczą rękę położył Staszek Burski.

– Trzeba ratować tego człowieka! – zawołał. – Szostak! Jest jaki suchy koc?

– Jest!

– Dawaj go tu!

Położono Francuza na kocu, czterech topielców chwyciło za cztery rogi i pędem ponieśli go do namiotu. Napojono go gorącą herbatą i natarto z taką serdeczną gorliwością, że Francuz ożył czym prędzej.

Deszcz przestał padać i gwiazdy, doskonale wymyte, przeto jak gdyby jaśniejsze, zaczęły mrugać ponad światem. A w obozie zapłonęło ognisko, również jak gwiazda. Godzina była dziesiąta.

Adaś, należycie osuszony, wydobył z kieszeni papiery i również je osuszył. Potem odbywszy cichą naradę z komendantem, „wziął słowo" i rzekł:

– Dziękuję wam, najdroższe chłopaki, żeście uratowali życie mnie i temu panu...

– Nie ma za co! – oznajmił tatarski czambuł.

– Teraz my z kolei podziękujemy jemu za to, co on uczynił... Panie! – zwrócił się do Francuza. – Nie wiem, kim pan jest... Ale teraz wiemy wszyscy, że jest pan prawdziwym Francuzem. Sam w śmiertelnym niebezpieczeństwie, ocalił pan naszego towarzysza. Wspaniale pan postąpił, wspaniale! Dziękujemy panu z całego serca... Nie opuścimy pana, oczywiście! A tu są pańskie dokumenty i czeki!

– Och, och! – zdumiał się Francuz.

„Obóz" nie rozumiał wprawdzie potężnego przemówienia i nie wiedział, co mają oznaczać te małe, nad ogniem wysuszone książeczki, lecz wysłuchawszy wszystkiego w uroczystym skupieniu, kiwał poważnie licznymi głowami.

– A teraz, mili towarzysze – mówił Adaś – mam do was wielką prośbę. Za waszą sprawą wydobyłem się ze srogich tarapatów, lecz tarapaty jeszcze się nie skończyły. Jak mi mówił Staszek, jest wam wszystko jedno, pod jakimi nocujecie gwiazdami. Ja muszę wiać stąd czym prędzej... Czy powędrujecie ze mną?

– Do piekła! – wykrzyknął z zapałem Szostak.

– Może być, że i do piekła...

– Kiedy idziemy?

– Myślę, że o wschodzie słońca... Niedaleko... Do wsi Bejgoły...

– Da się zrobić! O świcie obóz będzie zwinięty. A co z tym panem?

– Z tym jest największa trudność. Musimy go gdzieś zostawić pod dobrą opieką. Nie miałbym chwili spokoju, gdyby jemu miało co grozić. Staszek, radź, bracie, co robić?

Staszek Burski od długiej chwili już grzebał w przepaścistej głowie.

– Ja mam myśl – mówił powoli. – Sprawa jest taka: tę nieszczęsną łódź, która leży na dnie wody, pożyczyłem od księdza. Wprawdzie był to już wodny karawan, ale musimy księdzu za nią zapłacić. Muszę do niego zajść. Zacny to jest człowiek i machnie na wszystko ręką, ale pójść trzeba. Chyłkiem nie ucieknę... Myślę przeto, czy nie dałoby się pana Francuza ukryć u księdza?

– Wybornie! – zawołał Adaś. – Ale czy się zgodzi?

– Widziałem – mówił Burski – jak przed kilku dniami owijał bandażami zranioną nogę jakiegoś włóczęgi, którego potem karmił w swoim biednym domu przez trzy dni. Włóczęga odchodząc, zabrał mu tylko dwie kury, bo staruszek nie miał ich więcej. Widziałem też, jak w koszyku nosił do biednej wioski kilka bochenków chleba, a przysięgam, że sam musiał być głodny, bo się ledwie wlókł. Widywaliśmy go często tutaj nad wodą, bo łowił ryby, lecz nigdy żadnej nie ułowił, gdyż nie przywiązywał do wędki haczyka, pewnie dlatego, aby ryby nie zranić. Siedział godzinami na brzegu i serdecznie namawiał ryby, aby się zechciały przyczepić do sznurka, na którym wisiała na przynętę skórka chleba. Kochane człowieczysko, tylko zbyt poczciwe i wielki już staruszek.

– Daleko stąd mieszka?

– Niedaleko. Spoza wzgórka widać biedniutki kościółek i mizerny domek.

– A nie byłoby za późno, gdyby zajść do niego o tej porze?

– O siódmej wieczorem też byłoby za późno! Biedaczysko idzie spać o zmroku, gdyż żałuje na naftę. Zamiast nafty dla siebie można kupić chleba dla innych.

– Są jeszcze tacy ludzie... – rzekł Adaś wzruszony. – Mój Boże!

Zwrócił się do Francuza, co odpoczywał z zamkniętymi oczami, i opowiedział mu pokrótce, co uradzono.

– Dobrze! Dobrze! – rzekł Francuz. – Tu niebezpiecznie... Tu bardzo niebezpiecznie... Oni tu przyjdą.

– Więc my odejdziemy stąd przedtem. Staszek! Jak my to wszystko urządzimy?

Burski podrapał się w hetmańską głowę i wygrzebał z niej wojenny plan:

– O świcie zwiniemy obóz i pojedziemy, dokąd każesz. Teraz zaprowadzimy tego pana do księdza. Za godzinę będziemy z powrotem. Czy możemy wyruszyć w tej chwili?

– Oczywiście! – rzekł Adaś. – Gdyby jednak można przedtem... tak cokolwiek... Od rana nic nie mieliśmy w ustach...

– O, rany! – wrzasnął Staszek. – Szostak, słyszysz?

Szostak dał już nurka do namiotu i grzebał w nim skwapliwie.

– Trochę zamokło... – mówił zdyszany. – Czekolada... Chleb...

– Zjadłbym i kamień – śmiał się Adaś. – Byle miękki.

Najpierw nakarmił Francuza, potem sam machnął kilkakrotnie szczękami jak młody wilk.

– Teraz jestem gotów do najstraszliwszych czynów... W drogę, panowie! Czy pan będzie mógł iść o własnych siłach – zapytał Francuza.

– Spróbuję. Jest mi bardzo przykro...

– Mówić nie warto! – przerwał mu Adaś.

Wraz z Burskim ujęli go pod ręce i uszli kilka kroków.

– Nie da się! – rzekł Burski. – Ten człowiek jest okropnie wycieńczony.

Francuz, poczuwszy dotkliwy ból w ręce, syknął w pierwszej chwili, lecz zaraz potem zacisnął zęby, aby niczego po sobie nie pokazać.

– Tak, nie da się w ten sposób! – przyświadczył Adaś. – Bracia Polacy! Trzeba będzie nieść tego dzielnego człowieka.

– Ja poniosę! – zgłosił się na pierwszego ochotnika ocalony przez Francuza chłopczyna.

– I ty też, i ty też!... Bądź spokojny, krzywda ci się nie stanie.

Nieśli go na zmianę, zachowując wszelkie ostrożności, aby go nie urazić. Droga była uciążliwa, gdyż krętą ścieżką wlokła się pod górę. Świat zalała powódź wilgotnej ciemności, więc idący na przedzie oświetlał drogę latarką.

– Już niedaleko – rzekł znużonym głosem Burski. – Za tym zagajnikiem...

Zaczerniła się sylwetka maleńkiego, drewnianego kościółka, takiego ubogiego przybytku, w którym Pan Bóg najchętniej przebywa i do którego czasem w dzień pogodny wlatują jaskółki i pszczoły. Obok stał domek, przed którym tkwiły na warcie dwa wyniosłe słoneczniki. W niewielkim oddaleniu bieliły się chłopskie chałupiny jak gromada białych owiec na łące.

– Przystańcie, a ja zapukam – rzekł cicho Burski. – Żal mi budzić staruszka, ale co robić?

Uderzył lekko palcem w szybę okna i nasłuchiwał.

– Trzeba mocniej...

Po długiej chwili mignęło w oknie chude światełko. Skrzypnęły drzwi i stanął w nich rumiany starowina w białym obleczeniu jak przyjazny duch.

– Święci młodziankowie! A co się stało? – zapytał, wypatrując w mroku.

– Harcerze przynieśli chorego człowieka! – oznajmił Burski. – Czy ksiądz dobrodziej zechce go przyjąć?

– Aaa! – zdumiał się staruszek. – Żyjecie jeszcze! Nie potopiliście się?

– My nie, ale łódź, księże proboszczu, leży na dnie – rzekł Burski z odrobiną strachu w głosie.

– Niech spoczywa w spokoju! – powiedział ksiądz. – Prawdę powiedziawszy, to nie była łódź, lecz arka Noego. A który z was jest chory?

– Z nas żaden. To obcy: Francuz.

– Święci młodziankowie! Skąd Francuz?

– Wszystko księdzu dobrodziejowi opowiemy. Czy można go wnieść?

– Ależ tak! Ależ tak! Tędy...

Staruszek podreptał szybko do izby i mościł jakieś posłanie.

– Tu go połóżcie, święci młodziankowie... A co jemu jest?

– Rękę ma zwichniętą. I omalże się nie utopił, a jednego z nas wyratował...

– Taka to ryba? Patrzcie: Francuz! A czy on katolik?

– Zapewne...

– Tutaj go kładźcie. Poduszkę pod głowę... Mam tylko jedną, ale wyborną, bo wypchaną kogucim pierzem. Tak, tak dobrze! A ten młodzianek, kto on taki? Jego jeszcze nie widziałem – mówił, patrząc z życzliwym uśmiechem na Adasia.

– Nasz przyjaciel, proszę księdza.

– Ja bardzo chciałbym z księdzem proboszczem pomówić na osobności! – rzekł Adaś z powagą.

Ksiądz Kazuro, tak się zwał, zdumiał się odrobinę. Potem się uśmiechnął słodkim, rumianym uśmiechem.

– Chodź ze mną, młodzianku święty, do drugiej izby, a nie lękaj się myszy, bo bardzo oswojone.

Ksiądz wdział na siebie jakiś nieszczęsny płaszcz, który – sądząc z wieku – mógł być połową opończy świętego Marcina, i zapaliwszy drugą, dychawiczną świeczkę, uczynioną z wybornego łoju, powiódł go do maleńkiej izdebki obok. Długo tam z sobą gadali.

– Arabska awantura, święci młodziankowie! – mówił ksiądz Kazuro, powróciwszy do zgromadzenia. – Już wiem wszystko... Tego Francuza przechowam u siebie i ciałem własnym go zasłonię, ale tak myślę, że go u mnie szukać nie będą. Pan Adam też tutaj pozostanie na noc, a wy, święci młodziankowie, czyńcie, co macie czynić.

– Stasiu! – mówił z pośpiechem Adaś, odprowadziwszy Burskiego na stronę. – Teraz niech twoja armia idzie spać, ale śpijcie czujnie jak zające. O świcie wybierzcie się w drogę i podążajcie do wsi Gąsowskich, do Bejgoły. Rozbijcie obóz za parkiem, nad strumieniem. Ja wyruszę też o wschodzie słońca, ale inną drogą. Spotkamy się w Bejgole. A teraz dawaj pyska, mandrylu!... Raz jeszcze dziękuję ci za życie!

Uścisnęli się, po czym Burski żegnał się z księdzem.

– Niech was Bóg prowadzi, święci młodziankowie! – rzekł ksiądz.

– Czuwaj! – krzyknęła gromada.

– Oczywiście, że będę czuwał – odpowiedział staruszek, cokolwiek zdumiony, że ta przyjemna hałastra nakazuje mu to tak gromko i obcesowo.

Wymknęli się w noc jak ruchliwe cienie.

Ksiądz Kazuro przyjrzał się Francuzowi i mówi:

– Biedaczyna jest przeraźliwie wymizerowany. A po jakiemu on gada?

– Po francusku. Trochę też po rosyjsku... – odparł Adaś.

– A po łacinie nie umie?

– Wątpię.

– W takim razie będziemy sobie gadali na migi, bo ja ani po francusku, ani po rosyjsku... A co jemu dać jeść? Nie chcę go dotknąć, ale kiedyś słyszałem, że Francuzi, młodziankowie święci, żaby jedzą. Czego to ludzie o ludziach nie wymyślą...

– On będzie wszystko jadł, jeśli tylko będzie mógł, proszę księdza dobrodzieja. Najlepiej będzie, jeśli będzie pił mleko.

– *Eh bien, du mleko!* – szepnął Francuz, bacznie się przysłuchujący.

„Gada dosłownie jak Napoleon pod oszmiańska karczmą – pomyślał Adaś. – Usłyszał znane słowo i zrozumiał".

– Co on powiedział? – zdumiał się ksiądz Kazuro.

– Powiada, że będzie pił mleko.

– Patrzcie, patrzcie, młodziankowie święci! Toż to zupełnie jak po polsku, bo i ja zrozumiałem. Zobaczymy jego rękę!

Ostrożnie, łagodnymi ruchami obnażył rękę Francuza, dotknął jej w kilku miejscach i pomrukiwał:

– Ja i lekarzem jestem w mojej wsi... Nastawiam złamane ludzkie nogi, a gdy krowa obje się wilgotnej koniczyny i brzuch jej wezdmie, ja też robię operację. Zębów tylko nie rwę, bo nie mam do tego serca. Od razu mnie mdli... Zęby u nas wyrywa kowal, który do wielkiej doszedł wprawy... Ale mu ta ręka napuchła, ho, ho! Trzeba będzie zrobić okład, a jutro zawołam jakiegoś mocnego chłopa, to mu ją naciągnie. Jest tu u nas jeden taki, bardzo mocne chłopisko, i dobrze to robi. Trzeba tylko uważać, aby ręki z kretesem nie wyrwał, bo bardzo jest zapamiętały we wszystkim, co robi... Nacierpiał się Francuz, nieboraczek, nacierpiał! Czy wyście go nieśli, młodziankowie święci?

– Najpierw tośmy go prowadzili, ująwszy pod ręce, ale musiało go mocno zaboleć, więc potem nieśliśmy go na rękach.

– Na noszach trzeba było, na noszach!

– Kiedy nie było...

– To choćby na desce, aby ręki nie urazić. Był tu przede mną ksiądz, który mi opowiadał to, co jemu opowiadał jego poprzednik. W sześćdziesiątym trzecim roku mieszkał w tym domku młody ksiądz, co się umiał obchodzić ze strzelbą. Na sto kroków trafiał. A jednego dnia zamknął kościółek i poszedł wojować do lasu. Pod Bejgołą go ustrzelili... To wieś panów Gąsowskich, niedaleko stąd... Śmierci był bliski, więc go Gąsowscy ukryli w małym domku w ogrodzie...

– W małym domku... w ogrodzie... – powtórzył Adaś jak echo.

– Tak, tak, święty młodzianku... Aż tu jednej nocy dają znać: „Moskale idą!”. Pan Gąsowski nie stracił ducha i woła, aby księdza wynieść i odnieść go tutaj. Ale jak wynieść? Śniegi były po szyję... Końmi nie można było przejechać. Więc zdjęli z zawiasów drzwi...

– O Boże! – szepnął Adaś.

– Nie opowiadam ci bajek, tylko prawdę czystą! Zdjęli drzwi, rzucili na nie grubą burkę, położyli księdza na drzwiach i tutaj przez las przynieśli. Dwadzieścia lat żył jeszcze.

– A te drzwi?... Co się stało z tymi drzwiami? – spytał Adaś bez tchu.

– Pan Gąsowski dał je księdzu na pamiątkę, bo plama od krwi na nich została. Teraz już jej nie widać, ale ja ją jeszcze pamiętam.

– Które to drzwi?

– Chciałbyś je zobaczyć? Po nocy ich nie ujrzysz, ale możesz to zrobić o świcie. Te sławne drzwi są teraz w małej szkółce, którą postawiłem przy boskiej pomocy. Ile razy je mijam, zawsze westchnę za spokój duszy tego księdza, co wojował w lasach. Ja bym nie umiał, bo się strzelby boję. A do zająca też bym nigdy nie strzelił, bo i zając boże stworzenie. Ale spójrz no, młodzianku święty! Twój Francuz śpi... Niech tu sobie śpi, niebożątko, bo jutro będzie miał ciężki dzień. My też chodźmy spać!

Spać? Adaś chciał śpiewać, a nie spać. Leżał z otwartymi oczami. Znużony, rozbity, zgorączkowany, dygocący jeszcze po straszliwych przejściach, zaglądał wciąż w okienko, czy się za nim nie jawi perłowy świt? Świt jednakże był jeszcze daleko. Stary jakiś kogut, bliski krewny słońca, wyśpiewał ochrypłym głosem północ.

„Nie usnę w żaden sposób!" – pomyślał Adaś.

Natura jednak, baba przeraźliwie mądra i doświadczona, ujrzawszy krnąbrnego chłopczynę, zarzuciła na jego rozpaloną głowę czarne chusty i zamroczyła go snem. Wyrywał się i „wierzgał przeciw ościeniowi", wreszcie jednak osłabnął i jak ciężki kamień poleciał w ciemną przepaść, na której dnie przespał się mocno aż do wschodu słońca.

– Młodzianku święty! – szeptał nad nim ksiądz Kazuro, gładząc go po głowie.

Adaś zerwał się i w pierwszej chwili patrzył na rumianego i siwego księdza jak na widmo, nie rozumiejąc, gdzie się znajduje, a zrozumiawszy, roześmiał się.

– Ależ spałem! – zawołał. – Byłbym przespał cały dzień. Co tam Francuz?

– Gadaliśmy sobie przez pół godziny bardzo serdecznie, tylko że nie wiem o czym. Przespał się i jest rzeźwiejszy. Zapytaj go, młodzianku święty, czego mu potrzeba, bo ja idę mszę świętą odprawić.

– A czy ksiądz dobrodziej pozwoli mi obejrzeć drzwi?

– A! Te drzwi z Bejgoły... Nie zapomniałeś?

Adaś chciał odrzec słowami proroka Jeremiasza, że „prędzej by język przyschnął do jego podniebienia", niżby on o tych drzwiach zapomniał. Z Francuzem pogada za chwilę...

Mały, ubożuchny budyneczek szkolny był otwarty, nikt bowiem nie był łasy na czarną tablicę i wyschniętą gąbkę. Obok szkoły płowy pastuszek pasł melancholijną i wielkooką krowę.

Serce drżało w Adasiu, gdy dotknął rękami długo szukanych drzwi: pokrzywił je reumatyzm starości i stoczyły je czerwie. Obejrzał je bacznie. Nic nie widać. Nie ma na nich żadnego napisu. Może z drugiej strony? Nie! Po drugiej stronie też nie ma nic.

Adasia ogarnął niepokój. Począł myśleć gorączkowo.

„Jeżeli oficer pozostawił na tych drzwiach jakiś znak, umieścił go zapewne w miejscu bardzo niewidocznym, aby go nikt nie dojrzał przez prosty przypadek. Trzeba szukać tego miejsca. Najpewniej w jakimś zagięciu... Nie ma, nie ma!... Ach! Może coś napisał lub namalował farbą, którą starto, niosąc drzwi przez lasy i śniegi, czego oficer nie mógł przewidzieć w żaden sposób? Tak, tego nie przewidział, musiał się jednak obawiać, że drzwi zostaną kiedyś wymyte i że gorąca woda z ługiem napis zetrze. Człowiek to był mądry i roztropny! Umieścił przeto napis w takim miejscu na drzwiach, do którego nie dotarłaby woda i groźniejsze od wody ludzkie spojrzenie. Gdzie jest na drzwiach takie miejsce?"

Adaś uderzył się ręką w czoło.

– Nie masz ty, chłopczyno, nożyka? – zapytał wyrostka, pogromcę leniwej krowy.

Okazało się, że łagodny chłopczyna posiada owo mordercze narzędzie.

Adaś począł żmudnie i cierpliwie odejmować szerokie, żelazne okucie, tworzące wcale zbyteczną zbroję znikomej dziurki od klucza. Sczerniałe żelazo wpiło się w sosnowe miękkie drewno i wżarło się w nie ostrymi brzegami. Odjął je wreszcie i ujrzał jasną bliznę na poczerniałym drzewie.

Serce w nim zamarło: są znaki!

Wyżłobione ostrym narzędziem, zapewne końcem noża, i napuszczone czarną farbą, jeszcze doskonale widoczną. Z zapartym tchem czytał powoli francuskie słowa:

W wielkim domu znajdziesz dwie malowane brody.
Nie patrz poza siebie.
Patrz przed siebie i czytaj w brodzie!

Przez chwilę stał osłupiały.

„A jednak biedny oficer musiał być w malignie – pomyślał. – Przecie to nie ma sensu!"

Półgłosem powtórzył kilka razy dziwaczne, „brodate" słowa. Z sensem czy bez sensu, trzeba ja zapamiętać i wyryć je w pamięci ostrym rylcem. Ponieważ mu się wydało, że słyszy w oddaleniu na żwirze kroki księdza, co przed mszą świętą poszedł pogadać z pszczołami, więc począł szybko zacierać kozikiem stary napis. Obłupał nim malowane słowa, aby ich już nikt nie mógł odczytać. Przyłożył na miejsce stare żelaziwo i wyszukawszy kamień przed szkołą, wbił nim rdzą przeżarte gwoździe.

Otarł pot z czoła i usiadł na progu.

Ksiądz Kazuro nadszedł wolnym krokiem.

– Chodź ze mną do kościoła, młodzianku święty! – mówił serdecznie. – Masz za co dziękować Panu Bogu!

– Mam, mam, kochany księże proboszczu! – zaśmiał się Adaś.

12

„Puk, puk w okieneczko…"

Panna Wanda wpadła do pokoju jak krogulec do gołębnika, wołając z daleka:

– List! Jest list od Adasia.

– Chwała Ci, Panie Boże! – zawołał profesor.

– Jakiś nieznany człowiek go przyniósł i oddał ludziom na polu.

– A na odpowiedź nie czeka?

– Nie! Powiedział, że burza się zbliża, więc mu śpieszno… Niechże stryjaszek prędko czyta.

Matematyk machnął lekceważąco ręką na znak, że mało go zajmują listy młodych urwipołciów, pani Gąsowska natomiast okazała żywe zainteresowanie.

Profesor zaczął czytać głośno, najpierw bardzo szybko, potem coraz powolniej. Skończył i spojrzał na wszystkich zdumionym wzrokiem.

– Dziwny list – rzekł po namyśle. – Jakiś sztuczny i wymyślny.

– O mnie nie raczył pamiętać! – zagrzmiał matematyk.

– Mniejsza o to! – rzekł profesor zniecierpliwiony. – Prawdę mówiąc, mógł napisać więcej. To serdeczne chłopczysko, a list jest niemalże oschły.

Odczytał go szeptem po raz drugi i nagle zakrzyknął:

– Ejże! Co to wszystko ma znaczyć?

– Co takiego, stryjaszku? – spytała panna Wanda z niepokojem.

– Adaś wie przecie, że nasza wieś zowie się Bejgoła? Wie czy nie wie? Czemu ją tedy nazywa „Ejgołą"? Ha!

Nikt mu tego nie umiał wytłumaczyć, dlaczego Adaś dopuścił się takiego zaniedbania czy roztargnienia.

– Bawi się, więc mu wyleciało z głowy! – huknął brodaty.

– On nie jest taki! Ejgoła... Ejgoła... Ale w tym liście dziwniejsze jeszcze znajdują się rzeczy. Powiedzcie mi, kim jest ta „pani Maria", za którą mu tak tęskno?

– Może o mnie myślał? – zaszemrała dobra pani Gąsowska.

– Przecie tobie na imię Ewa?

– Mógł zapomnieć...

– On?! Nie, on by nie zapomniał. A mówił do mnie dziesiątki razy: „pani Ewa prosi na obiad...", „pani Ewa jest zmęczona..." Nie, nie! W tym coś tkwi, ale co? Jak myślisz? – zapytał, zwracając się do matematyka.

– Pokaż mi ten list! – zagrzmiał brat.

Przyjrzał się bacznie pismu i mówił:

– Nie to mnie dziwi, że pomieszał imiona... Mógł naprawdę zapomnieć. Wiatr hula po młodej głowie... Zastanawia mnie jednak szyk tych kilku zdań, porwany, krótki, istotnie jakiś sztuczny. I zastanawiają mnie te nierównej długości wiersze. Żaden prawie nie dociera do samego brzegu kartki i czym prędzej przenosi się na lewą stronę. Zazwyczaj piszący dociera ze swym słowem do brzegu, a skoro mu miejsca nie starczy, dzieli słowo i drugą jego część przenosi. Tak podobno czyniono za moich czasów. Ten młodzieniec jednak nie podzielił żadnego słowa. Zaraz!... Czuj duch! Dlaczego on tak uczynił?

– Musiał mieć w tym jakiś cel! – rzekł profesor z pośpiechem. – On zawsze ma jakiś cel!

Matematyk nie zwracając uwagi na okrzyk profesora, zagłębił się w dociekaniu.

– Twierdzicie uparcie, że to mądra głowa. Przyjmijmy to jako pewnik. Przeto mądra głowa pisząc zamiast Bejgoła – Ejgoła, pragnie, aby na to zwrócono uwagę. Tak czy nie?

– Możliwie! Możliwe! A skądżeż znowu ta Maria?

– Przypuszczam, że Maria zjawiła się z tego samego powodu. Albo też nie! Maria musiała mu być potrzebna! Potrzebna, mówię! Jeśli nie cała, to przynajmniej... Tak, tak! – zakrzyknął z triumfem, powiewając listem. – Tak samo jak mu była potrzebna Ejgoła. E było mu potrzebne i M było mu potrzebne... Ależ to lis, to lis! Patrzcie i czytajcie pierwsze litery z góry ku dołowi.

Profesor czytał powoli i dobitnie:

Strzeżcie DOMU

– O Boże! – krzyknęła pani Gąsowska. – Co to znaczy?

– Jest to akrostych* – objaśnił wielkim grzmotem matematyk. – Ułożył go pono nawet Wergiliusz w „Eneidzie", jeśli to nie zwykły przypadek. Nasz przyjaciel użył go celowo... Prosta sztuczka! Trudniejszą jest kwadrat magiczny, znany od wieków. Słynny jest wyraz „sator". Patrzcie!

Na odwrotnej stronie listu Adasia napisał ołówkiem:

s a t o r
a r e p o
t e n e t
o p e r a
r o t a s

* Akrostych – utwór wierszowany, w którym początkowe litery wierszy tworzą razem wyraz lub zdanie.

– We wszystkich kierunkach czytane, z góry na dół, z dołu do góry, od lewej ku prawej i od prawej ku lewej stronie, zawsze się złoży: „sator – arepo – tenet – opera – rotas". Ciekawe, co? Taką samą sztukę matematycy arabscy czynili z liczbami. Napiszmy takie na przykład:

4 9 2
3 5 7
8 1 6

Dodawaj, w którą chcesz stronę, i na ukos, zawsze wypadnie suma: 15. To wyborne!

– A cóż ma jedno z drugim? – zawołał profesor.

– Nic! Ale chciałem was pouczyć przy sposobności. Sprawa pism tajemnych, anagramów*, kryptogramów*, akrostychów i kwadratów magicznych nie jest mi obca, dlatego tak łatwo wpadłem na ślad podobnej sztuczki w tym ciekawym liście. Wam nie przyszłoby to do głowy!...

Profesor machnął ręką.

– Mniejsza o to! Rzecz w tym, dlaczego Adaś list taki napisał?! Dlaczego tak tajemniczo? Kto mu mógł zabronić, aby napisał wyraźnie: „Stało się to i to, więc strzeżcie domu!".

– Widać z tego – rzekł matematyk – że uległ czyjejś przemocy. Ktoś mu kazał napisać list, który miał nas uspokoić i uśpić naszą czujność. Jednakże sprytny chłopiec czujność tę obudził, przemyślnym nawołując nas akrostychem. *Periculum in mora!** Wandziu, idź obudź nocnego stróża, aby miał oko na dom. Krzywdy żadnej mu się nie wyrządzi, bo wyspał się w nocy. Ewo! Każ zamknąć

* Anagram – odwracanie wyrazów lub przestawianie sylab i głosek w ten sposób, aby otrzymać z nich inne wyrazy.

* Kryptogram – tajne pismo zawierające zamiast liter umówione znaki.

* *Periculum in mora* (łac.) – niebezpieczeństwo w zwłoce; hasło wyrażające potrzebę szybkiej pomocy.

wszystkie drzwi! Gdyby zauważono kogoś nieznajomego w pobliżu domu, uderz na alarm łyżką w patelnię. To będzie znak!

Niewiasty wybiegły, goniąc własny lęk.

– Ty, Pawle… – zagrzmiał matematyk, urwał jednak, spojrzawszy na mroczną twarz brata.

Pan profesor jak gdyby nie słyszał gromkiej komendy. Siedział skupiony i głęboko zadumany.

– „Strzeżcie domu!" – powtarzał niskim głosem. – „Strzeżcie domu!"… Oczywiście, będziemy go strzegli… Mądry chłopiec!… A wiesz, bracie – rzekł z niespodzianą dobitnością – co mi przychodzi na myśl? Mój znakomity uczeń posyłając nam to hasło, wiedział o jakiejś zamierzonej napaści lub o jakichś nieprzyjaznych knowaniach. Przypadkiem jednak uderzył tymi słowami w nasze serca.

– Nie widzę związku pomiędzy sercem i akrostychem!

– Nie widzisz?… W tym właśnie cała tragedia, że ty nie widzisz! Bracie! – rzekł gorącym głosem. – Nie gadałem z tobą o tym przez całe lata… Nie chciałem zwady, lękałem się twojej popędliwości… Wiesz, że cię kocham serdecznie, choć tego nie pokazuję…

– I cóż mi chcesz teraz powiedzieć? – zapytał podejrzliwie matematyk.

– Jesteśmy sami i nikt nas nie słyszy, więc możemy zrzucić z serca to wszystko ciężkie, co je tłoczy. Ostrzegawcze słowa tego chłopca odbiły się w mojej duszy głośnym echem. „Strzeżcie domu!" Czy my strzeżemy tego domu, w którym od trzystu lat kwitło i umierało, umierało i kwitło nasze życie? Uczciwe, proste, szlachetne życie wielu pokoleń. I ty, i ja przestaliśmy strzec domu, w którym jak w spichrzu przechowywano przez wieki zdrowe ziarno. Ja wyleciałem jak gołąb z arki, a ty czynisz wszystko, ale nigdy to, coś czynić powinien. Nasz dom się wali, rozsypuje się w gruzy, zapada się w ziemię. Niszczeje z nim to, co było zgrzebne, lecz uczciwe. Marnieje malutka komórka tego wielkiego, pracowitego ula, co jest ojczyzną. Marnieje i zniknie wreszcie jeszcze jeden chlebny warsztat, co żywił wiele ludzi. Maluczko a wygnają nas stąd...

– Nie może być! – zdumiał się matematyk.

– Może być, może! Nie tylko nas stąd wygnają, ale razem z nami i tę szlachetną dobroć, co mieszkała w tym domu, i pamięć spraw wielkich i wzniosłych, i tę dumę odwieczną, co się nie skalała nigdy czynem złym lub niskim. Ten dom był wylęgarnią ludzi nie doskonałych, bo takich nie ma na świecie, lecz czystych i uczciwych, których jest mało na świecie. A my jakże go strzeżemy? Tobie oddaliśmy go pod opiekę... Tobie... A ty zamiast pazurami wedrzeć się w tę odrobinę ziemi, zamiast na własnych barkach dźwigać ten dom jak Atlas* świat, obarczyłeś tą troską biedną, znękaną kobietę, a sam...

– Ja miałem wielkie plany... – mówił matematyk nad podziw spokojnie.

– Wiem, wiem... Lecz twoje plany były nie „wielkie", lecz „zbyt wielkie". Głowę miałeś w chmurach, ale nie czułeś gruntu pod nogami. Nie gniewaj się, miły bracie, że gorycz przemawia przeze mnie. Z miłości to mówię, nie ze złośliwości. Wiesz, co jest najgorszym wrogiem uczciwej polskiej natury? Dyletantyzm... Imanie się nie swoich rzeczy... Szlachetne partactwo... Godzien wielkiego szacunku jest szewc, który wybornie szyje buty, śmiechu natomiast wart jest taki szewc, co zaniedbawszy swojego rzemiosła, pisuje liche wiersze i usiłuje wiązać rymy jak kozie ogony. Ty grzebiesz się w wielkiej matematyce, uroiwszy

* Atlas – w mitologii greckiej jeden z tytanów skazany przez Zeusa na dźwiganie sklepienia niebieskiego na swoich barkach.

sobie, że zdumiejesz świat. Bez głębokich przygotowań, bez olbrzymiej wiedzy, zdobytej w spoconym trudzie, bez wytrzymałości, która potrzebna jest nawet geniuszowi, pragniesz dokonać czegoś, czego najtęższe nie mogły dokonać głowy. Ile lat strawiłeś na tym?

– Piętnaście – odrzekł matematyk ponuro.

– I co?

Brat targnął brodę i z niezmiernym trudem wyznał:

– Nie doszedłem do niczego... Nie myśl – dodał gwałtownie – że i mnie nie przychodziło na myśl to wszystko, o czym mówisz w tej chwili. Łudziłem się jednak... Widzę, że łudziłem się tragicznie. Wstyd mi się było przyznać... A nie wiedziałem, że z naszym domem jest tak źle. Przysięgam ci, że nie wiedziałem!

– Z gwiazd nie widać Bejgoły... A tymczasem twoja żona więcej wylała łez, niż ty wypisałeś matematycznych znaków.

– Jak to? Ona płakała?

– Myślę, że codziennie od lat piętnastu.

– Biada mojej głowie! – krzyknął matematyk.

– Były to jednak drobne deszcze przed wielką ulewą łez, co spadnie w owym dniu, w którym każą wam stąd odejść.

– Nigdy, nigdy! – wołał brat. – Połóż rękę na sercu i przysięgnij, że mówisz prawdę!

– Kładę rękę na sercu – rzekł uroczyście profesor.

Matematyk runął na krzesło wedle przepisu Danta „I upadł, jako ciało martwe pada". Dyszał ciężko i mocował się z duszą jak Jakub z Aniołem. Po długiej chwili zaczął mówić, tocząc słowa jak głazy:

– Dzisiaj jeszcze spalę moje papiery... Na nic mi one, skoro są oblane łzami... Partactwo, powiadasz? Precz z partactwem!

– Tak, tak! – rzekł profesor gorąco. – Wielkie rzeczy zostaw innym, co się na tym znają. Nie troskaj się o cudze sprawy... Świat da sobie radę bez ciebie! O drogi bracie! Strzeż domu, jak ci radzi ów wyborny chłopiec, Piotruś. Czy nie gniewasz się na mnie?

Matematyk, przedziwnie rozrzewniony, otworzył szeroko ramiona i przycisnął brata najpierw do brody, a potem do serca. Wykrzyknął jakieś słowa niezrozumiałe i podniósłszy w górę obie ręce, jakby tym ruchem chciał powstrzymać niebo, walące mu się na głowę, „były matematyk" wybiegł z pokoju.

Profesor patrzył za nim długo, potem westchnąwszy z wielką ulgą, poszedł na poszukiwanie Wandzi, aby się z nią naradzić nad umocnieniem lichej bejgolskiej twierdzy.

Obejrzeli wszystkie drzwi i zamknęli na zasuwę drzwi od wejścia, chociaż dzień dopiero szarzeć poczynał i wieczór był jeszcze za lasem. Spuścili starego psa z łańcucha i namawiali gorąco, aby przynajmniej udawał jaką taką grozę, pies jednak spojrzawszy na nich jednym okiem – zasnął.

– Pierwej jego buda zaszczeka niż on! – rzekł zgorszony profesor. – Ale co to? Grzmi?

– Nie, to tatuś wydaje jakieś okrzyki...

Po niedługiej jednakże chwili zagrzmiało naprawdę i błyskawica rozorała pociemniałe niebo od wschodu do zachodu. Wielkie drzewa skłoniły się sobie w szumnym pokłonie, jak gdyby żegnały się przed śmiercią. Ptactwo poczęło krążyć w niespokojnym locie, szukając kryjówek. Artyleria niebieska z hukiem zajeżdżała na pozycje na najwyższym wzgórzu, uczynionym przez chmury. Błyskawice latały jak sztafety. Wreszcie huk zwalisty, potworny, nagły i taki wielki jak cały świat dał znak do rozpoczęcia bitwy czarnych, skłębionych mocy.

– Koniec świata! – rzekł profesor.

– Co robi w tej chwili Adaś? – zapytała Wandzia bardzo cicho.

– Niech mu Bóg pomaga – westchnęła pani Gąsowska.

Pan Bóg, wysłuchawszy serdecznej tej prośby, oświetlał tymi samymi błyskawicami więzienie Adasia.

Burza toczyła się leniwie, zanim zapadła w zachodnią czeluść nieba. A nikt o tym nie wiedział – bo profesor przypuszczał tylko – że burza, jeszcze sroższa, szaleje w duszy brodatego męża. Jak czarnoksiężnik, w którego komnacie harcuje horda szatanów, siedział on wśród kłębowiska chmur, co się wiły dokoła jego głowy. Otworzył piec i wetknął w zachłanne jego gardło zapisane karty papieru. W rozpaczliwym porywie pragnął ręką schwytać rozpaloną błyskawicę na niebie i tą pochodnią lucyferową podpalić w piecu. Ponieważ jednakże błyskawice wiły się jak śliskie, nieuchwytne węże, więc uśmiechnąwszy się boleśnie, użył do tego celu marnej zapałki. Przytknął ją do papieru i patrzył z kamiennym spokojem, jak płomień najpierw polizał papier, jak pies – czerwonym ozorem, a potem zaczął go pożerać bez pośpiechu, zgoła niechętnie. Ogień zjada z lubością jedynie listy miłosne. Stare gazety, rachunki i akta zjada z opryskliwym trzaskaniem, mocno dymiąc. Za oknami ulewa zalewała świat, ale na myśl jej nie przyszło, aby choć jedną kroplą zalać to całopalenie.

„To moje życie płonie! – pomyślał czarno »były matematyk«. – Ha! Oczyszczam duszę w ogniu!"

Machnął ręką i poszedł spać.

Spał głęboko, chociaż już dzień się rozzłocił, jasny i czysty po wczorajszej burzy.

W tej chwili rozbrzęczał się rozpaczliwy głos patelni, gwałtownie bitej po wydętym brzuchu.

– Alarm! – zakrzyknął „były matematyk", zrywając się z łoża jak dzik z legowiska na odgłos strzału. – Alarm! Wróg się zbliża... Co się stało? – spytał gromko, gdy Wandzia wetknęła głowę przez drzwi.

– Jakiś obcy! – zameldowała.

– Zbójca?

– Nie! Chłopiec... Harcerz... Powiada, że od Adasia!

– Wpuścić! Wołać stryja! – rozkazał.

Staszek Burski zdumiał się niezmiernie, że go z takimi przyjmują honorami, choć zamiast biciem w bębny biciem w patelnię.

– Na Boga! Ja znam tę twarz! – zawołał profesor na jego widok. – Chłopcze! My musieliśmy się już spotkać kiedyś w życiu?

– Tak jest, panie profesorze – odparł Staszek wesoło. – W ostatnim roku siedziałem z Adasiem na jednej ławce.

– Zdumiewające! Góra z górą się nie zejdzie... Skąd przybywasz, jakie przynosisz wieści?

– Najdziwniejsze!

Cokolwiek onieśmielony, że słucha go tyle osób, począł opowiadać wspaniałą historię, pełną jęków w podziemnym lochu, burzy, piorunów, złych ludzi, wściekłej wody, co zatopiła łódź, a przede wszystkim pełną... Adasia. Gdy nabierał oddechu przed nowym rozdziałem piekielnej awantury, słuchacze wydawali okrzyki podziwu, zdumienia lub grozy. Profesor spozierał po słuchaczach, wołając każdym spojrzeniem: „A co? Nie mówiłem?". Emerytowany matematyk pomrukiwał pomrukiem zadowolonego lwa. Damy wyrażały swój podziw zamykaniem oczów, jak gdyby nie mogły patrzeć w mroczną twarz grozy.

– Adaś zjawi się tu lada chwila – mówił Burski. – Jakeśmy się umówili... Może nawet już jest w naszym obozie, aby za dnia nie wchodzić do domu, bo go mogą pilnować... Bo my, proszę pani, z polecenia Adasia założyliśmy obóz poza parkiem, nie zapytawszy nawet o pozwolenie...

– Załóżcie go nawet w samym parku! – rzekła serdecznie pani Gąsowska.

– Bardzo dziękuję... Jeżeli jednak, proszę pani, zginie na folwarku jaka kura lub kaczka, niech to nie idzie na nasz rachunek, bo my nie jadamy mięsa.

– Ale jabłka jecie, co? – huknął pan Iwo.

– Z przyjemnością – uśmiechnął się Burski.

– Cały sad do was należy!

– Bardzo dziękujemy – rzekł chłopiec, przymykając oczy z zachwytu. – Co mam powiedzieć Adasiowi, gdyby był w obozie?

– Że czuwamy i że czekamy go całym sercem! – zawołał szybko pan profesor.

Burski wymknął się z domu kuchennymi drzwiami i przelazłszy przez mizerny mur chiński, jakim jest płot, dał nurka w zarośla.

Profesor pozostał z Wandzią, aby raz jeszcze odbyć przegląd przygód Adasia. Nie wymawiał zwykłych słów, lecz je sadził jak wyniosłe cyprysy, każde bowiem było wykrzyknikiem, wykrzyknik zaś przypomina kształtem to strzeliste drzewo.

– Dzielny chłopiec! – tak wołał. – Mądra ryba!... I wszystko dla nas!... Dla obcych!... Mogli mu tam łeb ukręcić, a on nic! Nowe pokolenie! Odważne pokolenie!

Spojrzał na dziewczynę z nagłym zajęciem i zapytał, zdumiony:

– A ty czemu płaczesz jak głupia?

– A skąd ja mogę wiedzieć, dlaczego płaczę? – rzekła Wandzia, oblewając słowa rzęsistymi łzami. – Stryjaszek niczego nie rozumie!

Wybiegła z pokoju, gubiąc łzy po drodze.

Stary profesor wzruszył ramionami, dziwując się tej niezgłębionej tajemnicy: płacze, a sama nie wie dlaczego? I jeszcze się zżyma, że on nie rozumie tego, czego i ona nie rozumie.

– Salomon też by nic nie rozumiał – pocieszył się profesor.

Oczekiwał Adasia przez cały dzień, lecz go się nie doczekał. Ani on, ani inni, niecierpliwie czekający. A panna Wanda przypominała marcowy dzień, co to popłacze odrobinę, osuszy łzy błyskiem słońca i znowu popłakuje.

– Ujrzymy go jutro o świcie! – pocieszył ich profesor.

Gdy legł na łoże, westchnął siedem razy, bo nigdy nie wzdychał do pary, zgasił świecę i zanurzył się w sen jak w ciepłą wodę. Nagle mu się wydało, że ktoś leciutko stuka w szybę. Nie mógł przez dłuższą chwilę zrozumieć, czy to naprawdę ktoś puka, czy to tylko jego serce, oczekując gwałtownych zdarzeń. Nie, to nie serce! Więc ostrożnie zwlókł się z łoża i ostrożnie zbliżył do okna. Ten ktoś za oknem, ujrzawszy blade widmo w nocnej koszuli, zaczął mu dawać znaki, a znaki były przyjazne.

– Adaś, jak mi Bóg miły! – szepnął profesor.

Otworzył okno w wielkiej cichości i wyciągnął ręce.

– Panie profesorze! – szepnął Adaś. – Czy mogę wejść przez okno?

– Czemu przez okno?

– Mógłby się ktoś obudzić. I Staszek Burski jest ze mną...

– Właźcie prędko!

– Niech pan profesor nie zapala światła... My widzimy w nocy jak koty... Staszek, właź!

Po chwili zaczęły latać w ciemności gorące szepty:

– Panie profesorze! Znalazłem drzwi!

– Nie może być!

– I drzwi znalazłem, i napis. Wszystko wiem! Teraz trudno o tym opowiadać. Ja tylko na chwilę. Panie profesorze najdroższy! Niech pan teraz o nic nie pyta, bo nie mamy czasu. Czy w domu wszyscy śpią?

– Być może, że tylko Wandzia płacze... Przez cały dzień dzisiaj płakała...

– Och! – westchnął Adaś cichutko.

Przez moment milczenie nasiąkało mrokiem, po czym Adaś zaczął mówić:

– Niech pan profesor będzie taki dobry i pójdzie zobaczyć, czy kto nie śpi? We wszystkich oknach ciemno, ale trzeba być ostrożnym.

– Nie rozumiem, o co idzie, ale pójdę. Dziwne rzeczy, dziwne rzeczy!

Jak białe widmo w długiej koszuli, tak długiej jak opowieści o duchach, zniknął za drzwiami.

Obaj chłopcy oczekiwali jego powrotu.

– Czemu panna Wanda przez cały dzień płakała? – spytał Staszek szeptem.

– Skąd ja mogę wiedzieć?

– Śliczna dziewczyna... – szeptał Burski rozmarzony.

– Staszek! Ja...

– Nie kończ! Rozumiem... Byłbym ostatnia małpa... Cicho! Pan profesor powraca...

Biały duch, tym się od zawodowego ducha różniący, że nie kłapał zębami i nie chrzęścił piszczelami, wsunął się do pokoju.

– Cały dom śpi! – oznajmił. – A co teraz?

– Teraz my pójdziemy na strych, a pan profesor niech stoi na czatach. Gdyby schody skrzypnęły i gdyby się kto obudził, niech go pan profesor uspokoi.

– Na strych? Teraz? Piotrusiu! Gdybym nie wiedział, że jesteś przy zdrowych zmysłach...

Adaś zaśmiał się cichutko.

– Niech pan profesor będzie spokojny. Staszek!... Miej latarkę w pogotowiu... Tędy!

Profesor usiadł na łóżku i łowił uchem każdy szmer.

„Czego oni szukają o północy na strychu? – rozmyślał zaniepokojony. – Straszny chłopiec! Jakaś wielka przygotowuje się awantura... Długo nie wracają... Nic nie słychać... Oho! Są..."

– Wszystko w porządku, panie profesorze – szeptał Adaś rozradowanym szeptem. – Bardzo przepraszam za obudzenie. Jutro się zjawię. Ach! Panie profesorze... Przyjdę ze Staszkiem rano w porze śniadania i wcale się nie będę ukrywał. Przeciwnie, o jedno proszę: niech pan profesor uczyni wielki zgiełk na moje powitanie. Taki zgiełk, żeby z daleka go słyszano. I niech pan profesor będzie zdumiony, że mnie widzi.

– Ja w ogóle będę zdumiony!

– O to idzie, aby nikt nawet nie przypuszczał, że ja tu byłem w nocy.

– Rozumiem! Mam być chytry!... Będę chytry. I będę się darł wniebogłosy. Zresztą gdybym ja tego zaniedbał, mój brat huknie tak, że słychać będzie na trzy mile. Co ty tu masz, chłopcze?

– Nic. Taki sobie drobiazg...

– Na strychu go znalazłeś?

– Tak. Przypomniałem sobie, że to widziałem, kiedyśmy zwiedzali strych. Pamięta pan profesor? Ale my już musimy iść – rzekł szybko, jakby unikając dalszych pytań.

– Znowu przez okno?

– „Z księżycem przez szpary!" – jak mówi Słowacki. Do widzenia, panie profesorze! Staszek, wyłaź pierwszy!

– Chłopcy, na Boga, dokąd wy idziecie?

– „Z dali w dal!", jak mówi poeta – zaśmiał się cicho Adaś.

– Nie żartuj, Piotrusiu! Czy nic wam nie grozi? Daj mi słowo, że się nie narażasz na niebezpieczeństwo!

– Oho! Staszek-ptaszek już wyleciał! – szepnął Adaś, nie odpowiedziawszy na bolesne pytanie. – Dobranoc, drogi panie profesorze! Niech pan cichutko zamknie okienko... I nikomu ani słowa...

– Piotrusiu!

„Piotrusia" jednakże już nie było. Dwa cienie, skulone i zgarbione, zaczerniły się na chwilę i wsiąkły w mrok jak dwie atramentowe plamy w bibułę.

– Boję się! – jęknął duch w długiej nocnej koszuli i wreszcie stał się podobny do zawodowego ducha, gdyż z zimna zaszczękał zębami.

13

Któż to z płaskiego nie chce jeść talerza?

– Na Boga! Co się stało? – spytała z trwożnym zdumieniem pani Gąsowska, kiedy nagle w połowie śniadania cichy zawsze pan profesor począł się drzeć jak opętany.

Wszyscy spojrzeli na niego z zatroskaniem, można było bowiem przypuścić, że czcigodny historyk postradał nagle zmysły. A on na nic nie zważając, potężnym wrzaskiem trwożył przyrodę, utkwiwszy spojrzenie w jeden punkt. Ponieważ śniadanie spożywano na ganeczku przed domem, więc wszyscy zwrócili oczy w stronę bramy, tam bowiem rozkrzyczany profesor ujrzał coś, o czym całemu oznajmiał światu.

– Adaś idzie! – zawołała panna Wanda i, porzuciwszy dary boże, pobiegła jak sarna.

– Ona go jeszcze pocałuje... – szepnęła ze strachem pani Gąsowska, widząc serdeczne powitanie.

– A cóż by w tym było złego? – rzekł profesor głosem już jako tako ludzkim. – Hej, chłopcy, prędzej tu do nas!

– „Ach, co widzę – tu śniadanie!" – mówił Adaś, z radosnym rżeniem wygłaszając wiersz Papkina z „Zemsty". – Staszek, do roboty!

Najpierw jednakże odbyło się powitanie wzruszające i rozrzewniające, zanim młodość poczęła pożerać razowy chleb, który wydaje zapach na ziemi najpiękniejszy. Pani Gąsowska patrzyła z rozczuleniem dobrej kobiety, która by wszystką młodość świata pragnęła przytulić do serca. „Były matematyk" pomrukiwał z zadowoleniem grzejącego się na słońcu niedźwiedzia, tym zaś bliższe prawdy było to porównanie, że w głębokiej misie złocił się na stole miód, złota krew lata... Fiołkowe oczy panny Wandy pociemniały i zwilgotniały.

„Czemu ta dziewczyna ciągle płacze? – pomyślał profesor. – Dziwnym stworzeniem jest kobieta! Smutno jej było – płakała, teraz znowu płacze, bo jej wesoło. Jest to ponad rozumne pojęcie, że dwa odmienne uczucia kobieta umie tym samym wyrażać sposobem..."

Adaś opowiadał nadzwyczajne historie, słuchano go zaś w głębokim milczeniu.

– Mamy wielkie nowiny! – ogłaszał donośnym głosem. – Bardzo wielkie nowiny... Udało mi się poczynić niezwykłe odkrycie... Żadnej w tym nie ma mojej zasługi, gdyż więcej zdziałał przypadek. Nie jestem jeszcze pewny, lecz prawie pewny! Jeśli moje obliczenia nie zawiodły, mogę powiedzieć, że wielka tajemnica napoleońskiego oficera została wyjaśniona.

– Mów ciszej, młodzieńcze! – ostrzegł go „były matematyk".

Adaś jednakże w zapale nie zwrócił wcale uwagi na roztropną przestrogę, gdyż mówił coraz głośniej:

– Znalazłem nowe dokumenty, o których istnieniu nikt nie wiedział.

– Gdzie je znalazłeś? – zapytał profesor.

– Podczas mojej wędrówki. Nie będę opowiadał, jak i gdzie, bo to nie ma znaczenia. Proszę państwa! Ja wiem, w którym miejscu oficer napoleoński zakopał to, co przyniósł ze sobą spod Moskwy.

– Nie może być! – zawołał profesor. – A może wiesz, co ze sobą przyniósł?

– Tego wiedzieć nie mogę. Dzisiaj o zmierzchu będziemy o wszystkim wiedzieli.

– Czemu dopiero o zmierzchu?

– Jasny dzień nie sprzyja podobnym sprawom. O zachodzie słońca poproszę panów, aby zechcieli udać się ze mną. Panie, niestety, będą musiały pozostać. Czeka nas robota gruba i ciężka.

Rzuciwszy rozpaloną pochodnię w łatwopalną słomę wyobraźni, skłonił się wdzięcznie i mrugnąwszy lewym okiem na adiutanta, Staszka Burskiego, zniknął z pola widzenia. Powiódł przyjaciela do swojej izdebki na tajną naradę.

– Widziałeś co? – zapytał cicho.

– Patrzyłem za każdy krzak i za każde drzewo, ale nikogo nie widziałem.

– Nadaremnie zrywałem sobie gardło – mówił Adaś w zamyśleniu. – Do wieczoru jednak daleko... Jak myślisz? Czy wiedzą już, że tu jesteśmy?

– Trudno na to odpowiedzieć. Nasza warta w obozie też niczego nie zauważyła, ale to nie jest żaden dowód. Jestem pewny, że jeżeli dotąd nas nie wyśledzili, wyśledzą nas w najbliższym czasie. To nie jest wielka sztuka... Uf! Ale jestem śpiący!

– Ja też. Noc była pracowita... Spać jednak nie będę, bo mam pełną głowę i muszę myśleć. Ty możesz się przespać, ale śpij z otwartymi oczami.

– To dobre dla zająca! – westchnął Staszek. – Dokąd się wybierasz?

– Znikam, bo mi będziesz chrapaniem przeszkadzał w zamyśleniu.

Adaś znikł dlatego przede wszystkim, że nie mógł spokojnie usiedzieć. Przygotowywał „wielką scenę", w zawiłym i mrocznym dramacie na wiele się ważąc. Trzeba mu było dla tej sceny romantycznego oświetlenia: tajemniczego mroku i ogromnych cieniów, więc czekał wieczora. Przekonany był, że obmyślił wszystko i że wszystko przewidział, wciąż jednak powracał myślą do tego, co się ma rozegrać, zatrwożony, że mógł w podnieceniu przeoczyć coś, co zepsuje cały dramat.

Dzień mu się dłużył okropnie. Patrzyli na niego wszyscy jak na czarodzieja, lecz nikt już o nic nie pytał. Ciekawość płonęła we wszystkich oczach, tak że każda z osób, zebranych w Bejgole, mogłaby spojrzeniem podpalić skład prochu. Jedynie we wzroku profesora tliła się – obok ciekawości – odrobina żalu, że wierny jego druh i towarzysz awantury nie powierzył mu tajemnicy.

Wreszcie słońce – „oko dnia pięknego" – zaczęło zachodzić srebrzystą mgłą, potem czerwienieć i gasnąć. Wietrzyk zaszemrał w listowiu. Wieczór zaczął padać jak czarny śnieg.

Zamyślony Adaś ożywił się jak wódz, co odpoczywał przed bitwą, a teraz ducha natęża i pręży. Zgromadziwszy wszystkich, oznajmił sucho i twardo:

– Idziemy na wyprawę... Pan Gąsowski weźmie rydel, pan profesor łopatę.

– Wezmę łopatę! – nie wiadomo dlaczego oświadczył profesor.

– Burski poniesie latarnię, lecz niech jej teraz nie zapala, aż mu dam znak. Ja będę szukał drogi... Potem porobię obliczenia... Proszę o ciszę i spokój! Rozmawiać nie wolno! Pójdziemy w rozsypce, aby gromadą nie zwracać uwagi. Ja idę pierwszy, Burski na samym końcu. Nie! Jeszcze nie możemy pójść. Pan profesor musi zmienić strój!

– Czemu?

– Nie można być odzianym biało, skoro się idzie na nocną wyprawę. Pana profesora można by w tym białym odzieniu dojrzeć wśród najgłębszej ciemności.

– Oczywiście – szepnął profesor i podreptał do swego pokoju, skąd powrócił po chwili jako widmo czarne i piekielne.

– Idziemy! – wydał rozkaz Adaś. – Panie niech zamkną dom i czekają bez lęku. Nie otwierać nikomu, tylko nam, i to wtedy, gdy panie usłyszą trzykrotny głos żaby. Burski wybornie udaje żabę.

– W imię Ojca i Syna! – jęknęła w trwodze pani Gąsowska.

– Będziemy nasłuchiwały – rzekła panna Wanda.

Szli chyłkiem przez ścieżyny parku jak mroczni i milczący Indianie. Adaś wiódł ich przez opętane drogi, pomiędzy chaszcze i gęsto rosnące tarniny, o które czasem pan Gąsowski zaczepiał brodą. Odpoczywali często, a wtedy Adaś czujnie nasłuchiwał. W pewnej chwili zbliżył się do Staszka, kroczącego wilczym chodem w tylnej straży, i szepnął:

– Słyszałeś co?

– Zdaje mi się, że coś słyszałem...

– Z której strony?

– Z lewej... Jakby ktoś rów przesadził... Nie boisz się?

– Czego? Nic się przecież stać nie może. Chodźmy!

Przez dziurę w płocie (mieli ich do wyboru siedemdziesiąt siedem) przeleźli na niewielką łączkę, na której było prawie widno.

– Baczność, panowie! – rzekł Adaś głośniej niż dotąd. – Jesteśmy u celu. Teraz będziemy szukali. Staszek, zapal latarnię!

Wydobył z zanadrza jakiś pożółkły papier i zbliżywszy go do latarni, przyglądał mu się długo i ze zmarszczonym czołem.

– W której stronie jest droga? – zapytał, zwracając się do pana Gąsowskiego.

– O dwadzieścia kroków stąd, za tymi drzewami... Ot, tam!

– Dobrze. Musimy mierzyć w stronę drogi od tego wzgórka.

Zajrzał znów do dokumentu i rzekł:

– Od tego wzgórka należy odliczyć ku północnej stronie dziesięć kroków. Muszą to być kroki duże, męskie, gdyż takimi odległość tę odmierzano. Niech pan profesor odliczy dziesięć kroków! Ku północy! Tak, dobrze...

Profesor, niezmiernie przejęty swoją rolą, zaczął kroczyć z powagą sekundanta, co przed pojedynkiem wytycza metę śmierci. Wszyscy szli za nim w milczeniu.

– Dziesięć! – oznajmił profesor. – Nie pomyliłem się!

Adaś sprawdzał coś przez dłuższą chwilę w swoim papierze, po czym rzekł:

– A teraz jedenaście kroków ku zachodowi w najprostszej linii!

– Jedenaście ku zachodowi w prostej linii! – powtórzył profesor bezbarwnym głosem jak sternik okrętu, który musi powtórzyć komendę oficera.

Widma szły za nim, skupione i do głębi przejęte. Gromadka znalazła się tuż przed zwartą ścianą drzew. Adaś udając, że patrzy w dokument, chyłkiem przebiegł spojrzeniem mrok pod drzewami.

– Jesteśmy na miejscu – oznajmił głosem bardzo drżącym. – Tu będziemy kopali. Niech pan Gąsowski świeci, a ja z Burskim zabierzemy się do roboty.

– A co ja? – zapytał profesor z żalem.

– Pan profesor będzie patrzył dokoła i da nam natychmiast znać, gdyby dojrzał coś podejrzanego.

– Gwizdać?

– Wszystko jedno! Staszek, kop!

Dwa rydle poczęły krajać ziemię z niespokojnym pośpiechem. Po chwili pot zaczął się lać ze szlachetnych młodzieńczych czół.

– Niżej światło! – zawołał Adaś.

Pan Gąsowski pochylił skwapliwie latarnię.

– Jest co? – zapytał.

– Jeszcze nic... „To” musi być zakopane głęboko. Panie profesorze, nic podejrzanego?

– Spokój i cisza! – odrzekł profesor.

– Kopmy!

Pracowali z zawziętym, milczącym uporem. Dół był już głęboki, lecz na nic jeszcze nie natrafiono.

– Jest coś! – krzyknął nagle Burski zduszonym głosem. – Ostrożnie!

Pan Gąsowski wetknął latarnię w dół, a Adaś, padłszy szybko na ziemię, wetknął tam głowę.

– Coś jest, coś jest! – oznajmił z głębokim wzruszeniem. – Staszek, właź!

Burski wskoczył do dołu i zniknął w nim razem z głową. Musiał się z czymś mocować, gdyż słychać było pracowite postękiwanie.

– Masz? – zawołał Adaś.

– Mam – odpowiedział głos z brzucha ziemi. – Jakaś żelazna skrzynka!

– Nadzwyczajne! – huknął pan Gąsowski.

Burski podał coś Adasiowi i wygramolił się z dołu.

– Stara, żelazna skrzynka! – rzekł Adaś. – Udało się! Proszę bliżej z latarnią... Strasznie stara, lecz doskonale zachowana.

– Otworzyć, otworzyć! – wołał pan Gąsowski.

– Nie da się, bo na głucho zabita!... Bez narzędzi nie damy rady... Ależ ciężka! Panowie, zabieramy skrzynkę i...

– Baczność! – wrzasnął przeraźliwie pan profesor.

– Ręce do góry! – wrzasnął równocześnie głos inny.

– Och! – krzyknął Adaś niezmiernie zdumiony, podnosząc powoli ręce do góry.

– Rzucić to! – rozkazał głos obcy, chrapliwy i drżący ze wzruszenia.

Dzielny pan profesor, dojrzawszy nieludzko chudą postać z rewolwerem w ręce, chwycił rydel i zamierzył się nim na zbrojne widmo, co wyszło z leśnego mroku.

– Rzucić to natychmiast, bo strzelę! – mówił chudzielec groźnie.

– Proszę usłuchać, panie profesorze! – zawołał Adaś. – Jesteśmy bezbronni! Ten pan ma nas w swojej mocy…

Patrzył czujnie na chudego człowieka, co się zbliżył powoli, wodząc czarnym okiem rewolweru po struchlałej gromadce. Stanąwszy przed Adasiem, mówił powoli, jadowicie barwiąc słowa:

– O wszystkim pamiętałeś, chłopaczku, tylko o mnie zapomniałeś… A ja ciebie strzegłem jak źrenicy oka! Bardzo ci dziękuję za piękną robotę! Doskonale to zrobiłeś! Chwalisz się tylko zbyt głośno i trąbisz jak jerychońska trąba!... Ale poza tym jesteś mądry! Ho, ho. Nie wiedziałeś, kiedy cię pytałem, co znaczy 10 i 11 we francuskim liście, a teraz wiesz… Dziesięć kroków i jedenaście kroków… Nie ruszaj się! Szkoda by było takiej mądrej głowy. Posuń nogą tę skrzynkę w moją stronę.

– Nie mogę, za ciężka… – odrzekł Adaś zdławionym głosem.

– To dobrze, że ciężka… Więc ty sam trzy kroki w tył! I ten brodaty! Prędzej!... Nie mam czasu na rozmowy…

Adaś kroczył w tył, wpatrzony bystrze w lufę broni.

Chudy człowiek zbliżył się tygrysim ruchem i porwawszy skrzynkę, ujął ją lewą ręką i umieścił pod pachą. Prawą wciąż wodził po osłupiałym zgromadzeniu.

– Mógłbym ci w łeb strzelić – mówił głucho – abyś mnie kiedyś później nie wytropił. Twoje szczęście, że hałas jest niepotrzebny. No i wdzięczny ci jestem! A nie szukaj mnie, bo nie znajdziesz… Żegnam was, panowie! Pan znowu chwyta za rydel? – zaśmiał się niemiło, zwróciwszy się do profesora. – Bardzo dzielny z pana staruszek.

– Łotrze! – krzyknął pan profesor.

Tamten dał niespodzianie susa i przepadł wśród drzew.

– Gońmy go! – wrzasnął pan Gąsowski.

– Ani kroku! – zawołał Adaś zdławionym głosem. – Ani kroku! Czy panu życie niemiłe? Zresztą...

Nie dokończył, bo zaczął nasłuchiwać. W niewielkiej odległości zgrzytliwym głosem zawarczał motor.

– ...Zresztą on ma auto. Niewysokiej widać marki, bo kicha i szczeka, ale jedzie. Niechże sobie jedzie na złamanie karku.

– Ależ skarb, skarb! – zahuczał „były matematyk". – Chłopcze! Czy z przestrachu straciłeś zmysły? Czemu się śmiejesz, u stu diabłów! I ty też? – krzyknął, spojrzawszy na Staszka.

– A cóż mamy robić? – spytał Adaś spokojnie.

– Gonić go!

– Jak? Na nogach?

– Damy znać... Niech go chwytają!...

– A ja marzę o tym, aby on uciekł na kraniec świata i aby go nigdy nie schwytano. Ja panu wszystko wyjaśnię... Niech się pan zechce uspokoić...

Pan profesor, jedyny Bayard* armii, przysłuchiwał się, równie zdumiony, tej rozmowie. Nie rozumiał dziwacznego postępowania swego beniaminka, ale ani przez chwilę nie wierzył, by Adaś „stracił zmysły ze strachu".

„Coś w tym tkwi!" – pomyślał. A potem rzekł głośno:

– Uspokój się, bracie, i wracajmy do domu.

– Z pustymi rękami? – krzyknął były matematyk.

– Mamy łopaty... – bąknął profesor.

Powrót odbywał się w mrocznym milczeniu. Gromadka wlokła się ospale jak niedobitki Konrada Wallenroda z wyprawy lub jak szczątki cesarskiej armii po przebrnięciu przez czarne topiele Berezyny. Pan Gąsowski czasem przystawał i chwyta-

* Bayard Pierre du Terrail (1473-1524) – wódz francuski, zwany „rycerzem bez trwogi i skazy".

jąc się zrozpaczonym ruchem rąk za głowę, pomrukiwał lwim pomrukiem.

Staszek zakwakał jak stara żaba, co była primadonną w żabiej operze.

Panie, ujrzawszy chmurami zasnute oblicza, przelękły się i już dobra pani Gąsowska chciała się też chwytać za głowę, kiedy Adaś rzekł szybko:

– Wszystko w porządku, proszę pani!

Uśmiechnął się równocześnie, lecz tak był roztargniony, że zamiast do dobrej mamy, uśmiechnął się do ślicznej córki.

– I cóż nam teraz powiesz, bohaterski młodzieńcze? – zapytał pan Gąsowski, który gryzł to pytanie jak kwaśne jabłko podczas powrotnej drogi.

– Niech państwo zechcą usiąść! – poprosił wdzięcznie Adaś. – Historia jest dość długa, a tylko wielki Tacyt* umiał opowiadać historię stylem zwartym i nad podziw treściwym.

– Wie o tym ode mnie! – rzekł z dumą profesor. – Mów, dobry Piotrusiu, jak umiesz!

– Sprawa jest taka – rozpoczął Adaś. – Znalazłem owe słynne drzwi u księdza Kazury...

– To święty człowiek! – szepnęła pani Gąsowska.

– ...znalazłem więc i drzwi, i Francuza. I znalazłem napis na drzwiach... Jeśli ten napis, o którym powiem później, nie jest napisanym okrzykiem człowieka bredzącego w gorączce, znajdę drogę do kryjówki.

– Przecie jużeśmy ją znaleźli przed godziną... – huknął pan Gąsowski.

– Ech! – zaśmiał się Adaś. – Ta była fałszywa... Bo ja urządziłem komedię, proszę pana... Dość zresztą niebezpieczną...

* Tacyt (Tacitus Publius Cornelius) (ok. 55-120 n.e.) – znakomity historyk rzymski.

A musiałem ją urządzić, wiedziałem bowiem, że byłem śledzony. Gdybym poszedł prosto do prawdziwej kryjówki, odebrano by nam prawdziwą rzecz znalezioną. Za wszelką cenę musiałem się pozbyć tych, co za mną szli krok w krok. Gdy wilki gonią człowieka, człowiek rzuca im byle ochłap, aby się wilki zatrzymały. Uczyniłem podobnie. Widziałem wśród gratów na strychu starą okutą skrzynkę, napełnioną szpargałami. Zabrałem ją w nocy, o czym wiedział tylko pan profesor...

– Ha! – zawołał pan profesor, pomalowawszy to słówko podziwem, zdumieniem i prawdą.

– ...Ze Staszkiem Burskim napełniliśmy skrzynkę starym żelaziwem, przytwierdziliśmy wieko gwoździami, wbitymi na amen, i zakopaliśmy ją dokładnie w tym miejscu, gdzieśmy ją dzisiaj wieczorem odkopali.

– Zdumiewające! – zagrzmiał pan Gąsowski.

– Myślałem tak: opryszki pilnują każdego mego kroku, niechże więc wiedzą, co czynię, byle nie wiedzieli wszystkiego. Dlatego dzisiaj rano tak głośno opowiadałem podczas śniadania o znalezieniu skarbu. Któryś z nich musiał to słyszeć i czekał wieczora. Urządziłem przedstawienie, głęboko przekonany, że z zarośli podglądają nas jakieś oczy... Gdyby panowie byli wtajemniczeni, nie odegraliby swoich ról z taką wyborną naturalnością, z jaką to uczynili, i sprytny opryszek mógłby się spostrzec, że urządzamy komedię. Dlatego nie powiedziałem wam ani słowa. I te wszystkie hokus-pokus z zaglądaniem do starego niby dokumentu i z liczeniem kroków były komedią. Umyślnie liczyłem kroków dziesięć i jedenaście, gdyż opryszki znały te liczby z listu napoleońskiego oficera, więc podsłuchującemu wydały się prawdopodobne.

– Świetnie, świetnie! – wołał profesor.

– Wcale nieświetnie, panie profesorze... – rzekł Adaś. – Odważyłem się na awanturę, byłem bowiem przekonany, że ci ludzie, ujrzawszy wykopaną skrzynkę, zakradną się w nocy do domu i dopiero wtedy ją zabiorą, tym łatwiej, że zostawiłbym niedomknięte okno, a skrzynkę ukryłbym tak, że znalazłby ją nawet ślepy. Nie przewidziałem jednak zuchwałej odwagi tego chudego człowieka, co nas zaskoczył. Komedia mogła się łatwo zamienić w tragedię, gdyby ten pan strzelił w podnieceniu, dlatego tak usilnie prosiłem pana Gąsowskiego o spokój.

– Młodzieńcze, ty nie zginiesz własną śmiercią! – zawołał „były matematyk", patrząc na Adasia ze szczerym podziwem.

– Bardzo też i pana, i pana profesora przepraszam za tę awanturę – mówił Adaś z uśmiechem. – Nie było innej rady, aby się pozbyć prześladowców, chociaż na pewien czas, obawiam się bowiem, że zbadawszy cenny łup, wpadną w szał. W tym mam tylko nadzieję, że nie przyjdzie im na myśl komedia. Skrzynka jest stara, żelaziwo zardzewiałe. Pomyślą raczej, że i oni, i my zostaliśmy oszukani; że zawartość skrzynki dawno już znikła i ktoś zabrawszy skarby, napełnił ją żelastwem. Skrzynkę zbadają dzisiejszej nocy i albo jutro powrócą, albo dadzą wszystkiemu spokój. Ponieważ nie jestem pewny, więc przez dwa, trzy dni nie będziemy zaczynali niczego. Udawajmy, że jesteśmy pogrążeni w rozpaczy...

– Kiedy mnie się chce śmiać! – rzekł pan profesor.

– Śmiać się wolno, ale w kułak, drogi panie profesorze. Niepokoi mnie bowiem sprawa inna jeszcze.

– Jaka, jaka?

– Owych ludzi było trzech, a my widzieliśmy tylko jednego. Gdzie są tamci? Przynajmniej jeden, naprawdę groźny, ów fałszywy malarz. Być może, że tamten szuka Francuza, być też może, że szedł jak cień za tym chudym, zwietrzywszy zdradę... Nie wiem! Dlatego proszę o spokój i rozpłakaną ciszę przez dwa dni. Ja tymczasem będę rozważał, gdyż czeka mnie trudne zadanie. A na koniec chcę bardzo serdecznie przeprosić panią, że śmiałem bez pozwolenia zabrać ze strychu ową skrzynkę... Zdaje mi się, że niewiele była warta, ale to wszystko jedno. I chociaż pan profesor pozwolił...

Pan profesor, zmarszczywszy brwi, począł sobie przypominać usilnie, kiedy wydał to pozwolenie, dobra zaś pani Gąsowska zachodziła w głowę, dlaczego ten przyjemny chłopak, prosząc o przebaczenie mamy, znowu patrzy na córkę, co jednakże wcale nie zdziwiło córki.

Nakazany przez Adasia smutek, cętkowany rozpaczą, zasnuł dom jak dym z zepsutego pieca. Profesor rozmawiał szeptem z bratem, który zaniechawszy matematyki, coraz częściej zaczął spoglądać na gwiazdy, słuszną tym budząc we wszystkich obawę, że zleciawszy z jednego konia, będzie usiłował wygramolić się na drugą kobyłę, tym razem astronomiczną. Panna Wanda jedynie nie mogła się nagiąć do pogrzebowego nastroju i trapiła pana profesora rozmowami na temat Adasia: a jaki on mądry, a jaki przystojny, a gdzie on może być, o czym on myśli? Pan profesor odpowiadał, jak umiał, zdumiony był jednakże niewypowiedzianie, kiedy uparta dziewczyna przyparła go do muru i, bystrze patrząc mu w oczy, mówiła:

– Czy stryjaszek wszystko wie o swoich uczniach?

– Odnoszę wrażenie, że oni wiedzą o mnie sto razy więcej, ale coś niecoś wiem... O cóż idzie?

– O nic... Ja tak sobie... A o Adasiu stryjaszek co wie?

– A cóż mogę wiedzieć więcej, niż wiemy wszyscy?

– No tak... A czy stryjaszek nie wie przypadkiem... Mnie to wcale a wcale nie obchodzi i tylko tak sobie pytam, bo mi się nudzi... Czy stryjaszek nie wie, czy on się w kim kocha?

– Czy się kocha? A skądże ja mogę wiedzieć? Przecie mnie tego nie powie!

– Pewnie, że nie, bo o takich sprawach się nie mówi... Ale czy w szkole był kiedy smutny?

– Nie zauważyłem...

– A nie wzdychał?

– Dziewczyno, przestań męczyć starego człowieka!

– A czy nie pisał wierszy?

– Wierszy? On? To rozumny chłopak.

– A czy nie zamyślał się tak, że nie wiedział, co się dzieje dokoła niego?

Pan profesor podniósł obie ręce w stronę nieba.

– Stryjaszek nic a nic na tym się nie rozumie! – rzekła panna Wanda z goryczą. – Ja wiedziałabym wszystko od pierwszego dnia.

– Skoroś taka ciekawa, to go sama zapytaj, bo właśnie nadchodzi z tym drugim Ajaksem. Czemu uciekasz? Sfiksowała dziewczyna – mruknął zdumiony.

Adaś nie „nadchodził", tylko nadbiegł, powiewając z daleka białą płachtą gazety, przeto wyglądał jak parlamentarz białą chorągwią wzywający wroga, aby nie strzelał.

– Ciekawe wiadomości, panie profesorze! – wołał z daleka.

– Na Boga! Chyba nie o nas napisali! – zatrwożył się profesor.

– Nie o nas, tylko dla nas!

Zwołana naprędce „rada familijna" dowiedziała się, że w marnym jakimś zajeździe wileńskim doszło do zbrojnej rozprawy między dwoma dżentelmenami, których starano się pogodzić w komisariacie policji państwowej. Wyszło na jaw przy tej miłej sposobności, że są to osobistości szeroko znane i że władza zbrojna tęskniła za nimi jak słowik za wiosną, więc ich przyjęto radośnie i na czas długi przytulono do policyjnego serca. Powszechny podziw wzbudziło to, że owi dwaj mężowie, z których jeden usiłował zakatrupić drugiego, wiedli bój o starą skrzynkę, napełnioną zardzewiałym żelaziwem.

– Szatańskie zdarzenie! – rzekł pan Gąsowski.

Adaś odetchnął.

– Teraz możemy szukać w spokoju! Jeszcze dzisiaj zaczniemy.

Tego dnia jednakże nie można było przystąpić do wielkiego dzieła, około południa bowiem ujrzano zmierzającą ku domowi dziwną postać: jak gdyby apostoł kroczył w pyle drogi. Odziany w biały, płócienny kitel szedł powoli, podpierając się laską wysoką, jakby pielgrzymią. Brak było tylko uwiązanej u szczytu laski tykwy na wodę, aby pozór pielgrzyma wędrującego do Jerozolimy był zupełny.

– Do nas idzie – rzekła pani Gąsowska. – Znam tę postać...

– Ksiądz Kazuro! – zawołał radośnie Adaś.

– Pokój temu domowi, młodziankowie święci! – mówił starowina, bardzo znużony. – W imię Ojca i Syna! A ty tu skąd? – zdumiał się, ujrzawszy Adasia. – I ten drugi młodzianek święty też tutaj?

Witali go niezmiernie czule i usadowili za stołem, aby odpoczął.

Ksiądz Kazuro opowiadał dziwne rzeczy.

– Od wczoraj wędruję – mówił – bo mam wielkie zmartwienie. Wyobraźcie sobie, że ten święty młodzianek przyniósł do mnie chorego Francuza...

– My o wszystkim wiemy, księże dobrodzieju! – huknął pan Gąsowski.

Staruszek spojrzał na niego z zachwytem.

– Ależ pan ma głos, młodzianku święty, aż miło słuchać. Gdybym miał w kościele organy, musiałbyś co niedzieli śpiewać u mnie na chórze... Potężny głos!... Może to jednak lepiej, że nie śpiewasz, bobyś mi kościół tym głosem rozwalił. Ale o czym to ja mówiłem? Aha! Otóż temu Francuzowi naprostowaliśmy rękę. Krzyczał tak, że się cała wieś zbiegła, ale od razu ozdrowiał. Nazajutrz przychodzę ja rano, aby pogadać z nim na migi, bośmy doskonale rozmawiali, a Francuza nie ma. Tylko pod lichtarzem karteczka i banknot. Sto złotych! Młodziankowie święci! Jak długo żyję, nie widziałem takiego banknotu. Wytłumaczyła mi panienka z Wiliszek, panna Niemczewska, że Francuz napisał na karteczce: „Dla biednych kochanego księdza proboszcza". Ładnie napisał, ale teraz mam zgryzotę. Wielką zgryzotę!

– Jakąż to, księże dobrodzieju?

– Te pieniądze spadły mi z nieba, bo właśnie trzeba było ratować jedną wielką nędzę. I ot co! Mam pieniądze i nic nie mogę zrobić.

– Nie rozumiem! – rzekł pan Gąsowski.

– A to takie jasne, młodzianku święty!

Rzewny ten tytuł dziwnie nie przystawał do brodatego męża, do którego czarnej brody powinno się mówić raczej „krwawy Herodzie!" Nikt jednak nie zwrócił na to uwagi, każdy bowiem zachodził w głowę, skąd się wywodzi zgryzota dobrego człowieka?

– Od wczoraj chodzę po całej okolicy – mówił ksiądz – i usiłuję zmienić ten olbrzymi banknot. Byłem w siedmiu dworach, u siedmiu znakomitych dziedziców. Wszędzie mi powiadają: „Może by się udało w jesieni, kiedy sprzedamy zboże!". A czy ja mogę czekać do jesieni, kiedy mi nędza nad uchem płacze? Powiadam im: „Zbierzcie do kupy, co który ma, młodziankowie święci, a potem się policzycie!". Zebrali razem w siedmiu dziewięć złotych i parę groszy. Czysta rozpacz! Więc przywędrowałem tutaj, może wy zmienicie?

– Doskonale! – zagrzmiał pan Gąsowski. – Mój brat, profesor, zawsze przyjeżdża z gotówką. Pawle! Zmień księdzu proboszczowi sto złotych.

Pan profesor bardzo poczerwieniał: zaczął kręcić się niespokojnie.

– Dziwna rzecz... – zaczął bąkać niepewnie. – Roztargniony jestem... zapomniałem...

Pani Gąsowska chciała coś rzec, może o tym komorniku, co tu był niedawno, ale pan profesor spojrzał na nią tak srodze, że umilkła. Adaś, patrzący na to spod oka, zawołał gromko:

– Staszek!

– Jestem...

– Niech jeden harcerz weźmie pieniądze, a dwóch niech idzie jako straż i co tchu do miasteczka. Szostak musi pójść jako znawca, aby nie dali jakiejś fałszywej monety.

– Rozkaz! – wrzasnął Burski. – Proszę o pieniądze, księże proboszczu.

– To nie tak łatwo, młodzianku święty! – rzekł uradowany ksiądz Kazuro. – Najpierw muszę zdjąć but, za pozwoleniem pani dobrodziejki, bo ja dla ostrożności schowałem je w bucie.

Wspólnym wysiłkiem ściągnięto mu z lewej nogi przenośny bank i Staszek pogonił do obozu.

– Uważaj, młodzianku święty! – wołał za nim zaniepokojony ksiądz. – Przecie to majątek!

Pół dnia trwała podróż i powrót wyprawy, co przyniosła z triumfem całą kopalnię srebra. Ksiądz Kazuro nie chciał pozostać ani chwili dłużej.

– Głodni czekają – rzekł cicho.

Prosił tylko, aby mu starodawnym obyczajem zaszyto pieniądze w płótno, i opasawszy się tym wężem, żegnał się czule.

– Młodzianku święty! – mówił do Adasia. – A gdybyś napotkał drugiego takiego Francuza, to go przynieś do mnie.

– Będę się starał! – odrzekł Adaś z wielką powagą.

Nie ukrywał radości.

– Złych ludzi wzięto na przechowanie – mówił na wielkiej naradzie – Francuz zaś odżegnywał się od wszystkiego. Pole jest wolne. Teraz możemy zaczynać. Obawiam się naprawdę, że napoleoński oficer nie był, biedaczysko, przy zdrowych zmysłach.

Opowiedziawszy, w jaki sposób znalazł drzwi i napis, ukryty pod żelaziwem zamku, oznajmił zdumionym słuchaczom:

– Napis ten jest nową wskazówką, lecz niezwykłą i dziwną. Odczytałem na drzwiach takie słowa:

W wielkim domu znajdziesz dwie malowane brody.
Nie patrz poza siebie.
Patrz przed siebie i czytaj w brodzie.

Kiedy wygłaszał te słowa powoli i dobitnie, wszystkie spojrzenia, jak na komendę, utkwiły w czarnej brodzie pana Gąsowskiego. A pan Gąsowski, też jakby urzeczony, podniósł ją ręką i spojrzał na nią ze zdziwieniem. Nagle ocknąwszy się, uderzył pięścią w stół.

– Co to wszystko znaczy? Czy kpisz, młodzieńcze?

– Niechże mnie Bóg broni! – rzekł Adam z pośpiechem. – Ale tak istotnie brzmi napis.

– Dwie brody?

– Tak. Dwie malowane brody. To przecie przypadek, że i pan ma czarną brodę.

– Oczywiście, że przypadek... Ale co to znaczy?

– Właśnie zaczynam nad tym rozmyślać. Czy państwo pozwolą, abyśmy się nad tym dziwacznym napisem zastanowili wspólnie?

– My z pewnością niczego nie wymyślimy! – wtrąciła dobra pani Gąsowska.

– Ale on wymyśli! – zawołał profesor. – Piotrusiu, rusz głową!

– Ruszam, ruszam, ale bardzo niezdarnie. Czytajmy jednak słowo po słowie: „W wielkim domu znajdziesz...". Gdzie jest wielki dom? To jasne! Oficer leżał w małym domku, więc kieruje kroki brata do „wielkiego domu", do tego, w którym znajdujemy się w tej chwili. O innym nie może być mowy. Ksiądz Koszyczek opowiada, że oficer przez czas pewien zajmował bawialnię. Myślę przeto, że tam należy podążać za myślą oficera. Dobrze by było, abyśmy się tam przenieśli...

– Wybornie! – rzekł profesor.

Zajęli miejsca w mrocznym pokoju i siedzieli w milczeniu, jakby w teatrze. Adaś stojąc, rozważał:

– Mamy znaleźć w tym domu dwie brody... Dobrze! Najprostsze byłoby przypuszczenie, że w owym czasie mieszkali tu jacyś dwaj brodaci mężowie. Takich tu jednak nie było!

– Skąd wiesz?

– Ksiądz Koszyczek nie wspomina o tym, a sam przecie brodaty nie był. Nic nie mówił o dwóch ludziach, których by z pewnością wspomniał. Zresztą to były „malowane" brody. A któż... O nieba! Jedną już mam! Patrzcie, państwo, na to malowidło! Wszakże to „malowana" broda!

Brodaty rycerz na portrecie spojrzał na niego nienawistnym, zimnym spojrzeniem.

– O, jaki on mądry! – szepnęła panna Wanda do Staszka, który zrobił minę na temat: „A pani o tym nie wiedziała?".

Zdumieli się wszyscy i patrzyli z zachwytem na łopatę brody groźnego rycerza.

– Ale to dopiero jeden! – mówił Adaś gorączkowo, stojąc przed malowidłem. – Jak brzmią następne słowa: „Nie patrz poza siebie!". Przeto druga broda musi być w tyle.

Odwrócił się szybko i krzyknął:

– Jest i druga!

– Gdzie? Gdzie?

– W lustrze! Lustro jest na wpół umarłe, więc ledwie ją można dostrzec, przed stu laty jednakże widać ją było doskonale. Na tę brodę brat oficera nie ma zwracać uwagi... Oczywiście! A co ma robić? „Patrz przed siebie i czytaj w brodzie!" Więc czytajmy i my!

Pochwycił stare, pokraczne krzesło, stanął na nim i zbliżył twarz do malowanej brody.

– Nic nie widać... Proszę pani! Trochę ciepłego mleka i jakiś gałganek!

Panna Wandzia, szybko jak Iris*, „posłanka bogów", pobiegła i wróciła z tą alchemią.

Adaś zaczął trzeć ostrożnie, nie zwracając uwagi na piekielne spojrzenia rycerza. Zdawało się, że rycerz zgrzytał zębami.

– Czy nie ma w domu powiększającego szkła? – wołał Adaś.

– Ja mam szkło powiększające! – zawołał pan Gąsowski. – Kiedy jeszcze byłem matematykiem...

Machnął ręką, nie dokończywszy, i podreptał szybko.

Po chwili Adaś badał brodę przez szkło.

– Ciemno! – mówił, nie odwracając głowy. – Otwórzcie okna i niech ktoś odgarnie dzikie wino... Tak... Teraz lepiej... Widać litery... Jakiś napis wśród skrętów brody...

– Możesz odczytać?

– To dziwne! – oznajmił Adaś. – Litery i nielitery... Napis i nienapis. Ach! Słowa są pisane odwróconym sposobem!

– Sztuczka dla kmiotków! – pouczał pan Gąsowski. – Byli jednak i geniusze, co z ostrożności używali tej dziecinnej metody. Pismo Leonarda da Vinci trzeba odczytywać w lustrze.

– Ja mam przy sobie lusterko... – rzekła panna Wanda. – Przypadkiem...

Adaś odczytywał w nim z trudem, dodając literę do litery.

– Niech pan notuje, panie profesorze!

Wszyscy słuchali z zapartym tchem, a Adaś dyktował.

* Iris – w mitologii greckiej bogini tęczy, pośredniczka między bogami i ludźmi.

– To wszystko! – ogłosił, zeskakując z krzesła.

– A cóż to znaczy? Mów prędzej, Adasiu!

– Tłumaczę dosłownie:

Znajdziesz w domu tego, co powróci wkrótce z Egiptu i nigdy nie jadał na uczcie z płaskiego talerza.

– Co takiego?! – huknął pan Gąsowski.

– Mało to dwóch zagadek, znalazła się na pociechę trzecia – mówił zatroskany profesor. – Któż ją zdoła odgadnąć?

– Jak to, kto? – zawołała panna Wanda, niemal ze zgorszeniem. – Pan Adaś!

Adaś spojrzał na nią, jakby się przed nim niebo otwarło, a ona siedziała na chmurze.

– Coraz bardziej jestem przekonany – rzekł – że napoleoński oficer niezbyt dobrze rozumiał, co czyni. Chociaż, czy ja wiem? Dotąd wszystko było na podziw ostrożne i bardzo dowcipnie ukryte. Te malowane brody wymyślił doskonale. Musiał jednak bardzo wierzyć w domyślność swego brata, skoro go tak wodził po bezdrożach. Może być, że dla Francuza byłoby to łatwe. Ja przyznam się, że nie umiem myśleć tak lotnie. Panie profesorze, co pan myśli o tej nowej zagadce?

– Myślę, że jest ze wszystkich najtrudniejsza. Łatwiej było się domyślić cytaty z Danta i przy tak wspaniałej przemyślności jak twoja odnaleźć dwie brody. Ale teraz ani w ząb!

Wielka troska jak czarny ptak przelatywała z czoła na czoło, a wszystkie były zmarszczone. Dobra pani Gąsowska nie zajmowała się jednak rozwiązaniem zagadki; ją trapiło bowiem co innego.

– Żeby tylko Adaś nie rozchorował się z wysiłku – mówiła do córki. – Mnie pękłaby głowa.

– Jemu nie pęknie! – odpowiedziała panna Wanda w zamyśleniu i nagle nie zapowiedziawszy „wielkiej sceny", rzuciła się matce na szyję. – Och, mamusiu, mamusiu! – szeptała równocześnie gorąco i łzawo.

– Co ci się stało, moje dziecko? – zdumiała się matka. – Czy to przypadkiem nie z żołądka?

Nie było to jednak z żołądka, tylko z serca, na co medycyna nie zna lekarstwa. Adaś byłby to przejrzał w jednej chwili. Adaś był jednak całkowicie stracony dla świata. Przyczaił się w jakimś ciemnym kącie i zapadł się w siebie.

– Adaś rozmyśla! – ogłosił Staszek szeptem całemu domowi. – Nie przeszkadzajmy mu!

– Chyba mój brat mu przeszkodzi – odrzekł profesor. – Nie widziałeś gdzie mojego brata?

– Jest u siebie... Słyszałem, jak pan Gąsowski zamykał drzwi na klucz.

„O, to niedobrze!" – pomyślał pan profesor.

Zaniepokojony, że na „byłego matematyka" nowe padło opętanie, pośpieszył czym prędzej i nasłuchiwał chwilę pod drzwiami. Usłyszał plusk wody, co go niepomiernie zdumiało. Zastukał i pytał:

– Co ty tam wyprawiasz, Iwonie? Kąpiesz się?

– Zostawcie mnie w spokoju! – zagrzmiało spoza drzwi. – Robię to, co mi się podoba.

Profesor wzruszył ramionami i wałęsał się aż do obiadowej pory. Gdy wszedł do jadalni, zakrzyknął i cofnął się: za stołem siedział jego brat, lecz jakże odmieniony. *Quantum mutatus!** Przed kilkoma godzinami czarna, kruczoczarna jeszcze broda osiwiała, chociaż snuły się po niej brunatne pasma, których nie można było usunąć naprędce.

* *Quantum mutatus* (łac.) – jakże inny, jakże zmieniony.

– I cóż cię tak dziwi? – dawnym basem rzekł pan Gąsowski, głosu bowiem odmienić nie zdołał. – Znudziło mi się być czarnym, więc posiwiałem. „Malowane" brody dobre są do zagadek.

– Ja się nie dziwię! – rzekł dobrotliwie profesor. – Ja się cieszę... Jesteś bardzo przystojnym człowiekiem, mój stary!

– Stary? To za wiele powiedziane...

– Nie w tym sensie, nie w tym sensie! – zaśmiał się brat.

Bohaterski czyn pana Gąsowskiego zdumiał wszystkich prócz Adasia. Zdawało się, że Adaś jest nieprzytomny. Jadł, nie wiedząc, co je, i nie zauważył, że pokaźna mucha, znudzona życiem, rzuciła się do jego zupy, aby umrzeć. Adaś zjadł zupę, zjadł muchę i patrzył przed siebie szklanym wzrokiem. Gdy postawiono przed nim płaski talerz, przyjrzał mu się z obudzoną nagle ciekawością.

– „...Nigdy nie jadał na uczcie z płaskiego talerza..." – gadał sam do siebie. – Panie profesorze! – rzekł głośno. – Coś mi świta...

– Ejże! – uradował się profesor.

– Kto nie jadł na uczcie z płaskiego talerza?

– Zabij mnie...

– Lis zaprosił raz na ucztę bociana...

– I dał mu jedzenie na talerzu! – krzyknął profesor.

– Lis nie mógł jeść z flaszki, a bocian z talerza. Bocian!

– Tak mi się zdaje... A kto „wkrótce powróci z Egiptu"? – Panie profesorze! Francuzi przyszli do Bejgoły wśród zimy... Siedzieli tu długi czas... Zbliżała się wiosna... Bociany wracają z Egiptu... Jeszcze nie powróciły, ale kiedy oficer malował swoje znaki na brodzie, miały powrócić lada chwila... „Znajdziesz w domu tego..."

– Dokąd pędzisz, Piotrusiu?

Adaś chwycił widelec, wybiegł z pokoju, a wszyscy za nim. On przez drzwi, oni za nim. On na zajazd przed domem, oni za nim.

Na twarzy miał czerwone wypieki, a oczy błyszczące.

– Oto jest dom tego, co nie jadł nigdy z płaskiego talerza! – wołał wymachując widelcem.

Wśród gęstych zarośli sterczał odwieczny dąb, strzaskany kiedyś przez piorun; pozostał po nim jedynie niewysoki, gruby pień, potężny i nieozdobny jak dorycka kolumna. Na jej ściętym szczycie umieszczono koło od wozu na bocianie gniazdo.

– Jak długo pamięta pan to gniazdo, panie profesorze? – pytał Adaś gorączkowo.

– Od najwcześniejszych moich dni... To gniazdo było tutaj zawsze... W tej chwili jest puste, bo małe brodzą już po łąkach. Więc ty myślisz?

– Nie może być inaczej!

Odwrócił się szybko i wskazał ręką.

– Patrzcie, państwo! Ten pień sterczy naprzeciwko okien bawialni. Oficer leżący na łóżku i rozmyślający nad wyborem schowka patrzył przez okna przez długie zapewne godziny... Dojrzał to gniazdo... Wtedy niewątpliwie zrodził się w jego głowie ten pomysł. Musi wyjść z domu potajemnie ze swoim ciężarem. Do lasu by może nie doszedł, bo ma nogi obolałe, a to gniazdo jest blisko. Może się uda... Dokoła pnia rosną chaszcze, nikt tu nie zachodzi... I udało mu się. Panie profesorze! Jestem najpewniejszy, że znaleźliśmy schowek, najzupełniej pewny!

– Drabinę! Dawajcie prędko drabinę! – wołał siwobrody pan Gąsowski.

Adaś powstrzymał go ruchem ręki.

– Wydaje mi się, że drabina będzie niepotrzebna...

– Gniazdo jest dość wysoko...

– Tak. Skoro jednak nam potrzebna by była drabina, nie mógłby się bez niej obejść i oficer. Ksiądz Koszyczek pisze, że oficer nie chodził, lecz że się niemal czołgał. Jakże by mógł przywlec gdzieś z daleka ciężką drabinę i jakże by mógł wleźć na nią z ciężarem? Nie! Oficer nie wchodził na drabinę – mówił Adaś bardzo powoli, pilnie oglądając pień dębu. – A jeżeli nie wchodził na drabinę, a tutaj wybrał schowek, wynalazł zapewne taki, do którego mógł łatwo sięgnąć ręką. Co to jest? – zapytał, wskazując palcem.

– To ja kazałam zamazać gliną – rzekła pani Gąsowska. – Był otwór w pniu.

– Otwór w pniu? Więc pień jest albo zmurszały, albo go piorun wypalił. Staszek, masz nóż?

Pożyteczne harcerskie narzędzie: fiński nóż, łatwo wykruszyło zaschłą na słońcu glinę.

Adaś obnażył ramię i wetknął je w otwór. Grzebał długo palcami w rozkruszonym na miał miąższu drzewa. Przymknął oczy, jakby spojrzenie ich zagłębił w ciemną czeluść.

– Jest! – wyrzekł zdławionym głosem.

Z trudem dobywał coś, co było ciężkie, z trudem przesunął przez otwór skórzany mieszek, oblepiony zbutwiałym próchnem.

– Oddaję to w ręce pani – rzekł głosem bardzo zmęczonym.

Pan Gąsowski pochwycił porzucony na ziemi nóż i rozdarł nim skórę mieszka.

– Och, och! – wykrzyknął.

W słońcu zamigotały siedmioma kolorami diamenty i ciemną czerwienią błysnęły wielkie rubiny.

Wszyscy patrzyli w zalękłym milczeniu.

– Setki tysięcy ludzi zginęło dla takiego jak ten łupu – rzekł po chwili bardzo cicho profesor. – Te rubiny nasycone są ludzką krwią...

Adaś, niezwykle znużony, nie patrzył na te bogactwa, co były jak stężałe łzy. I panna Wanda zaledwie rzuciła na nie okiem. Dwie młode istoty patrzyły sobie w oczy i nagle zaczęły się uśmiechać ku sobie radośnie. Oczy fiołkowe pełne były blasków.

„Fiołki są piękniejsze od wszystkich diamentów świata! – pomyślał Adaś. – A czyste serce czerwieńsze od wszystkich rubinów...”

Był to bowiem chłopak mądry i bardzo przenikliwy.

Spis rozdziałów

KORNEL MAKUSZYŃSKI (1884–1953)

Pisarz optymista, uwielbiany przez dzieci
i młodzież, niezrównany gawędziarz,
gejzer humoru, prekursor komiksu,
członek Polskiej Akademii Literatury
i honorowy obywatel Zakopanego.
Jego twórczością wciąż żywią się film i teatr,
nie mówiąc o czytelnikach
od lat pięciu do stu!

Wydawnictwo NASZA KSIĘGARNIA Sp. z o.o.
05-075 Warszawa-Wesoła, ul. Apteczna 6
e-mail: naszaksiegarnia@nk.com.pl
tel. 22 643 93 89

Sprzedaż wysyłkowa: tel. 22 641 56 32
e-mail: sklep.wysylkowy@nk.com.pl

www.nk.com.pl

Książkę wydrukowano na papierze
Creamy Hi Bulk 53 g/m² wol. 2,4.

ZiNG

Redaktor ***Małgorzata Grudnik-Zwolińska***
Skład i łamanie ***Hubert Ferman***

ISBN 978-83-10-12495-1

PRINTED IN POLAND

Wydawnictwo „Nasza Księgarnia", Warszawa 2021 r.
Druk: POZKAL, Inowrocław